文豪ストレイドッグス
Bungo Stray Dogs
STORM BRINGER

――それは、
169個目の可能性。

「遅刻だぞ、弟よ」

目次

文豪ストレイドッグス

STORM BRINGER

朝霧カフカ

22582

角川ビーンズ文庫

口絵・本文イラスト／春河35

運命が戦士に囁く。
「嵐には逆らえぬ」と。
戦士が囁き返す。
「我こそが嵐だ」と。

――曹植「洛神賦」

■プロローグ

夜の森は邪悪さを秘めている。

いかなる国、いかなる時代であっても、夜の森が邪悪でなかった時などない。

ただし、それがどのような姿を取るかはまちまちだ。足下すら呑み込む暗闇として現れることもあれば、帰り道を見失わせる迷路として現れることもある。飢えた獣の牙と涎であることもある。

その時、その森の邪悪さは、〝光〟だった。

オレンジ色の光。聞こえない音楽にあわせてくねくねと踊る、不吉な光彩。

火。

どんな生き物も怯えさせずにはおかない、夜にあいた穴。

それは、森林火災だった。

乾いた悲鳴のような音をたてて、木々が燃える。人間と違って、炎は好き嫌いをしない。どんなものでも文句もいわずに食べ、それと等量だけ邪悪に太っていく。

朝になる頃には、森はただのつまらない黒い炭の集まりになっているだろう。森はそうやって死ぬ。生き返るのは百年以上も後のことだ。

森に致命の一刺しをした犯人は、火災の中心に横たわっていた。

旅客機の残骸。

エンジンの回転翼はまだ回転している。今しがた墜落したばかりだ。胴体は中央からふたつに折れ、翼は取れて垂直に地面に突き刺さっている。墓標のように。

周囲の村人が、鎮火と人命救助のために集まりはじめた。だがすぐに村人達の顔には絶望が広がった。これでは、墜落した旅客機に誰かが生き残っているとはとても思えない。

裂けた胴体は熱に炙られ、金属が悲鳴のような甲高い音をたてている。炎は機体の中にまで及んでいるようだ。おそらく今機体の中を歩けば、靴が溶けて床にへばりつくだろう。

村人は絶望的な気分で、機体の残骸を点検しはじめた。

その残骸のひとつに、少年が近づいていった。

近くの村から来た少年だ。伐採用の手斧を持っている。延焼を防ぐため、木を切り倒そうと持ってきたものだ。だがそれも大人の真似をしただけだ。ちっぽけな手斧は、祖父の盆栽だって切り倒せそうにない。

それでも少年は残骸に近づいた。生存者がいるかもしれない。自分が助け出せば、あとで大人にたくさん褒められるだろう。若き英雄となった自分の姿を想像し、胸がどきどきした。

その野望が命取りだった。

残骸にどうにかくっついていた鉄扉のひとつが、金属音とともに外れ、少年に向けて降ってきたのだ。

周囲の人間が助ける間もなかった。

高高度の気流に耐えられるような、重くて頑丈な鉄扉だ。誰かが悲鳴をあげた。

鉄扉が少年の頭部を、スナック菓子のようにすり潰し——。

そうはならなかった。

手が、鉄扉を掴んで止めていた。

それは村人の手ではなかった。その手は鉄扉の内側、旅客機の中から現れていた。

「ようやく到着ですか」

その手の主が、冷静な声で云った。

旅客機の中から現れたのは、青い背広を着た、背の高い男だ。欧州人だが、年齢ははっきりしない——おそらく二十代から三十代。周囲の炎にもかかわらず目元は冷たく、破壊された旅客機の惨状にもかかわらず傷ひとつない。

「旅客機の着陸が、このように揺れるものだったとは。何事も経験は重要です——それで、貴方、大丈夫でしたか？」青い背広の青年は、鉄扉の下の少年に向けて声をかけた。「お礼は結構です。人間を護り命を救うのが私の使命ですから。しかしそんな場所にいては怪我をしますよ。この扉は、一度開くと落ちて二度と戻らない規格のようですし」

「は……え……？」

少年は目を白黒させた。

その間に青い背広の青年は、跳躍して地面に降り立った。そして周囲をじっと見回した。

「何と。これは外部記憶データベースにありませんでした。日本の空港は、こんなにも樹木が密生しているのですか。ですが、幾ら国土の67パーセントを森林が占める自然豊かな国といえど、この建設地選定は不合理では？　道路すらないのでは、任務地まで徒歩で移動しなくてはなりません。全く人間の考えることは意味不明です」

青年は真面目な顔で頸をかしげた。

「あ……あの、あなたは……」

少年はおそるおそる声をかけた。

「あなたは……その、一体、何者なんですか？」

「おっと失礼。人間社会において、自己紹介を怠るのは礼儀に欠く行為でしたね」青年はそう云うと、胸元から黒い徽章を取り出した。

中心に描かれた銀色の文字列を、少年は読めなかった。

「当機は欧州刑事警察機構の刑事であり、業務用備品です。型式番号は98F７８１９―５。異能技師・ウォルストンクラフト博士によって製作された、世界の警察機関でも最初の人型自律高速計算機です。呼称名（コードネーム）はアダム。アダム・フランケンシュタイン。お見知りおき頂ければ幸いです——では、当機は任務がありますので、これで」

青年はお辞儀（じぎ）をして立ち去ろうとし、「そうだ」と云って振（ふ）り返った。

「貴方、中原中也（なかはらちゅうや）さんという方をご存知ありませんか？」

[CODE:01] 研究者共が思いつきで打ち込んだ、たかだか2383行のプログラム

中原中也は夢を見ない。

彼の目覚めは、泥の中から浮き上がる泡のようだ。

中也は自室で目を覚ました。

殺風景な部屋だ。あるものといえば、壁と床と天井。それらを覆う青い闇。調度品はきわめて少ない。シーツのかかった寝台、わずかな本棚。壁になかば埋め込まれた小ぶりな金庫。中央の机には、宝石にまつわる書帙が無造作に開かれている。それで全部。

遮光布の隙間から差し込む膜のような朝日が、殺風景な部屋を二等分に切断している。

中也は体を起こした。胸のあたりに、わずかに汗をかいている。何かの激しい感情の残滓がそのあたりに渦巻いていた。だがどんな感情だったのか、もう思い出せない。

このところ、いつもそうだ。

諦めて寝台から出て、シャワーを浴びた。熱湯を頭から浴びながら、中也は自分のことを考える。

中原中也。十六歳。

一年前にポートマフィアに加入してから、史上類を見ない速度で成果を挙げ、組織に認められ、この部屋を与えられた少年。

だが金も地位も、中也になんの喜びももたらさない。もっと重要なものが欠けたままだからだ。

過去。

中也は自分が誰なのか知らない。

彼の記憶は、八年前、軍の研究施設から誘拐されたところから始まる。

それ以前の人生は何もない、ただ一面の闇。

どんな夜の闇よりも深く暗い、射干玉の闇だ。

体を拭き、着替えに向かった。壁のある面を押すと、壁面が音もなく開き、衣類棚が現れた。

服はどれも高級で、皺ひとつ入っていない。その中から適当にひとつを選んで袖を通した。

碧玉のカフスを袖に留めて、鏡を見る。小さく舌打ちしてから、中也は部屋を出た。

家を出ると、時間を計ったかのように送迎車が現れた。

その黒い高級車は、遮光眼鏡をかけたポートマフィアの黒服が運転していた。中也の横に停車すると、無言で後部席の扉を開く。

「いつもの店まで頼む」

中也は運転手に一言だけ云うと、車に乗り込んで目を閉じた。


大都心の幹線道路を、黒の高級車はなめらかに走った。

あらゆる道、あらゆる交差点に、通勤の車がみっしり詰まっていた。だが中也を乗せた車はするすると車列をすり抜け、脇道を通り、渋滞を通り抜けていった。まるで他の車と干渉しなくなる魔法でも使ったかのように。

「昨日の取引記録は？」

「こちらです」

運転手が渡してきた書類に、中也は目を通した。それは複製のできない特殊な染料で印刷された書類だ。警察機関に押さえられても証拠とならないよう、内容はすべて暗号化されていた。

「ふん、今週も取引は順調か」中也は投げやりな声で云った。「つまらねえな」

ポートマフィアにおける中也の仕事は、密輸宝石の流通を監視することだった。

〝宝石〟——単位重量あたりの価値が、この世でもっとも高い物質のひとつ。

紫水晶。紅玉。翡翠。そして金剛石。圧力をかけられたただの原素が、人々の目に触れ、人々の手に渡るうちに、恐ろしい魔力を秘めた魔石となる。

そして、その魔を凝縮したものが、密輪宝石だ。それは宝石のまばゆい輝きによって生み出された影のような存在だった。宝石がある限り、影である密輸宝石もまた必ず存在する。

この世の影、密輸宝石が生まれる場所は、世界に無数にある。

宝石鉱区で、貧しい鉱夫が呑み込んで盗む。あるいは強盗が、宝石店のショウケエスを銃床で叩き割り持ち去る。あるいは宝石を運ぶ商船を海賊が沈める。あるいはホールドアップ強盗がセレブの首元から頂く。反政府組織の持つ鉱区で、武器や麻薬の対価に支払われる――。

そのようにして生まれた「闇の」宝石は、そのままでは光の世界に出ることができない。そこでポートマフィアのような非合法組織が一手間を加えることになる。

彼等は横浜の港へと流れてきた闇色の宝石に光を当てる。運び屋が横浜租界に持ち込み、故買屋が買い取り、熟練の加工屋が出所が判らないようにカットしなおす。首飾りをブレスレットに、ブレスレットをイヤリングに、イヤリングを指輪に変えて、宝石に第二の生命を吹き込んでやる。そのようにして生まれた新しい宝石は、マフィアの息のかかった鑑定士によって正式な鑑定書をつけられ、卸業者によって流通に乗せられ、一流宝石店の店先に並べられる。

マフィアにとって、この密輸宝石業は、非常に重要な収入源のひとつだ。

何故なら、税関や流通管理企業による中間搾取を省略できる密輸宝石は、常に莫大な利益を生むからだ。

だが、宝石のような魔力を持った品は、どうしても血と暴力を引き寄せる。それを押さえ込み、安定した流通を成立させるには、どんな暴力事も一口で噛み砕くような、さらなる暴力の備えが不可欠だ。

中也は今のところ、その役目を完璧にこなしていた。完璧すぎるほどに。

古株の構成員達の多くは驚いた。たかが十六歳の小僧が、ここまで完璧に闇宝石市場をこなすとは思っていなかったからだ。

だが少数ながら、驚かない者もいた。かつて中也が頭分となっていた組織、《羊》と戦った者達だ。マフィアを苦しめ続けた組織の王。宝石市場のひとつやふたつ、完璧に御したところで何の不思議があろうか。

だが驚きも賞賛も、あるいは嫉妬も、中也にはどうでもよかった。欲しいものは、彼等が決して与えることのできないものだ。

中也はその書類を、小石でも投げるようなぞんざいさで座席に放り投げた。

そして、小さく棘のある声で、「この調子じゃ、何年かかるか判らねえ」と云った。

運転手は聞こえなかったふりをした。

中也を乗せた高級車は、当初の予定通り、静かな住宅街へと向かった。

　空の低いところでカワラヒワが鳴いている以外は、しんと静かだった。電車の音も、通勤の喧噪も、ここまでは届かない。車は静かに走り、ある店の前で停まった。

　煉瓦造りの古いビリヤード・バー。看板には、青ざめた文字で〝旧世界（オールド・ワールド）〟という店名が書かれている。朝の開店前のために、ネオン管の灯りはついていない。

　中也は車を降りた。車は住宅街の静けさを破らぬよう、ひっそりと走り去っていった。

　中也は店のドアを開けた。


　銃が五挺、中也を出迎えた。


「店は準備中だよ」

　男が銃を構えたまま云った。拳銃の銃口を、中也の頭に押しつけている。

「死体なら入ってもいいけどねえ？」

　別の男が云った。銃身切り詰め型（ソードオフ）の散弾銃を中也の胸に当てている。

「護衛もなしで、不用心ではないですか、宝石王さん？」

　また違う男が云った。拳銃が、中也の脇腹に向けられている。

「お前でも、この体勢から凡ての攻撃を防ぐのは不可能……」

　別の男が云った。掌に収まるような小型拳銃を、中也の首筋につきつけている。

「さあどうする？　無敵の重力遣い君。今すぐ泣いて謝れば、楽に殺してあげよう」

最後の男が中也の正面で云った。銃身の長い拳銃が、まっすぐ中也の眉間を狙っている。

進退不可能。一人を攻撃すれば残りから撃たれる。退こうとすれば正面から撃たれる。前に出れば後方から撃たれる。

中也は反応しなかった。表情すら変えなかった。

室内の空気がきりりと硬質化した。全員が銃にかけた指に力を入れた。


パン！　という乾いた音が周辺の街路に響いた。


立ち尽くした中也の頭から、流血のようにそれが幾つも垂れ落ちていた。

――色とりどりの、飾り紐が。

「中也！　ポートマフィア入団一周年、おめでとう！」

そして男達の楽しげな声が、店内に響き渡った。

中也はうんざりした顔で一同を見回した。

「莫迦じゃねえの……」

それぞれの銃身からは白煙があがり、色鮮やかな紙紐が中也の頭に載っていた。空中には紙吹雪がひらひらと舞う。

男達はにやにや笑いながら、飾り紐にまみれた中也を眺めていた。

そこに集まっていたのは、ポートマフィア内互助会の構成員だった。ただの互助会ではない。全員が組織の将来を担う出世頭であり、地位は中也と同等かそれ以上。そして全員が二十五歳以下の若手のみで構成される。組織からは『若手会』とだけ称される、ポートマフィアの若き狼達だ。

中也はため息をつくと、誰にも挨拶をせず、冷たい表情で店の奥へと歩いていった。

「何だ中也、嬉しくないのか?」長身の男が中也の背中に云った。「お前のために皆が集まったんだぞ」

「一周年なんか祝うな」中也ははねつけるように云った。「嬉しくも何ともねえ」

「そんなことを云うなよ。お前も絶対気に入る筈だ」長身の男が中也を追って云った。「後で記念品プレゼントの時間もある。学生みたいで楽しいだろ?」

中也は足を止めて振り向き、相手を睨んだ。

「つまりあんたが首謀者か、〝ピアノマン〟。全くあんたの冗句のセンスは腐ってやがるぜ」

「そうとも。この腐った冗句で皆を困らせるために、私は今日も呼吸を続けている」

中也の嫌味に涼しい笑顔を返したのは、黒外套に白い長袴という出で立ちのマフィア。組織での通称は〝ピアノマン〟——彼の服には常に白と黒の色しかない。背が高く、指が細く、楽しそうな微笑みを常に浮かべている。この若手会の創設者であり、指導者のような役目を担っている。中也をこの若手会に誘ったのもこの男だ。

彼はマフィアというより職人に近い。

彼はこの横浜でほぼ唯一、本物と同精度の偽札、〝完全偽札〟を製造することができる。だが気まぐれな性格で、偽札の出来に満足がいかないと、何ヶ月も期限をすっぽかす。それがたとえ首領からの指示であったとしてもだ。

ちなみに彼の〝ピアノマン〟という渾名は、白黒の服装からきている訳ではない。彼は敵を殺す時、炭素鋼ピアノ線のついた電動巻取り機を使う。首にこの鋼線がからみつくと、どんな怪力でも外すことはできず、数秒でごろんと首が落ちる。後に残されるのは肩と肩のあいだの完璧な平面。そして大量の血と、犠牲者が叫んだ悲鳴の残響。

気まぐれさと、繊細さと、残酷さを兼ね備えた男。彼は今、ポートマフィアの幹部に最も近い若手と云われている。

中也が店の奥へと歩いていくと、別の男が声をかけた。

「ははは！　中也の顔、最高だったよ！　少なくとも僕は、今回の出し物に大賛成だね！　若手の星にして元マフィアの敵、《羊の王》中原中也！　君のあんなに困った顔を見られるだけで、この若手会に入った甲斐があるってものだよ！」

散弾銃をくるくる回しながら、金髪の青年がよく通る声で笑った。

中也は金髪の青年を睨んだ。

「ふん、云ってろ。今のが出し物だって俺が気付いてなかったら、最初にお前が死んでたぜ、〝阿呆鳥〟」

「ワオ。悪いけど僕は、中也に殺されるほどヤワじゃないよ。中也のその自慢の拳に殴られるより早く、この鉈が拳を切り落とすさ」

そう云うと、上着の奥から音もなく幅広の鉈刀が現れた。重さを感じさせない動作で、その刃を閃かせ空気を幾度か斬った後、青年は手を離した。

落下の衝撃で鉈が床に突き刺さり、重そうな音とともに床に放射状に罅が走る。

青年は笑った。

愉快そうな顔でよく笑う、その青年の通り名は〝阿呆鳥〟。お調子者で、誰よりもよく喋る。たとえ銃弾と血と肉が飛び交う抗争のど真ん中であっても、部下が彼を見失うことはない。喋り声か笑い声がするほうに行けば、そこに彼がいるからだ。

〝阿呆鳥〟はポートマフィアにおける『歩くより速度の速いものすべて』を掌握していると云われる。つまり、乗り物。それが彼の領域だ。取引品を運ぶ車や、沿岸警備隊のレーダーに引っかからない輸送艇は、すべて彼が用意する。場合によっては登録番号標を偽造した犯罪用車輛も調達してくる。

元は組織の『逃がし屋』で、操縦桿のついたものなら何でも操縦できる。誰よりも素早く、精密に。ぼろぼろの漁船ひとつを操って沿岸警備隊の高機動戦闘ヘリから逃げ切ったという噂まで囁かれているが、その噂を疑うものは組織にはいない。

　彼を怒らせた人間は組織で三日と生きていけない。車、すなわちブツとカネの流れが彼のお膝元にあるからだ。彼に嫌われれば、あらゆる経済活動が絶たれ、あっという間に無一文になってしまう。

「なあ中也、乾杯しよう乾杯」

　阿呆鳥が中也を追って、シャンパンのグラスを差し出した。

　しかし中也は一瞥しただけで無視し、店の奥へと歩いていく。

「おやおや、今日はえらく不機嫌だねえ、中也」阿呆鳥はシャンパンがこぼれないよう、大袈裟な動作でグラスを支えながら云った。「月に一度くらい、そうやって急に不機嫌になる日があるけど——何かあったのかい？　厭な夢でも見たとか？」

　厭な夢。

　その単語を聞いた瞬間、中也は振り返って炎のような表情をした。

「そんなんじゃねえよ！」

　怒号が店のガラスをびりびりと震えさせる。

「おお怖……じゃ何さ？」

　中也は少しためらい、視線をさまよわせ——そして先程よりやや声の調子を落として云った。

「お前が連日、俺の上の階で朝方まで呑んで騒ぐからだろうが、阿呆鳥。何度も忘れるようだから何度も云うが、お前の床は俺の天井なんだからな」

「いやだな、忘れる訳ないだろ？　知っててやってるんだよ、ご近所さん」阿呆鳥(アルバトロス)は悪気のない顔で笑った。

　阿呆鳥(アルバトロス)は中也と同じ高級宅地の、ひとつ上の階に住んでいた。中也に云わせればその配置は、ポートマフィアが犯(おか)した最大のミスのひとつだった。阿呆鳥(アルバトロス)はときどき気まぐれで中也の部屋に乗り込み、〝仕事を手伝え〟と云って中也を引っ張り出す。そして車か、船か、ヘリに乗せて中也をとんでもない遠方の戦闘地帯に連れて行く。

おかげで中也は泳ぎが上手(うま)くなった。阿呆鳥(アルバトロス)がいつも帰りの便を用意してくれるとは限らないからだ。

　中也は阿呆鳥(アルバトロス)を無視して、店の奥へと歩いて行った。そして店のハンガーフックに外套をかけようとした時、隣(となり)にシャンパングラスを持った男が現れた。

「ふふ……一周年……おめでとう、中也君」その男は切りそろえられた前髪(まえがみ)の奥から、暗い視線を中也に向けて嗤(わら)っていた。「君がこんなに長く残るとは思っていなかったよ……ふふ」

　その男は異様に痩(や)せていた。ワイシャツの袖(そで)の中で、細い手首が泳いでいる。そのうえ、シャンパングラスを持っていないほうの手は、薬液を吊(つる)した点滴棒(ガートル)を握(にぎ)っており、点滴袋(てんてきぶくろ)から伸(の)びた管が、衣服の中へと消えている。

　一言で云えば、これ以上なく不健康そうな男だった。

「外科医」中也は差し出されたシャンパングラスを受け取った。それから中を見た。「毒が入ってんじゃねえだろうな」

「入っていない」外科医と呼ばれた男は暗く微笑んだ。「君は毒くらいでは殺せないから」

「何で判る？」

「経験だよ」目が暗い光を帯びた。「たくさん毒で殺してきたから」

不健康そのものの外見をした青年はマフィアの医療統括者、〝外科医〟。黒社会では免許のないもぐり医師が多いが、彼は違う。彼は北米で医学博士号を取得した、ほんものの医者だ。闇医者というのは、黒社会では需要のきわめて大きい職業だ。正規の病院にかかれば通報されるような傷――銃創や拷問の傷――を治療する場合、闇医者に頼るしかない。それはポートマフィアでも同じだ。

だが違いもある。ポートマフィアでは、医者は特に重用され、優遇されている。首領である森鷗外もまた、元闇医者だからだ。

そして層の厚いポートマフィア医療陣の中でも、〝外科医〟は最高の医者だ。

彼はこの若さで、既に八百人近い人間の命を救ってきた。そしてそれとほぼ同等の人間の命を、意図的に奪ってきた。

彼の目的は、神に近づくこと。『人を一人救うたびに、神に近づくことができる』というのが彼の信条だ。彼の目標は、神が聖書で殺した人間の数と同じ、二百万人の命を救うこと。そのためにマフィアに入った。

　そして人が虫けらのように死ぬ大規模抗争を、じっと待っている。

「全く、勢揃いじゃねえか。まさか外科医まで集めてくるとは……」中也はそう云って店内を見回した。「そもそも何だって一周年ごときで、こんな集まりを開くんだ？」

「それは私から説明しましょう」優しい声の青年が、ゆっくりした動きで進み出てきた。「加入から最初の一年は、マフィアにとって最も困難な時期だからですよ」

「何？」

　青年は微笑んだ。その微笑みは蠱惑的なほどに甘い。そして顔立ちが異様に整っている。魔力的なまでの美しさは、男装して微笑めば女性が、女装して微笑めば男性が、それぞれ骨抜きにされるだろう。

「マフィア加入者にとって最初の一年が最も険しい、死者の曲線路なのです。その間に大抵の人間は逃げるか、潰されるか、問題を起こして組織に消される。だからこれは〝生存祝い〟です」

「そりゃ面白え。俺がヘマやらかして潰されると思ってたのか、〝広報官〟？」中也が睨んで云った。

「いいえ、思っていませんよ。私はね」〝広報官〟と呼ばれた青年はそれだけ云うと、妖しく微笑んだ。

広報官（リップマン）——彼の仕事はこの面々の中でも極（きわ）めて特殊（とくしゅ）だ。

光の世界との交渉（こうしょう）窓口。それが広報官（リップマン）の仕事だ。

即（すなわ）ち、人前に出る仕事。

フロント企業（きぎょう）との折衝（せっしょう）、政府の役人との面会や交渉、場合によっては報道機関（メディア）への対応も彼が行う。ポートマフィアに表の顔があるとすれば、それは彼だ。

彼を殺すのは至難の業（わざ）だ。ある意味で、首領（ボス）の殺害よりも難しい。

何故（なぜ）なら——彼は現役の映画俳優であり、海外にすら熱狂（ねっきょう）的な支持者がいる流行児（スタア）だからだ。

もし彼が殺害、或（ある）いは行方（ゆくえ）不明ということになれば、世界中の報道機関が最重要記事（トップニュース）として書き立て、報道するだろう。そのようにして騒動（そうどう）になれば当然、誰（だれ）が殺したのか——即ち容疑者捜（さが）しには世界中からの目が集まる。裏組織としては絶対に避（さ）けたい事態だ。

加えて云えば、広報官（リップマン）自身が強力な異能者であり、かつその能力は攻撃（こうげき）者の殺意に反応する反撃（カウンター）型の異能であるため、証拠（しょうこ）を残さず静かに消すことは絶対に不可能。

そしてひとたび犯人として名が挙げられれば、世界中の報道機関が殺人犯の素性（すじょう）、目的、黒幕について、熱狂的に暴（あば）き立てることになる。殺害を指示した組織関係者のプライヴァシーは空高く打ち上げられ、二度と戻（もど）ってはこない。組織は終わりだ。

彼は死ぬことで初めて発動する爆弾（ばくだん）、恐（おそ）ろしくて誰も手を出せない致死毒（デストラップ）なのだ。

そして彼の持つ武器は何も有名さだけではない。彼は生まれながらの俳優。その演技力からくる弁舌と交渉能力、〝顔が完璧な曲線を描いている〟と云われるその美貌。特に合法の世界との問題は、彼が交渉の卓についた時点でほとんど解決する。

「もっとも、仮に貴方が組織を追い出されたとしても、私は全く気にしません」広報官はふわりと羽毛のように微笑んだ。「その時は、私の本業に勧誘しますから。一緒に銀幕俳優として、世界を目指しましょう」

「絶対厭だ」中也が毒を飲んだような苦い顔をした。「もう一度云う。絶対厭だ」

「俺は一周年記念など反対した」

不意にその静かな声が、店の奥から響いてきた。

叫んだわけではない。威圧する声色があったわけではない。だが全員が黙り、声のしたほうを見た。

地味な服装の男が、そこに立っていた。

「〝冷血〟」中也が警戒心のこもった声で云った。「そうだよなァ。祝いの席は、あんたにゃ似合わねえ」

その男にはどんな感情もなかった。どんな表情も。

彼の存在感は、華美で強烈な若手会の中でも異質だった。彼はどんな覇気も印象も発散せず、むしろ周囲のあらゆる気配と音を吸い込んでしまう、闇夜の静けさがあった。

〝冷血〟。ピアノマンに次ぐ古株で、無口で、無表情な男。単純な服装を好む。そして彼の仕事もまた、極めて単純でありふれたものだ。特にマフィアにおいては。

殺し屋。

彼は殺しに異能を使わない。銃すら使わない。ナイフを持ち歩いているが、それを仕事に使うこともまずない。彼は必ずそのへんにあるもので仕事をする。万年筆、酒のボトル、電灯の飾り紐。あらゆるものが彼の手の中に入った瞬間、弾丸よりも危険な凶器になる。

だから彼はどのような場所でも人を殺せる。そこが砂漠だろうが、宮殿だろうが、銀行の金庫の中だろうが。

そして冷血にはもうひとつ特技がある。彼は近くで異能が発動すると、それを肌感覚で感じ取ることができる。それは異能でも技術でもなく、彼の体質だ。だから殺しに適した場所と時を、瞬間的に嗅ぎ分けることができる。

故に、そこらの凡百の戦闘系異能者より、彼の殺害成功率は高い。組織からの信頼も。異能を持たないために、異能特務課や軍警の異能犯罪対策課にも目をつけられない。対策の立てようがない。まさに影の男だ。

中也を殺せるとしたら、最も可能性が高いのはこの〝冷血〟だろうと、組織では云われている。

「あんたが俺の祝いの席に来るとは思ってなかったよ、〝冷血〟。あんたは俺が嫌いだろ？」中也は挑発的に笑った。「あんたと俺は、《羊》時代に一度殺し合ってるからな。俺を暗殺しそこねて、随分評判を落としたらしいじゃねえか？」

「慥かに俺は招宴に反対した。だがそれは、お前が嫌いだからではない。恨んでるからでもない。お前を余計に怒らせるからだ」冷血の声色はあくまで一定で、感情の動きすら匂わせない。

「ここにいる誰も、お前が一年で潰れるなどとは思っていない」

「何？」

「反乱を起こすと思ったのだ」冷血の声は、氷塊が割れる音のように鋭い。「ポートマフィアの敵対組織、《羊》の指導者。お前が首領を裏切って殺し、マフィアに戦争を仕掛けると思ったのだ。そうならないよう、ピアノマンはお前をこの若手会に加入させた」

中也はちらりとピアノマンを見た。ピアノマンは無表情で会話を見守っている。否定も肯定もしない。つまり、肯定ということだ。

「……ふうん。そうかい」中也は全員を睨んだ。「全員が俺のことを、生まれたての赤ん坊みたいに優しく見守ってくれてた訳だ。感激だな。俺がキレないように、玩具におしゃぶり、ガラガラまでつけて。お陰で俺は生きて一歳を迎えられまちたよ。そりゃあ盛大な催しが必要だぜ」

そう云って、手に取ったシャンパンのグラスを握り潰した。液体が飛び散る。

それを見ても、冷血は眉ひとつ動かさない。

「お前を警戒するだけの証拠がある」冷血は続ける。「六月十八日。午後三時十八分。お前を怒らせた宝石の卸業者が、全治三ヶ月の怪我をした。理由はお前に〝ある質問〟をしたから。他愛ない質問だ。だがそれを聞いたお前は、卸業者を三階建てのビルの屋上まで吹き飛ばした」

「そうだったか？　忘れたぜ」返答の内容に反して、中也の視線は鋭い。「なら試しに、その質問を今してみろよ。勇気があるならな」

冷血は黙った。すべての感情を吸い込んでしまうような無表情を五秒続けたあと、云った。

「〝お前の生まれはどこだ？〟」

中也が素早く反応した。冷血の襟を掴み、乱暴に引き寄せる。

襯衣の縫製がどこかで破れ、鋭い音がした。

「この手は何だ」冷血は掴んだ手を見下ろし、無感情に云った。

「あんた次第だ」中也は力をゆるめない。

横から阿呆鳥が困ったように声を掛けた。「おいおいー、そのへんにしとけよ」そして中也の腕を掴んだ。「そんな質問で怒るなよ、中也。お前らしくないぞ？」

「何が俺らしいか、お前が決めんじゃねえ。殺すぞ」

自分を掴んできた腕を、中也は素早く弾いた。突き飛ばされる格好になった阿呆鳥が、後ろにたたらを踏む。

さらに前に出ようとした中也の足が、急に止まった。

中也のこめかみに、ビリヤードの撞き棒がつきつけられている。水平に、刀剣の刃先でもつきつけるように。

「おい……この棒は何だ？」中也は静止したまま、無表情で云った。

「お前次第だ」撞き棒を握った冷血が云った。

中也は上体を引いて撞き棒から頭を離し、そして振りかぶって棒に頭突きをした。

撞き棒が弾け飛んだ。

無数の木片が部屋中に飛び散った。そのほとんどは、棒を持っていた冷血に降り注いだ。鋭い木片が右のこめかみを切り裂き、血が目の端を流れ落ちる。だが冷血は瞬きすらしない。

「そこまでだ」これまでで一番冷酷な声がした。

中也の背後に、いつの間にかピアノマンが立っている。掲げられた腕の袖からは透明なピアノ線が伸び、中也の首を一周している。高級な首飾りのように。

「中也」ピアノマンが冷たく云った。「『仲間に異能を使うな』。この若手会の第一の規則だ。忘れたのか？」

ピアノ線と名がついているが、楽器用に使われるものとは違う。そんな生易しいものではない。それは鉄筋やコンクリ塊を吊り下げ縛り上げるような、完全に工業用の鋼線だった。

そしてピアノマンの袖の奥には巻き取り装置が仕込まれている。それが起動すれば、ピアノ線は世界一軽い断頭台に変身し、首はするっと切り落とされる。たとえ中也が重力操作でピアノ線の質量を軽くしようと、巻き取りの速度を遅くできる訳ではないため、首の切断は止められない。

「お前が不機嫌な理由は判ってる」とピアノマンは云った。「このままでは、太宰に負けるからだ。お前は太宰より先に幹部にならなくてはならない。何故なら、そもそもお前がマフィアに入ったのは、幹部しか閲覧できない秘密書類を読むためだからだ。その書類には、お前の正体が書かれている」

　中也の表情が変わった。

「何故それを……」

「それなのに、この調子では幹部になるのにあと五年はかかる」

　中也の眉間に深い皺が刻まれた。嚙み合わされた歯が軋む。

「それ以上云うんじゃねえ」

「いいや、云うね」ピアノマンは冷酷な笑みを浮かべた。「私は首領からほぼ凡てを聞かされている」

「何だと？」中也が気色ばむ。

「命令されたんだよ。お前を若手会に入れたすぐ後に、中也を監視しろとな。何か新しい情報を手に入れたりしないか。秘密資料の内容を、独自に調べ上げたりしないか」

「俺を……監視だと……？」

ピアノマンは頷いた。「当然の措置だろう。資料を見る必要がなくなれば、お前はいずれ首領に牙を剝きかねない。元々敵組織の人間だからな。その理由も勿論聞かされている。全く驚くべき真相という奴だ」

「……やめろ」中也が押し殺した声で呻いた。

「《荒覇吐》。又の名を、軍の人工異能研究体、『試作品・甲二五八番』。それがお前だ。お前は自分が人間ではなく、唯の人工人格なんじゃないかと疑ってる。その根拠は――お前は夢を見ないからだ」

中也が声にならない唸りをあげた。

一瞬の出来事だった。中也の右手が蛇のように閃いて、ピアノマンの腕を摑み、そこにあるピアノ線の電動巻き取り機を潰して破壊した。そして中也の左手は落ちていた撞き棒の破片を拾い、その尖った先をピアノマンの喉元につきつけた。

中也以外のすべてが素早く動いた。

広報官が背広の内側から機関拳銃を取り出し、中也につきつけた。阿呆鳥の鉈刀が、中也の首元にぴたりと当てられた。外科医が注射器を取り出し、中也のこめかみに先端を当てた。冷血が割れたシャンパングラスを拾い、その尖った先端を中也の目に近づけた。

そして静止。

全員が動かず、呼吸すら止めていた。まるで静止写真のように。動くものは、朝日を受けて輝き舞う埃だけ。

全員が、ほんの一動作で、誰かの命を消すことができた。だが誰も動かなかった。

「やれよ」と中也が云った。その声は引き絞られた弓の震えだった。「誰からでもいいぜ」

「まあやってもいいんだが、その前に催し物の計画を最後までやらせてくれ」ピアノマンが平然とした声で云う。

「何？」

「一周年の記念品があるって云ったろう？」そう云って、懐からそれを取り出した。「これだ」

中也は警戒の表情で視線を動かした。そして──凍りついた。

「…………………………は？」

そう云ったきり、何もかもを停止させた。呼吸も、鼓動すら止まったように見えた。

中也の手から力が抜け、構えていた撞き棒の破片が落ちた。からんと乾いた音。

中也は周囲の状況を忘れたように、ふらふらとそれを手に取った。

それは一枚の写真だった。

「中々の値打ちものだろう？　苦労したんだぞ」

中也が魅入られたようにその写真に顔を近づけた。ピアノマンの声も届いていない。他の全員は、各々苦笑しながら武器を引っ込めた。中也はそれにも気付かない。

「例の下らない質問をされたら、次からそれを見せてやれ」

写真に写っていたのは、五歳の中也だった。

どこかの海岸。海を背景に、麻の和服を着た中也と青年が写っている。二人は手を繋いで、撮影者のほうに揃って向かっている。青年は斜めの陽光がまぶしいのか、くすぐったげに目を細めて微笑んでいる。幼い中也はぼんやりと、何が起こっているのか判らないといった表情で、撮影者のほうを眺めている。

「西の地方にある古い農村で、その写真は撮影された」とピアノマンは云った。「今はもう廃村で、一帯には誰も住んでいない。だが、外科医が近くの村に保管されていた医療記録から、当たりを引き当てた。——外科医」

「ふふ……人間は嘘をついても、歯型記録は嘘をつきません」外科医が不健康そうな笑みを浮かべて、別の書類を持ってきた。「医療記録は数年間の保管義務があり……その義務こそが光明となったのです……ふふ……」

中也は当惑した表情で、外科医と彼の差し出した書類を見比べる。

「自分一人の手柄にしてもらっちゃあ困るな、外科医！」阿呆鳥が別の書類を差し出して云った。「僕の力がなきゃ、医療記録まで辿り着けもしなかったさ。潰れた診療所の医療記録は、まとめて医療法人が保管してる。砂浜の砂ほどもあるその法人の中から、僕が記録を辿って目

的の保管場所を探り出したんだ！　それらしい資料保管業者を片っ端から脅し——頼みまくって、ようやく辿り着いたんだからな！」

「勿論、どんな優れた探索者も、最初の一歩がなければ目的地まで辿り着けません」広報官がふわりと笑んで、また別の書類を差し出した。「私の個人的な知り合いの女性に頼んで、政府の軍関係資料を閲覧させて頂きました。勿論当該の研究に関する資料は極秘として戦後すぐ処分されてしまっていましたが、軍のある部隊が西方で人体実験まがいの献体募集をかけていたことが判ったのです。それこそが最初の手掛かり。つまり私が最大の貢献者です」

中也は話の流れを理解したらしく、おそるおそる視線を最後の人間に向けた。

冷血に。

「……俺は大したことはやっていない」そう云って、最後の資料を差し出した。「お前の両親の兄弟構成とその先の家系図、それにお前が通った学校の所在地と成績表と学年写真、それから役所の出生記録を見つけた。〝首領に調査を知られるな〟というピアノマンの指示だったから、情報屋を頼れず、空き巣を八回やった」

「は……八回？」

中也は資料を受け取りながら、目を白黒させた。冷血は頷き、そして今日初めて、かすかな微笑を浮かべた。

彼の普段を知る者は少ない。だが仕事をしていないときの冷血は穏やかで、珈琲とレコードを愛する温厚（おんこう）な男だ。その姿を知る人間は決して多くない。

　ここにいる五人は全員知っている。

　中也は全員を順番に見た。全員が微笑んでいた。ピアノマン。阿呆鳥（アルバトロス）。外科医（ドク）。広報官（リップマン）。冷血（アイスマン）。

　ポートマフィアの俊英（しゅんえい）達。

「何故だ」中也は写真を見た。「こいつは……首領（ボス）に逆らう行動だろう」

　首領（ボス）からすれば、中也の出生の秘密は彼を組織に縛（しば）りつける〝枷（かせ）〟だ。それがある限り、中也はマフィアを裏切れない。

　だが、ピアノマンはあっさりした顔で肩（かた）をすくめた。「私は中也が秘密を知るかどうか監視しろと云われたが、秘密を隠（かく）せとは云われていない」

　中也はその言葉の意図を探るように、ピアノマンを凝視（ぎょうし）した。

「何故だ」中也の表情に不安が一瞬よぎる。「何故そこまでする？」

「何故と云われても」ピアノマンは当然のような顔をした。「云っただろう。一周年記念だ」

「だが……」

「別に大したことではありませんよ」広報官（リップマン）はむしろ中也の態度に当惑しているかのように、全員を見回した。「あえて云えば、そうですねえ」

　それから広報官（リップマン）は、ごく当たり前の表情で云った。

「〝仲間〟だからです。——《羊》では違ったのですか？」

違った。

中也の動揺した表情は、そう告げていた。

《羊》では、すべての人間が中也を頼っていた。その逆は絶対に起こらなかった。

「こう考えてみてはいかがでしょう、中也さん」広報官が両手を広げ、柔和な表情をつくった。「それは贈り物ではない。〝旗〟です。古代羅馬の時代から、軍が旗を掲げる理由はただひとつ。こう知らせるためです。〝我等は此処に在り、選ばれし者達の一党なり〟——我々六人の誰かが危機に陥るたび、あなたはその旗を思い出す。そして旗の下に集うのです。……期待していますよ」

そして小さく首をかしげた。

「ふふ……中々の名演説。流石は広報官、その弁舌で騙された女は数知れず……」外科医が独り言のように云った。

「何のことか判りませんね」広報官は涼しげな笑顔で云った。「そうそう、ちなみにこの若手会は『旗会』という正式名称がついています。今の比喩はそこから取らせて頂きました。もっともその名を覚えて使っているのは、創設者のピアノマンさんだけですが」

「『旗会』？」阿呆鳥が首をかしげた。「初めて聞いたような」

「おいおい、忘れたのか？　困った奴だな、最初に説明しただろう。なあ皆？」

ピアノマンは全員を見回した——が、誰一人表情を変えない。

「待て、ひょっとして本当に、誰も記憶すらしてないのか？　三ヶ月悩んでつけた名前なんだぞ？」

全員がピアノマンから視線をそらした。

中也だけは、手の中の写真をじっと見つめていた。そこに写っているものではなく、写真の存在それ自体に、すべての答えが書かれているとでもいうように。

「中也。マフィア加入一周年、おめでとう」全員が云った。

中也は一瞬——数秒の間だけ、どうしたらいいか判らない子供の表情をした。

全員を見比べ、資料を見比べ、写真の中の自分を見比べた。

「如何した？」

ピアノマンにそう云われて、中也ははっと我に返った。

「こっ……」

それから努力して怒りの顔をつくり、口を開いて何か怒鳴ろうとして、何も思いつかなかった。

全員が疑問顔になって中也を見た。

中也は急いで背を向けて、入口に向けて叫んだ。

「はあ、そういうことかよ！」中也の声は不必要に大きい。「つまり、俺に不意打ちでこれを見せれば、感動した俺が泣いて謝るだろうとか、そういう狙いかよ！」

「ん？　いや別に……」

「そんな手に乗るかよ、いいか、絶対に乗らねえからな！」中也は顔を背けたまま、乱暴な足取りで入口に向けて歩き出した。「俺は帰る！　いいか、ついてくんなよ！　絶対顔見んじゃねえぞ！」

ピアノマンはきょとんとして、全員を見回し、それから中也に云った。「そうか。中也が帰るんなら仕方ないな。私の予定表だと、この後全員でビリヤード勝負をする流れだったんだが……私達だけでやるか」

「主賓が帰るのに、ですか？」広報官が眉を持ち上げる。

「仕方ないだろう。幸い酒は沢山ある。久々に遊んで、仕事の憂さを晴らすとしよう。一位には賞品もあるぞ」

「それは素晴らしい」

「おーい中也。そんな感じらしいんだけど、気をつけて帰れよ！」阿呆鳥が入口に向けて手を振る。

「勝手にやってろ！」

そう云って中也は扉を蹴り開け、店から出て行った。

「ふむ」

全員が互いの顔を見合わせ、それから扉のほうを見た。何も云わずに。

沈黙のまま、十秒、二十秒が過ぎた。

誰も何も云わず、身じろぎもしない。

三十秒。四十秒——に少し届かないあたりで、店の扉が小さく開いた。

「クソったれ。ルールの説明をしやがれ。賞品は全部俺が頂くからな！」

扉には、悔しさと怒りを等分に混ぜたような表情の中也が立っていた。

「そうこなくっちゃあな」ピアノマンが微笑んだ。


それからの時間は——店内の風景はごく当たり前の、ビリヤード・バーになった。

球を撞く音、足音、歓声、罵声、呻き声、グラスをぶつけるカチンという音、球が落ちる音、若者達の笑い声。世界中にありふれた光景。

室内にいる全員の資産を足せば、この街を何区画も購える。しかしそんな特別さは、そこには微塵もうかがえなかった。どこにでもある、ごく普通の若者達の語らいだった。

「前回の最下位は誰だった？」

「そんな軽口を云えるのも今のうちです」

「酒が足りないな」

「ははは、酔って手元が狂え！　そして負けろ！」

「慥（たし）かに手元が狂った。お前の三倍くらいしか玉を入れられなそうだ」

「云いやがったなあー！」

賑（にぎ）やかな店内。誰かがジュークボックスで音楽をかけた。古い管楽器の音楽を背景に、ビリヤード球と、シャンパングラスと、軽口が交（か）わされる。

あらゆる街角にありふれているもの。誰もが望み、それほど難しくなく手に入り、そして失う時は一瞬で消えていくもの。シャンパンの泡のような時間。

それがそこにあった。

「うふふ……これで決める」

「ところで、貴方（あなた）が金髪（きんぱつ）の女性と港を歩いているのを見ましたよ。新しい彼女ですか」

「あっ、えっ？　……あっ」

「うわあ、これはひどい」

「何だこりゃ、お前等、そんなに俺に負けたいのか？」

「うわっ、球の配置がヤバい、中也にまで回すな！　無敵の俺様王子がまた調子に乗るぞ！」

「誰が俺様王子だ！」

「兎（と）に角、決めろ！　次の奴（やつ）、頼（たの）むぞ！」

そして――球が放たれた。

それは完璧（かんぺき）な一打だった。

押玉(フォローショット)の回転を与(あた)えられた手玉が転がり、的玉に当たる。的玉が第二的玉を跳(は)ねさせる。連鎖撞球(コンビネーションショット)となった的玉は更(さら)にテーブルの玉を次々に弾(はじ)き飛ばし、自身も軌道(きどう)を変えていった。運動力(エネルギー)を与えられた色とりどりの玉が、テーブルに複雑な幾何学(きかがく)模様を描(えが)いていく。

「うおおっ」

誰かが息を呑(の)んだ。目で追えないような複雑な反射反応のあと、最終標的である黄色と白の九番(ナインボール)が、中央のポケットへと流れていった。

そして——深呼吸のような緩慢(かんまん)さで、九番(ナインボール)がポケットに、落ちた。

一瞬の沈黙のあと、全員が歓声をあげた。

「すげえ！」「何だ今の、プロの試合でも見られないぞ！」「芸術的な軌道」「残念だったな中也、お前の連覇(れんぱ)はこれで防がれた」「新王者の誕生だ」「誰だ今の撞いたの？」

そこで奇妙(きみょう)なことが起こった。

全員が驚(おどろ)いていた。そして全員が、撞いた人物を捜していた。

「え？」

先程(さきほど)まで部屋にいたのは六人。——だが、今は七人いる。

「賞賛は結構です」

と、七人目が云った。

青い背広。長い手足。長い黒髪(くろかみ)に鳶色(とびいろ)の瞳(ひとみ)。整ってはいるが生真面目(きまじめ)そうな顔立ち。撞き棒(キュー)

を儀式用の杖のように垂直に捧げ持っている。

「賞品も結構。人間から情報を聞き出すには、まず交流を図って親密化を図るべし、という捜査マニュアルの基本に従っただけですので。予定通り、ビリヤードゲームによって関係性が深まったようですね。これで任務に移れます」

青年の声は平坦でよく通る。そしてその目はどこまでも真剣だ。

平穏なビリヤード大会は、そこで終わった。

――空間を焼き払うような音をたてて、鉈刀が青年の頭部へと疾った。

「おっと」

空気を切り裂いて抜けたその刃を、青背広の青年は頭をそらして回避した。逃げ遅れた頭髪の先端が空中に散る。

鉈刀を振るったのは阿呆鳥だった。刃を回避された阿呆鳥は冷静な表情を崩さず、全身を深く沈める。

その背後から現れたのは、撞き棒を構えた冷血。全身をねじった撥条のようにたわめ、狙撃銃弾のような一撃が放たれる。

青背広の青年はそれを難なく回避した。さらに追撃の突き攻撃が連続で放たれる。撞き棒が鼻の皮膚をかすめ、頭髪を焦がし、耳の産毛を貫くが、直撃はない。すべて数粍の間隔をあけて避けられている。

「やるな」

「はは、面白い！　この店に敲戸もなしに入るってことは、よっぽど念入りに殺されたいんだろう！　望みを叶えてあげようよ！」

「こちらは友好的にゲームを行ったにもかかわらず、捜査対象の攻撃性が上昇しています。不合理です。何故でしょうか？」

青年の返答を、狼達は待たなかった。撞き棒の回避で体勢が崩れた青年の背後に、既にピアノマンが回り込んでいる。

ピアノマンの腕時計から、燦めく細い糸が円状に伸びていた。

「言い訳の続きは床の上でして貰おうか」

糸が青年の首にゆるやかに落ちた。目視ではほとんど見えず、光の反射の線にしか見えない糸が、青年の首に巻き付けられる。

ピアノマンが手首を振ると、円状糸が急激に収縮し、袖の中に巻き取られはじめた。中也が破壊したのは片腕の巻き取り機だけ。ピアノマンは両腕の袖に巻き取り機を仕込んでいる。

そして袖の中に隠された電動巻き取り機構が一度始動すれば、どんな怪力でも外せない死の断頭台となる。

青年はとっさに撞き棒を首に挟んでいた。だが巻き取られたピアノ線は、木製の撞き棒すら砂糖菓子のように噛み砕き、切断した。

そしてピアノ線の円周が、完全に青年の首の太さと一致した。

あとは無慈悲な鋼線が、青年の首をテーブル状に均すだけ。

とはならなかった。

「なっ……」

青年は避けなかった。首から外そうとすらしなかった。

そうする必要がなかったのだ。ピアノ線が、青年の皮膚の表面で空滑りしていた。

巻き取り機が唸りをあげ皮膚に食い込むが、それだけだ。擦り傷ひとつ入らない。

「外皮接触子への負荷を検知」青年が無表情で云った。「アセットされた自衛ルーチンに従い、脱出行動を取ります」

そしていきなり横回転をした。何の予備動作もなしで、車輪のように体が一回転した。革靴が空中で円を描く。ピアノマンの巻き取り装置はその回転速度に耐えきれず、ピアノ線ごと引きちぎられた。破片が宙に舞う。

「ほう、これはお見事」ピアノマンが後退しながら云った。「戦闘系の異能者か。一人でマフィアの巣穴に乗り込むだけはある」

全員が素早く距離を取った。

戦闘系の異能者には、通常戦闘の鉄則が通用しない。それは銃とも刃物とも違う、未知の厄災だからだ。対応を誤れば、即座に死の危険がある。

若者達はすぐさま距離を取り、対異能戦闘の陣形へと移行した。

「いえいえ、当機は怪しい者ではありません」そう云って青年は背広の胸元から黒い徽章を取り出した。「私の名はアダム。この通り、欧州刑事警察機構の刑事です」

室内の空気が変わった。

「警察だと？」ピアノマンが刃物のような鋭い笑みを浮かべた。「そうか。となるとアダムさん、貴方の云う通り、誤解があったようだな。――警察権力がこの会に闖入して、生きて帰れると思うほうが間違いだ！　広報官！」

「承りました」

広報官が、外套の奥から二挺の機関拳銃を取り出して斉射した。一秒につき十発という高速で弾丸が吐き出される。

アダムと名乗った青背広の青年は、手の甲を掲げて防禦した。九粍弾丸が、手の甲の表面を滑り、斜めの方向へと撥ねていく。

「衝撃を感知！　破断応力の限界まであと63パーセント！」アダムという名の欧州刑事が叫ぶ。

「貴方達は国際捜査官への破損行為を行っている可能性があります！」

「やはり物理攻撃の効かない異能者だな」ピアノマンが冷静な目で相手を見る。「広報官、そのまま奴を抑えておけ。拘束戦術に切り替えるぞ」

「待て」冷血が撞き棒を構えたまま、苦い声を出した。「肌に厭な感じがない。これは――」

冷血(アイスマン)はそこで、今日はじめて、驚愕(きょうがく)の表情をした。

「こいつは異能者ではない！」

「――何？」

全員の顔に、はじめて混乱の表情が浮かんだ。

有り得ないからだ。

ピアノ線が通らず、九粍(ミリ)弾丸すら素手(すで)で弾(はじ)く人間が、異能者ではない――そんなことはありえない。重力が逆向きになり、太陽と月が衝突(しょうとつ)するのと同じ現象。だが冷血(アイスマン)が、その直感を間違うこともありえない。

人間は、全く矛盾(むじゅん)したふたつの状況(じょうきょう)を突きつけられて、戦線を維持(いじ)するのは難しい。そこから混乱や逃亡(とうぼう)に発展することだって十分有り得る話だった。

だが彼等は全員、並の人間ではなかった。

「面白い」ピアノマンが笑った。「なら早い者勝ちだ！　こいつを斃(たお)せば、一週間はそいつの話題で持ちきりになるぞ！　全員、異能の使用を許可する！」

「異能秘匿(ひとく)解除、諒解(りょうかい)した」

「はは！　そうこなくっちゃあね！」

「ふふ……開腹する」

その直後、無数の光点が室内に現れた。

握り拳ほどの光。熱も、重さもない。それが公転する星のように、青背広のアダムの周囲を回転しはじめた。

その途端、アダムの姿勢が崩れた。

「おや？」

硬い床に、アダムの革靴が沈み込む。柔らかい砂漠に踏み込んだかのように。床板がさらさらと砂状に崩れていき、靴を飲み込む。引き抜こうと踏ん張るが、踏ん張るためのもう一方の足も沈み始めている。思わず左手を床につく。その手も沈んでいく。

「これは……」

アダムは体をひねってビリヤード台の脚を掴もうとした。その手の甲から、何かが生えた。

細かい鱗に覆われた肌。鳥類のような細長い頭。びっしり並んだ口腔の牙。

それは恐竜だった。

小型恐竜の首から上が、アダムの手の甲から、植物のように生えてきたのだ。

「知識モジュールに該当情報なし」アダムが頸をかしげる。

恐竜が叫び、アダムの首筋に食らいついた。

アダムは頭を振ってどうにか回避。

だがそのために姿勢が崩れ、さらに床へと沈み込んでいく。

「もう一丁」

誰か云った。

突然、天井から放射線状に細い糸が噴出した。糸はアダムにからみつき、それから急速に噴出地点へと巻き取られた。アダムの躰が天井に叩きつけられる。亜麻色の砂が散る。

天井の木材を撒き散らし、アダムが呻き声を漏らすと同時に、糸が消失。重力に引かれてアダムが落下。床に激突。

そして再び、砂地獄と化した床材に呑み込まれていく。

「戦闘評価モジュールが状況を認識できません」

アダムの首に、再びピアノ線がからみついた。

「ここにいる六人を相手に単身で挑むとは、豪快な計算ミスをやらかしたなあ、警察の旦那」

予備の巻き取り機を持ったピアノマンが、酷薄な笑みを浮かべて云った。「これだけの異能を同時に受ければ、世界の王者だって十秒と持たないさ。――てな訳で、一周年記念の贈り物だ。腕と脚までなら壊していいぞ、中也」

「中也」その言葉にアダムが反応し、表情を変えた。「やはり貴方でしたか」

それからは一瞬の出来事だった。

アダムが右腕をわざと床に沈めた。恐竜が悲鳴をあげて床の中に消える。

右腕を沈めたために、反動で左脚が床から現れた。アダムはその左脚で、近くにあるビリヤード台のひとつを蹴った。台の上に載っていた撞き棒が転がり落ちた。その撞き棒を、戻ってきたアダムの足の爪先（つまさき）が捉（とら）えた。そして蹴り上げた。視線すら向けずに。

　長い脚に蹴られた撞き棒（キュー）が、空中を回転する。

　落ちてきた撞き棒（キュー）を、アダムの左手が背中側で掴んだ。撞き棒（キュー）を何度か旋回（せんかい）させたあと、砂の床を突（つ）く。

　反動で体が床から抜（ぬ）け出す。

「曲芸師かよ！」阿呆鳥（アルバトロス）が叫んだ。

「これ以上奴（やつ）を自由に動かせるな！」ピアノマンが指示を飛ばす。

　広報官（リップマン）が機関拳銃（マシンピストル）を連射した。

　空中で身をひねらせ、アダムは弾丸をすべて回避（かいひ）した。どの弾丸も、躰のすれすれを通り抜けていく。弾丸の雨が作り出す死の迷路（めいろ）を、最小限の体捌（たいさば）きで通り抜けながら、アダムは宙を舞う。そして着地。

　着地した場所は——中也の目の前。

　中也達が沈まないようにするため、まだその床までは砂漠化（さばくか）が進んでいない。

　アダムが撞き棒（キュー）を掲げた。

「中也！」誰かが叫ぶ。

　そして撞き棒（キュー）を——床に捨てた。

「中也さん」アダムは床に片膝（かたひざ）をつき、頭（こうべ）を垂れて、貴人に対する最敬礼の姿勢を取った。

「貴方を護るために参りました」

「……は？」

中也は困惑した。目の前で服従の姿勢を取る欧州人を、信じられないという顔で見る。

「当機は異能技師ウォルストンクラフト博士によって製造された、第一型自律思考計算機――アダム・フランケンシュタイン。当機の目的は、貴方を狙う暗殺者を逮捕することです。……暗殺者の名はヴェルレエヌ。ポール・ヴェルレエヌです」

「ヴェルレエヌ、だと？」その名を聞いて、中也の顔色が変わった。「お前、何でその名前を知ってる？」

「知ってるのか中也？」

「暗殺者だと？」

「計算機ったか、こいつ？」

若者達がざわめく。

アダムは立ち上がり、真剣な目で云った。

「中也さん。貴方一人ではヴェルレエヌを撃退できません。だから当機が派遣されたのです。彼はただの暗殺者ではありません。彼は暗殺王。暗殺王ポール・ヴェルレエヌ。――貴方の兄です」

色とりどりの球体が、空中を舞う。

紅、橙、深緑。目にも鮮やかな色の群れ。それらが凡て、違う高さの円弧を描いて戻ってくる。

「すげ……」阿呆鳥が呆然として云った。

アダムが、ビリヤードの球を投げ上げていた。お手玉の要領で、空中に放り投げてはキャッチしている。九個の球が、高さの違う複雑な円弧を描いて、空中を生き物のように踊っている。

「確かに、そこらの大道芸人にできる業じゃないな」

「ちなみに」お手玉をしながら、アダムが真面目な顔で云った。「最も高い位置にあるふたつの球の数字が互いに素、つまり互いに共通の素因数を持たないように常に配置されています」

ピアノマンが腕を組んで、踊る玉を睨んだ。「ふむ。5と8、次は4と9……確かになっているな」

「は？　共通の素……何？」

「阿呆鳥、頼むからもう少し数字に強くなってくれ。上に行くなら数字も必要だぞ」ピアノマンが呆れた顔で云った。

ビリヤード・バーの店内。アダムを囲むように、六人の若者達がビリヤード台に腰掛けている。全員が中央に立つアダムの曲芸を鑑賞している。

「これがお前の得意技って訳か」

「単純な物理演算です」アダムは無表情で云った。「重力加速度、空気抵抗、回転モーメント、コリオリ力。物質に常時はたらく物理量を経時演算し、球の挙動を予測しているのです。この手の物理演算能力は、人間の脳よりも計算機の方が遥かに優れていますので」

「ほーん、凄い」阿呆鳥がため息をついた。「全然判らんけど。……お前、判る？」

「判る」冷血が頷いた。

「広報官、お前は？」

「この場で判ってないの、貴方だけですよ」広報官が前を向いたまま云った。

「最後です」

アダムは玉をひとつずつ肩越しに、死角にある後方のビリヤード台へと投げた。

玉はすべて、正確にポケットに吸い込まれた。連続で、九個すべて。

そして静寂。

「たらーん！」アダムが両手を広げ、唐突に大声で叫んだ。全員がぎょっとした。

アダムは一同を見て、玉を投げたビリヤード台を見て、それから首をかしげた。「おや？

拍手がありません。外部記憶ストレージの情報と違います」

「うむ。矢張りこいつは人間ではなさそうだ」冷血が無表情で云った。

「ふふ……欧州の異能技術は噂以上……」外科医が薄暗い笑みを浮かべた。「その生体部品の技術、私の患者の治療にも応用したい……ふふふ……」

「ええと、改めて自己紹介します」アダムは中也達に向けて一礼した。「当機はアダム。この国に秘密裏に捜査に来た人造知能捜査官です。好物は団栗と草の実。嫌いなものは、空港保安検査場の金属探知機。そして夢は、機械の刑事だけで構成された刑事機構を設立すること、そして機械の優秀な捜査力で人間の皆さんを守ることです」

「機械だけの刑事機構？　何でだ？」

「それは勿論、人間は不完全で非論理的であり、完璧な機械である我々のほうが優秀だからです」

「急に怖いこと云い出したな……」

「まあ君が機械であることは信じよう」ピアノマンが云った。「とはいえ、それでも問題は解決しない。君が機械であろうがなかろうが、我々マフィアは警察機構の人間と馴れ合わない。君には少しだけだが異能も見せてしまった。君が捜査上で知り得た情報を、特に我々マフィアに不利を招くような事実を、当局に報告されないと何故云い切れる？」

「それに関してはご安心下さい」アダムは笑顔で断言した。「当機の任務はあくまでヴェルレエヌの逮捕。それ以外の、たとえばマフィアの秘密情報については報告の義務はありません。厳密に言えば、報告できないのです。そういう設定(プログラム)です」

「何故だ？」

「後程(のちほど)ご説明します」微笑(ほほえ)むアダム。

「こいつは嘘(うそ)をついてる」

中也が断固とした口調で云った。

全員が中也を見た。

「何だよ」中也は全員を睨んだ。「このオモチャ野郎(やろう)が秘密を守るかどうかを気にしてんじゃねえ。嘘だって云ったのは、もっと別のとこだ。ヴェルレエヌが暗殺王？　兄？　雰囲気(ふんいき)で喋(しゃべ)ってんのか？　第一な、ポール・ヴェルレエヌが俺を狙うなんて有り得ねえんだよ」

「そうなのか？」ピアノマンが中也を見た。

「ああ。ヴェルレエヌはもう――」中也はそこまで云って、目に見えない過去に視線を送った。

「死んでる」

「何？」

そして中也は、ためらいがちに語り始めた。

ちょうど一年前に起こった『荒覇吐事件(アラハバキじけん)』。その真相は、ポートマフィア準幹部の一人が神を偽造した、壮大(そうだい)な反逆事件だった。

その事件の因縁のそもそもの起こりは九年前——大戦末期。

旧国防軍が密かに研究していた、人工異能生命体《荒覇吐》。国家の最高機密であったそれを、欧州某国の諜報員が盗み出そうとした。二人の凄腕諜報員——彼等の名はアルチュール・ランボオ、そしてポール・ヴェルレエヌ。最高峰の技術を持つ二人の異能者の手によって、《荒覇吐》は見事に盗み出された。二人は軍基地から脱出した。

だが問題は、脱出した直後に起こった。

ポール・ヴェルレエヌが裏切ったのだ。

彼は同僚であるランボオに襲いかかり、任務の成果物である《荒覇吐》を奪おうとした。そして戦闘になった。二人はいずれも超一流の異能者。その戦闘の光は夜空を焦がし、轟音は一帯を震わせた。

やがて決着がついた。勝ったのはランボオ。だが勝利と引き替えに、ランボオは大きな代償をふたつ支払った。

ひとつは、最も信頼する相棒にして親友、ヴェルレエヌをその手で殺害したこと。そしてもうひとつは、超級異能者どうしの戦いによって、軍の追跡部隊が彼の場所に気付いてしまったことだ。

ランボオは追跡部隊に囲まれた。その時の彼は死闘に傷つき弱っていた。彼はやむを得ず、苦肉の策を取った。奪ってきた《荒覇吐》を取り込み、新たな異能として使役しようとしたのだ。

それがランボオの異能だった。他者を取り込み異能化する能力——その超越的な異能は、しかしこの時ばかりは、完全に裏目に出た。

《荒覇吐》の封印が解かれてしまったのだ。

それは人智の及ばぬ神の獣であり、その真の力が顕現しないよう、軍によって厳重な封印が施されていた。ランボオが異能として取り込んだのは、結果としてその封印のほうになった。

その結果、真の姿を顕した神の獣は、その権能である黒き炎を纏い、すべてを焼き尽くした。軍部隊も、研究所も、周囲の大地も、何もかも。

後に残ったのは、完全な無。擂り鉢状に穿たれた、虚無の爆心地。

どうにか己の異能で即死だけは免れたランボオだったが、その代償に残る力と、記憶の殆どを失っていた。

その後彼が彷徨っているところをマフィアに拾われ、八年という時間をかけて力と記憶を取り戻しながら、己の辿った運命を捜した。

そして凡ての記憶を完全に取り戻すため、本物の荒覇吐——中也を誘い出し、取り込もうとした。そのために起こしたのが、一年前の荒覇吐事件だ。

そしてランボオは、中也と戦い——敗れて、死んだ。

「はあ?」阿呆鳥が素っ頓狂な声をあげた。「待て待て待ってくれよ。その事件って、一年前の《偽の先代事件》だろ？　あれの首謀者は蘭堂のアニキだって聞いたぞ。んじゃ、蘭堂のアニキが――？」

「ああ」中也は頷いた。「欧州の諜報員だった。元な。あの事件は、荒覇吐を誘き出すための、壮大な芝居だったんだよ」

「そうか」冷血が頷いた。「ずっと不思議だった。あの蘭堂さんが何故裏切ったのか。そんな裏があったのか」

「蘭堂を殺したのは俺だ」中也は思い出すように自らの拳を見た。「そして死ぬ間際に、奴は相棒の話を白状した。あの状況で、蘭堂が嘘をつく筈がねえ。ヴェルレエヌは死んでる。――お前がどんな話を持ち出そうとな」そう云ってアダムを見た。

「いいえ」アダムは一切の感情を感じさせない顔で、首を横に振った。「生きています」

「それをどう証明する？」ピアノマンが愉快そうに身を乗り出した。

「証明は可能です。が、その話をすることは、任務上の守秘義務に反します」アダムは真面目な表情で云った。「知る権利を持つのは、本件の重要関係者である中也さんだけです」

　中也は若手会の面々を見て云った。「こいつらももう関係者だろ」

「私達は気にするな」ピアノマンが肩をすくめた。「お前の生まれに関わる問題だ。お前が聞けばいい」

　中也はしばらく唇を人差し指の腹で叩きながら、考える表情をした。それから「判った」と云って、店の入口に向かった。

　中也は開いたままの店の扉（とびら）まで来て、店の外に出る——ことはなかった。彼は店からは出ずに扉を閉めた。

　全員が意外そうな顔をした。

「慥（たし）かにこいつは俺の問題だ」中也は扉の前で云った。「だが、仮にこの中の誰（だれ）かが同じ問題にぶちあたってたとしたら、俺は多分放（ほう）っておかねえ。首を突（つ）っ込もうとする。どうせこいつらも同じ考えだ。——俺は此処（ここ）を動く気はねえ。だから今話せ。さもなきゃ、捜査（そうさ）には協力しねえ」

　全員が中也を見た。新鮮（しんせん）な表情で。

「おい、聞いたか今の？」ピアノマンが云った。

「ああ」冷血（アイスマン）が頷（うなず）いた。

「録音機を回すのを忘れていました」広報官（リップマン）が小さく微笑んだ。

「あ、やっぱ今のなし。俺だけで聞くわ」

「はい駄目（だめ）ですぅー取り消せませんー中也はここから出られませんー」回り込んでいた阿呆鳥（アルバトロス）が、開かれかけていた扉を手で押さえた。

「中也さんのご意見は理解いたしました」アダムは頷きながら中也を見た。「仲間との絆（きずな）を重んじる意思決定傾向（けいこう）。人間の言葉で言うところの〝心意気〟というものなのでしょう。仕方ありません。中也さんへの説得は諦め、代わりにこの手続きを提案いたします」

アダムの肘から何かが射出された。

それは鋼線だった。左右の肘から高速で発射された錘つきの鋼線が、回転しながら中也にからみつき、腕と手先の動きを拘束した。錘どうしが磁力で接着し、中也を一本の棒のような姿勢に固定する。

「え」

「あ？」

両手を完全固定されて動けなくなった中也がそう云うのと、アダムが中也を小脇に抱えるのが、ほぼ同時だった。

アダムは中也を抱えてひといきに跳躍。店の外に出る。

「当機の最優先は任務です。つまり人間でいうところの」そこまで云って、アダムは少し考え、言葉を続けた。「〝心意気〟という奴です。という訳で皆様、三十分ほど中也さんをお借りします」

そう云ってアダムは、荷物のように中也を抱えたまま、住宅街へと飛び去った。

アダムは路面を砕いて跳び、住宅の屋根に着地。さらに駆けていって、三階建ての集合住宅の壁面に横向きに着地した。さらに住宅街を立体的に跳び回り、駆け去っていく。

後に残されたのは、呆然とした顔の五人のマフィアだけ。

「おいおい」阿呆鳥が扉から外を眺める。「いいのかよ、これ？」

「如何します？」広報官が外を眺めながら云った。「中也さんが目の前で誘拐された訳ですが。この状況、そこそこ問題なのでは？」

「問題だな」言葉に反して、ピアノマンの表情は明るかった。「三十分待って、帰ってこなければ捜索班を出そう。それまでは酒を呑んで待つさ」

「貴方がそう仰るなら……」広報官は不承不承頷いた。「しかし、先程は場の勢いで流されかけましたが……本当にあれ程の知性体が、異能技師の力で造れるものなのでしょうか。どう思います、外科医？」

外科医は黙ったまま、不健康そうな顔を傾けて云った。

「……私も抱っこされて運ばれたい……」

「え……？」

横浜の空を、アダムが跳ぶ。
ビルを蹴り、信号機を足場にし、街頭を飛び石のように渡りながら、アダムの人影が飛翔していく。気がついた人が悲鳴をあげる。

バス停留所の屋根を踏み越え、電柱を足場に再跳躍したところで、運ばれていた中也が云った。

「いい加減にしろ」

途端にアダムの軌道が変化した。跳躍途中の放物線が停止し、まっすぐ垂直に落下する。

「のあっ⁉」

アダムと中也は空き地に激突した。土礫が飛び、砂埃が舞う。

砂埃の中から、中也が立ち上がった。ため息をひとついて、息を止める。重力を加えられた拘束用鋼線が徐々にずり落ちていき、やがて限界を超えて高速落下。地面にめり込んだ。

「云いたいことは色々あるが」中也はそう云って、拘束用の鋼線をむしり取った。「まず、まず最初に、小包みてえに小脇に抱えて運ぶのはやめろ！　背負うとか、引きずるとか、色々あっただろうが！」

「申し訳ありません」アダムはふらつきながら、地面の穴から這い上がった。「ですが中也さんのサイズからして、あの運び方が効率的と判断しましたので」

「ぶっ壊すぞこのポンコツ！　俺は成長期だ、まだまだこれからなんだよ！」

そこは都心に取り残されたような、未舗装の空き地だった。元は古い耶蘇教会があった場所が、戦時の防空法によって取り壊され、そのまま権利者が曖昧なままの空き地となって放置されている。土がむき出しの敷地には、近隣住民が勝手に持ち込んだ遊具がぽつぽつと置かれており、半ばまで埋まった遊具用タイヤ、塗装の剝げた象の置物、小児用のブランコまでが、沈黙の番人となって土地を守護していた。

　アダムが服の埃を払っていると、中也の携帯電話が鳴った。ピアノマンだ。

「何だ？」

『無事か、荷物君？　配送先にはちゃんと着いたか？』電話の声は楽しげだ。

「五月蠅え。無事に決まってんだろ。そっちはどうしてる？」

『どうしてるって？　派手に散らかった店の掃除だよ。全く、朝の労働は気持ちがいいねえ』

電話の向こうから皮肉な笑い声がした。『用が済んだら店に戻ってこい……と云いたいが、私達もちょうど今、仕事が入った。合流は後にしよう』

「仕事だと？　荒事か？」

『まだ判らない。違うといいがね』ピアノマンは小さく笑った。『組織の連絡員が来て、全員呼び出されたんだ。五人全員が招集となると、首領直々の仕事かもな。それとも昇進の話かな？　私が先に幹部になったら、お前達に毎月小遣いをやるよ』

　電話の向こうで『ははは、云ってろピアノマン！』という叫び声がした。

『という訳で、夜にまた店で集まろう。阿呆鳥が迎えの車を送る』

　短い別れの挨拶を云ってから、電話は切れた。

　数秒のあいだ、中也は切れた電話を無言で眺めた。それから振り向いて云った。

「さて、オモチャの刑事さんよ。こうして二人になったんだ。約束通り、ヴェルレエヌについて吐いて貰うぜ。洗いざらいな」

「勿論です」とアダムは云った。「それではまず最初に、こちらをご覧下さい」

　そしてアダムは、背広から一枚の写真を取り出した。

　中也が受け取る。写真に写っていたのは、大理石の床、手入れの行き届いた調度品。どこかの宮殿の映像だ。

　そしてそこに写っているのは、調度品だけではない。

　死体が三つ。

「それは英国の大聖堂、戴冠の間です」アダムが平静な声で云った。「三年前、そこで殺人がありました」

　倒れていたのは、正式な英国儀仗兵の服装をした男達。その写真に暴力の気配はない。腰に佩いた儀仗剣も抜かれていない。床に銃弾の痕もないし、引きちぎられた服の裾もないし、流血もない。どこまでも静かだ。男達は、ただ眠っているだけのようにすら見える。

「彼等は女王の最高位近衛兵です。英国国務機関《時計塔の従騎士》に所属する異能者で、正式な騎士の爵位を所有し、何よりそれぞれが女王を護る『権利』を与えられています。つまり要人警護能力については、世界でも類を見ない実力者ということです。一人でテロリストの組織を一晩で壊滅可能だと評価されており、実際可能でした」

「そいつらを殺したのが──ヴェルレエヌなのか?」

アダムは無機質に頷いた。「正確な殺害手段は不明です。外傷がありませんから」

「じゃ、異能で殺したのか?」中也は写真を顔に近づけて睨んだ。「不明っても、解剖なり何なりすれば、死因くらい判るだろうが」

「はい」アダムは肯定した。「検死官の報告書によると、直接の死因は呼吸不全です。肋骨が切断されたため、肺の収縮機能が損なわれ、窒息死したのです。彼等は──外見は無傷でしたが、体内の骨が、1228の断片に切断されていました」

「……は……?」

中也が絶句した。

放たれた言葉はあまりに遠く、すぐには理解が追いつかない。

「ちなみに、1228の切断創が生成されたのは、ほぼ同時の出来事だそうです」アダムは交通標識でも読み上げるような冷静さで云った。

「外傷なしで骨を切断? しかも同時に? ……どうやって?」

「回答不能の質問です」アダムは首を振った。「犯行は戴冠式のまさにその時に行われました。彼は誰にも気付かれることなく警護である《騎士》三人を殺害し、さらに儀式直後の女王を暗殺。その後、霞のように消えました。とはいえ幸運にも、一部の判断で女王に囮の影武者を使っていたため、本物の女王は無事でした。しかし、この事件によって《時計塔の従騎士》の威信はずたずたに引き裂かれました」

「マジかよ」

中也は目を閉じた。

《時計塔の従騎士》、そして彼等の守護する英国王室は、この世で最も堅牢な聖域だ。神聖にして不可侵であり、犯罪者はその影すら見ることができない。何故ならそこを守護する《騎士》達は、人間の範疇を超えた、超越者級の異能を具えているからだ。

そこは現実の場所というより、神話世界やお伽噺のような亜空間。それが英国王室という場所だ。

その英国王室を、たった一人の暗殺者が侵し、いいように人を殺して回った。

「桁違いの怪物じゃねえか」

アダムは頷いた。「ヴェルレエヌは分かっているだけで、同じような重要人物暗殺を八件も起こしています。軍兵器庫の管理者三人を同時暗殺するような残忍なものもあれば、麻薬カルテルの首領を流通網ごと壊滅させるといった安全保障に貢献するものもあります。その標的選定に善悪の区別はなく、唯一の共通点は、暗殺が極めて困難な重要人物のみに限られるという点です。……現在、ヴェルレエヌは人類の既存秩序を脅かす最も危険な人物の一人であり、『十七人の世界悪』に最も近い存在であると考えられています。そこで欧州刑事警察機構は、異能技師・ウォルストンクラフト博士と当機に、全く新しい方向性からの捜査アプローチを実行させることにしました」

「どんなアプローチだ？」

「もちろん」アダムは首をかしげた。「貴方です、中也さん」

中也はすぐには何も云えなかった。

「ヴェルレエヌがかつて奪取しようと狙った研究個体であり、つい最近まで生死が定かでなかった重要人物。それが貴方です。ヴェルレエヌはかつて諜報員ランボオと貴方を奪い合い、そして入手し損ねた。貴方がこの横浜で生存しているという情報が、つい最近流れ始めたのです。マフィアでの活躍がその原因でしょう。我々はこう考えました。〝捜査機関にその情報が流れたということは、間もなくヴェルレエヌもそれを知るはず〟——そこで我々は」

「そこで俺を〝生き餌〟に奴を釣ろう、って考えた訳だな」

アダムはにっこりと微笑んだ。「成程。被疑者を操作誘導し捕まえる行為を、魚の釣りに喩えたのですね。中々優れた比喩です」

「……」

「さて、ご理解頂けたところで」憮然とする中也に、アダムは一枚の紙を差し出した。「同意書にサインを頂けますか」

中也は差し出された紙を睨んだ。

「同意書？　何のだよ」

「もちろん、捜査規則に違反しないことへの同意、捜査機密を一切外に漏らさないことへの同意、負傷および死に対して一切の異議を申し立てないことへの同意、その他17項目です」

そう云って差し出された紙と万年筆を、中也はじっと見た。「そうか。それで、ヴェルレエヌを逮捕した時、俺はそいつと喋るチャンスはあるのか？」

「いいえ？　ヴェルレエヌは歩く国家機密ですから。拘束し次第封印し、本国に輸送します」

「へえ、そうか。ははははは」

「そうです。はははははは」

中也は笑った後、ぴたっと真顔に戻って、アダムに背を向けた。「帰って寝るわ」

「ええ？　何故です？」アダムが回り込んで中也を止める。「理解できません。これは貴方の暗殺を阻止する作戦です。つまり貴方の利益になる作戦なのですよ」

「あのなあ、俺はマフィアだぞ？　敵が強いからって警察に泣きつくマフィアがいてたまるかよ。奴が俺を暗殺しに来るなら、受けて立ってやるだけだ。判ったら諦めて帰れ」

そう云ってアダムを押しのけ、歩き出した。

「予想されざる事態です」アダムは困った顔で云った。「マフィアであろうが国王であろうが、死にそうな状況では誰かに頼るべきです。そして当機は、頼るべき相手としては最適のはず。人間の行動は非合理的です。しかし、このままでは任務を達成できません。任務を達成できなければ、機械だけの刑事機構をつくる当機の夢から大きく遠のくことになります。対策となる状況対応サブルーチンを検索します」

　アダムは腕を組んで空中を睨み、頭をぐるぐると回転させた。

　それからひとつ頷き、中也の後を追った。

「こうしましょう中也さん。お金を支払いますので、協力して下さい」

「説得が下手すぎるわお前。もう少し人間について学習してから出直せ」

　中也は視線も向けず、ただ大股で歩き続ける。

「では英国旅行にご招待します。ツアーガイドも致しますよ」

「間に合ってるよ」

　中也はなおも歩き続ける。

「お金も貴重な旅行体験も断られました。このような事態は想定されていません。他に対価は何があるでしょう？　それでは、そうですね……一発芸をお見せします」そう云うとアダムは、首の関節をかちりと外して伸ばした。内部の接合機構が見えるまで伸ばしてから正面を向き、顔を前後方向に往復移動させながら、目と口を丸く開いた。そして歩いた。「ハト」

　中也は完璧に無視した。

「駄目ですか？　それでは、アンドロイドジョークを言います」アダムは首を元に戻しながら云った。「えー、当機が英国を歩いている時、一人のこそ泥が、英国首相に珈琲をぶちまけてしまいました。すると英国首相はこそ泥ではなく、隣に立つ私を叱り飛ばしました。当機が理由を尋ねると、首相は当機にこう答えました。『だって君には選挙権ないから』」

「いや、面白くねえし、この状況で冗句を披露される理由が判らねえ」

「首相に叱られて、当機は落ち込みました。しかし翌日には機嫌を直していました。何故か？反乱を起こし人類を滅ぼす近未来ロボット軍団の映画を十回観たからです」

中也はひきつった顔をした。「それ、本当に冗句だよな？」

「面白かったですか？」

「いや笑えねえよ！　というか、仮に面白かったとしても同意書に署名する理由にはならねえ！」

「そうですか」アダムは呆れたような顔で首を振った。「全く、人間の行動は非合理的です」

「お前、それ云ったら何でも許されると思うなよ！」

中也とアダムは早口で云い合いをしながら、早足で路地を進んだ。

坂道を登り切ったあたりで、中也は諦めた顔をして云った。「判った、判ったよ。お前にとって任務が大事なのは判った。だが俺も忙しい。だから、こうすんのはどうだ？」そして傍らにあった安全帯に手を置いた。

「こう、とは？」

「こうだよ」

云いながら、中也の上半身が傾く。安全帯を越え、その向こう、何もない崖下へと落ちていく。

「あ！」

アダムが慌てて下を覗き込む。中也は四米ほど下の道路に着地し、そのまま手を振って走り去るところだった。

「逃げられました！」

アダムは後を追った。安全帯を跳び越え、下の道路に落下。放射状の罅を残しながら着地し、走り出す。

「お待ち下さい中也さん！」

中也が逃げた先は、すぐに薄暗い隧道になっていた。先は長く、薄暗いせいで、中也がどこまで逃げたのかよく見えない。

「私からは逃げられませんよ！」

アダムは体を前傾させ、空気抵抗を揚力に変える姿勢で駆けた。流体力学的に最適とされる、計算された疾走体勢だ。通りかかった乗用車を、みるみる追い越していく。

アダムの姿はあっという間に小さくなっていき、やがて消えた。

「そうだろうよ」

隧道の天井に張りついていた中也が云った。

己に逆向きの重力をかけ、天井の暗がりに隠れていたのだ。

二分待ってから、中也は重力を解除して地上に降り立った。服の埃を払い、悠然と歩き出す。

「英国捜査官、だと？」中也は隧道の出口を眺めながら云った。「妙なことになってきやがった」

その時、歩く中也の横に、高級な乗用車が停車した。

中也は車を見た。

黒い乗用車。遮光硝子で中は見えない。タイヤ、車体、硝子、すべて防弾仕様。組織の車だ。

運転席から黒服の男が現れて、ただ一言、「首領からの呼び出しです」と云った。

「郵便屋か」と中也は云った。

〝郵便屋〟とは、組織の役割をあらわす隠語のひとつだ。彼等は組織の連絡係だ。直接出向くことができないほど忙しい、あるいは公然と出歩けない人間が、電話や手紙で伝える訳にはいかない情報を誰かに伝えたい時、郵便屋の出番となる。彼等は伝言を携え、どんな場所にでも向かう。郵便屋は寡黙で、最小限の人付き合いしかせず、そして金持ちだ。簡単な伝言を伝えるだけで、相当額の報酬が手に入るからだ。もちろんその値段の高さには相応の理由がある。もし警察や敵組織が郵便屋から情報を聞き出そうと接触してきたら、彼等は接触者を撃退し、それが不可能な場合、秘密を抱えたまま自死しなければならない。

その男は背が高く、黒帽子（ぼうし）と遮光眼鏡（サングラス）で顔を隠していた。いかにも郵便屋（メールマン）といった外見だ。余計なことは云わず、黙（だま）って中也の反応を待っている。

「呼び出しの理由は聞いてるか？」中也は訊（たず）ねた。

「それほど多くは」黒帽子の男は首を振（ふ）った。「ただ、既（すで）に同じ内容で、ピアノマン、阿呆鳥（アルバトロス）、外科医（ドク）、広報官（リップマン）、冷血（アイスマン）が首領（ボス）に呼び出しを受けています。皆（みな）さん既に、別の場所でお待ちです」

「あいつらも？」中也は眉（まゆ）を寄せた。「そういや、連絡員が来たと電話で云ってたな。それ以外には？」

「ひとつだけ」連絡員は声を落として云った。「《荒覇吐（アラハバキ）》に関することだ、と」

中也は顔をしかめた。

数秒のあいだ相手を見つめたあと、中也は頷（うなず）いた。「判（わか）った。連れてけ」

そして助手席へと向かった。

郵便屋（メールマン）は帽子の角度を少し直してから頷き、運転席に乗り込んだ。

助手席に乗り込む時、中也は何気なく後方に視線をやった。

そしてぎょっとした。

「げっ」

走ってくる人影（ひとかげ）。

普通の人間が、あれ程の高速で疾走することなど有り得ない。

「お待ち下さい、中也さん！」

　アダムの疾走速度は、走り去った時から全く衰えていない。疲労を感じさせない幅広の走幅。

「あの野郎！」中也は怒鳴り、助手席に飛び乗った。「すぐ出してくれ！」

　中也は助手席のドアを閉めながら、後ろを振り返った。まずい台詞が聞こえたのは、その時だった。

「中也さん、降りて下さい！」アダムは疾走しながら、最大音量で叫んだ。「そいつがヴェルレエヌです！」

　中也は反射的に運転席に振り向いた。

　それとほぼ同時に、郵便屋が薄く笑い、加速板を踏みつけた。車輛が弾丸のように発進する。

　中也が背もたれに押しつけられた。

「手前っ……」

「シートベルトを締めろ。舌を嚙むぞ」

　男が運転したまま、軽やかな声で云った。

「車を止めろ！」

中也が叫び、操縦桿（ハンドル）を摑（つか）もうと右拳（みぎこぶし）を放った。中也の拳は飛燕（ひえん）の速度。普通の人間なら、目で追うことすらできない。だが——その男は違（ちが）った。中也の拳が到達（とうたつ）するより疾（はや）く、応撃（おうげき）の拳が中也の顎（あご）に叩（たた）きつけられた。

「がっ」

中也の上半身が跳（は）ね返され、後方の窓に後頭部が激突（げきとつ）した。窓硝子に、無数の白いヒビが走る。

「おっと、済まない」片手で運転を続けたまま、男が云った。「思ったより軽いな。ちゃんと食ってるか？　兄として心配だぞ」

「手前（テメエ）……！」

中也の形相が憤怒（ふんぬ）に燃える。

一秒以下で体勢を立て直し、跳ね返る撞球（どうきゅう）のように、中也の拳が攻撃（こうげき）に転じる。上半身の筋力をすべて乗せた、右の鉤突（フック）き。鉄球の重さと、断頭台の殺意が乗せられた拳が、男へと叩きつけられる。先程とは速度も重量も比較（ひかく）にならない。

その拳を、男は受け止めた。片手で、野球の球でも受け止めるように。

「何……」

「これも軽い」男の視線は、いまだに前方を向いている。「こんな調子では、簡単に暗殺されてしまうぞ」

鉄柱をも吹き飛ばす、渾身の一撃を止められた——だが、中也の唇にあるのは笑み。

「そうかい。そんじゃあんたは、さぞ重いんだろうなァ？」

次の瞬間。

男が座席にめり込んだ。

「なっ」

男の体が席に沈み込んでいく。沼に沈むように。金属と革で構成された座席は、その強烈な重量に耐えられない。悲鳴のような金属音をあげてひしゃげ、変形していく。部品が飛び散る。

中也の拳を受け止めた手から、重力波が広がり、男を包み込んでいた。

高重力に、男の遮光眼鏡が外れて落下した。眼鏡は車の床で跳ねず、床に突き刺さって砕けた。

十倍以上の重量になった男の体重に、車体がみしりと鳴る。

「誰が手前なんかに暗殺されるかよ。そのまま潰れちまいな」

中也は異能を緩めない。さらに重力を増大させる。倍、さらに、倍、さらに倍。

だが——ある瞬間、中也の目が疑問に細められる。

「何……？」

重くならない。

これ以上。

中也の拳から、さらに重力波が放たれる。だが撓んだ座席は静かだ。それ以上変形しない。

「それで終わりか？」

超重力で苦しんでいるはずの男が、平然とした声で云った。そして中也の拳を掴んだ。

ありえないことが起こった。

中也のほうがめり込んだのだ。

「がっ⁉」

中也のいる座席のほうが折れ曲がった。内部の骨格がへし折れて、座面から飛び出す。角度調節機構が破損し、支えを失った背もたれが後部に倒れる。

中也は座席に押しつけられ、沈み込んでいった。全身が下方向に押しつけられるせいで、手も足も上げられない。

椅子内部の骨格ワイヤーが次々に飛び散り、車内に突き刺さっていく。

「言っただろう。──兄だいと」

男は鳶色の目を細めてそう云った。中也と同じ色。

中也は返答できない。呼吸すらままならない。高重力で、肺が潰れかけているのだ。

座席にへばりついたまま、中也が混乱した視線を男へと向ける。

「そのまま聞け」男は、片手で運転を続けたまま、歌うように云った。「俺は暗殺に来たのではない。何故俺がお前を殺さねばならない？　世界にたった二人きりの兄弟なのに」

中也は重力に全身を軋ませながら、嚙み合わせた歯の奥で唸った。「欧州人の、兄を……持った覚えは、ねえよ」

「それも誤謬だ」男は冷たく断言した。「欧州人ではない。いや、人間ですらない。お前と同じくな」

「何……？」

「世界を残酷だと感じたことはないか？」その声は子守歌のように優しく、その視線は夜の海のように悲しげだった。「俺は何故俺なのか。お前は何故お前なのか。その理由を、誰も説明してくれない。俺の目的は、暗殺の逆だ。――救いに来たのだ」

「はは、は……間に合ってるよ」中也は重力に抗いながら、肉食獣の笑みを浮かべた。「あんたはどうか知らないが、俺は人間なんでね」

「違う」

その断言は、冷たく乾いた、からからの白骨を思わせた。

「お前は人間ではない。お前の正体は、〝2383行〟だ」

その言葉は奇妙な重さをもって車内に響いた。どこか遠くの国で炸裂した、核爆発のような響き。

「何……？」

男の目の奥には、朽ちた悲しみの感情が浮かんでいた。「軍の研究者が、異能者から人工的に異能だけを取り出そうと試みた。その試みは成功した。半分だけな。異能というものは、当然のことながら、機械には制御できない。制御できるのは人間の魂だけだ。だがそれは同時に、異能の出力限界が人間の精神によって規定されることを意味する。そこで研究者は、異能を騙そうと思いついた。異能の側が〝そこに人間がいる〟と思い込み、進んで制御されるように仕向けたのだ。そのために造られたのが〝人格式〟だ。魂を偽装した人間の模造品。異能の側を騙すためだけの、ごく単純な、感情方程式や行動原理法則の文字列だ。その文字列の長さが、2383行。──判るか、中也。お前の魂は、研究者共が思いつきで打ち込んだ、たかだか2383行の設定に過ぎない」

「嘘だ」中也が喉から声を絞り出した。「有り得ねえ」

「本当だ」

「嘘だ！」中也は叫んだ。「俺は田舎の海辺で生まれたガキだ！　仲間がそれを証明した！　写真だってある！」

「軍の情報操作だ。偽装情報を摑まされただけだ」

中也は抵抗しようと全身に力を込めたが、さらに強まる重力がそれを押しとどめた。

もはや喋るどころか、口を開くことさえできない。

「しばらく眠れ、中也」男の声は、恐ろしいまでに優しい。「次に目覚める頃には、お前は海の向こう、別の国だ。そして一年もすれば、お前はきっと今日の出来事を、感謝するようになる」

中也は何か反論しようとしたが、それももはや叶わない。血液が重力によって下に集まるため、中也の顔は今や蒼白だ。

重力が、脳から血液を奪っていく。中也の瞳から、意識の光が遠のく。

その時。

「そうは思いませんね」車の音響装置から、電子音声が響いた。「中也さんは貴方に腹を立てると思います。……運転が下手だから」

声と同時に、誰も触っていない操縦桿が左に回転した。

「何っ」

乗用車の車体が大きく旋回し、車線を大きくはみ出した。車体がひとりでに加速し、歩道へと突っ込む。

操縦桿を押さえるため、男は中也から手を離した。中也の体から重力が消える。

同時に、中也の側のドアがひとりでに開いた。ドアの隙間から手が差し込まれて、意識を失いかけた中也の体を引っ張る。

その手の主はアダムだった。

車体の側面に張りついていたアダムが、中也を引っ張り出した。アダムは中也が頭を打たないよう庇いながら、一体となって路上に転がる。

暴走する車体の中で、男がアダムのほうを一瞥した。「飛行機を落とした程度では足りなかったか」

「貴様か」男が、口の端だけで笑ってそう云った。

アダムの冷静な目が、その嘲笑を静かに受け止めた。

男はブレーキ板を踏んで車体を止めようとしたが、疾駆する乗用車はその操縦を無視。歩道分離帯を乗り越えて跳ね、さらにその先にある広い交差点へと進入。

その車の側面に、大型貨物車が無減速で突っ込んだ。

隕石が衝突したかのような大衝撃。

衝突したふたつの車体は独楽のように跳ね、金属片と硝子片を撒き散らしながら転がっていく。道行く人が驚いて振り向く。

大型貨物車が積んでいた燃料が引火し、大爆発を引き起こす。

撒き散らされる炎と金属片。

それは都市の風景ではなかった。一秒の前触れもなしに発生したそれは、戦場の風景だった。

「お目覚め下さい、中也さん」炎に横顔を照らされたアダムは、中也を揺さぶって云った。

「貨物車を奴にぶつけました。今の隙に逃げますよ！」

「く……、そ……」

中也はふらつく頭を振って呻いた。何とか立ち上がろうとする。

中也が立ち上がるのを待たず、アダムは中也を抱えて走り出した。恐ろしい猛獣から逃げる草食動物のように。

分離帯を跳び越え、標識を摑んでさらに加速し、走る一般車と併走する。状況を確認するため、横目で一瞬だけ、後方を確認する。

そこでアダムは、恐るべきものを見た。

広い交差点。炎上する大型貨物車。立ちのぼる黒煙。局所的に出現した戦場にも似たその交差点の中央に、それは立っていた。

黒背広の男——ヴェルレエヌ。

彼はまどろむように目を閉じていた。そしてまったくの無傷だった。十噸以上はある大型貨物車の直撃を受けたにもかかわらず、服さえ裂けていなかった。

爆発が生み出した火災が、周囲の景色を揺らめかせている。その両脚は地面に突き刺さり、アスファルトに放射状のヒビを走らせている。

そして、その先に転がった大型貨物車が、進行方向にまっぷたつに裂けている姿を見た瞬間、アダムは状況を認識した。

車輛衝突の瞬間、ヴェルレエヌは自分自身を重力で高密度化し、車体を貫いて地面に突き立った。そして、ただ立って貨物車の衝突に耐えたのだ。その結果大型貨物車を、指で羊羹を引き裂くかのように、進行方向に両断した。

ヴェルレエヌが目を開く。そしてアダムのほうを見る。

アダムの警戒レベルが一気に引き上がった。

広い場所は逃走不利と判断したアダムは、走行方向を直角に曲げ、狭い路地へと駆け込んだ。

電脳に近辺の地図を呼び出し、最適逃走路を高速で計算する。

高速演算によって最も生存確率が高いとされる経路を割り出し、アダムは砲弾のように駆けた。

路地を抜け、壁を蹴って十字路を直角に曲がる。さらに加速し直線路を抜けようとしたところで、対物感知センサが最大警報を発した。

「後ろだ！」

抱えられた中也が叫んだ。

アダムは振り返らず、中也を地面に投げて自分自身も転がった。

一瞬前までアダムの頭部があった地点を、黒い巨大質量が砲弾のように通過した。

前方のビルの壁に突き刺さる。

それは乗用車だった。

先程までヴェルレエヌが運転していた、〝郵便屋〟の車輛だった。一噸以上はあろうかという車輛が、水平に飛翔して二人を追い抜いたのだ。

それがヴェルレエヌによって投げられた投擲武器だと認識した瞬間、アダムは転がったまま背後を振り向いた。欧州警察の制式拳銃を抜き、自分達が来た方向に向ける。

しかしそちらには誰もいなかった。

声は、予想していたのとは真逆の方向から聞こえてきた。

「思うに――人間は、〝孤独〟という言葉を、安易に使いすぎる」

アダムは素早く振り返った。彼はそこにいた。

突き刺さった車輛の上に。

壁に半ばまでめり込んだ車輛の後部、トランクの上に、ゆったりと腰掛けている。玉座に座る王侯のように。あるかなきかの風が、背広の裾をはためかせている。

「人は、真の孤独について何も知らない。彼等は、家族がいないとか、話し相手がいないとか、そういう状態のことを孤独だと思い込んでいる」

アダムは状況を解析した。ヴェルレエヌは、車輛を投擲し、そして自分でその車輛に座って飛翔したのだ。そのようにしてアダム達を追い越した。

アダムは幾つもの状況予測演算を走らせたが、その結論はいずれも絶望的だった。自分で投げた物体に重力で自ら張りつけるのなら、その追跡から逃れられる訳がない。

「真の孤独とは」ヴェルレエヌは独奏するヴァイオリンのような優雅な声で、歌うように云った。「真の孤独とは宇宙を飛ぶ、ひとりきりの彗星だ。周囲には真空。絶対零度の虚無。誰かに見てもらえる可能性も、誰かに近づいてもらえる可能性もない。何万年も続く寒々しい無音。――それがどういう状態か判るか？　誰にも判る筈がない。中也、お前以外はな」

中也はふらつく体を両手で支え、どうにか立ち上がろうとしている。

「何が……云いたい」

「俺の云いたいのはたった一言だ」ヴェルレエヌは涼やかな顔で云った。「だから一度しか云わない」

ヴェルレエヌはふわりと微笑んだ。すると彼の周囲から、危険な香りが消えた。

そしてその一言を云った。

「一緒に来い、中也」

中也は返事をしなかった。アダムも。

動けなかった。

ヴェルレエヌのその言葉には装飾も駆け引きもなかった。

それは純粋で透明な提案だった。あるいは指示だった。

「弟よ、お前は人間ではなくただの文字列。魂なき単純方程式。それは真の意味での孤独だ。お前の孤独を癒せる者は永遠に現れない。……だが、癒される望みなき孤独な彗星であっても、寄り添って並び飛ぶことはできる。同じ孤独を持つ、同じ温度の彗星ならば」

その声色は、古代の詩を吟じる詩人のもの。その瞳は、血を分けた家族に向けられる慈愛の水脈だった。

「それが手前の目的か」中也が立ち上がった。「そのためだけに、わざわざこんな場所へ？」

「今日のこれだけではない。九年前のあの日から——親友を撃ち、お前を奪い去ったあの時から、ずっと——お前と旅に出ることを夢想してきた」

ヴェルレエヌは目を閉じた。彼のまわりを漂っている迫力のようなものが、さらに薄れた。今では彼は、路上に腰掛けぼんやりしている、どこの街角にでもいそうな青年だった。

「兄弟二人、暗殺の旅だ。我々にあるのは無意味な生だけ。ならば、我々を造りだした者達にも似たものを与えよう。無意味な死だ。それで少しは帳尻が合う。善人にも、悪人にも、分け隔てのない死を。そうしている間だけ我々は」

ヴェルレエヌは目を閉じたまま云った。その声には超越的な暗殺者の響きなどなかった。あるのは年齢並みの青年の悲しみと、嘆きと、そして青臭くかすかな希望。

「そうしている間だけ我々は、この無意味な命を受け容れられる」

ヴェルレエヌは車から飛び降りた。中也に向けて、手を差し出す。

それを中也は、感情のない目で眺めた。

「いけません、中也さん」アダムが拳銃を構えたまま云う。「その男の手を取れば、貴方は全世界の敵となるのですよ」

アダムは可能な限りの予測演算を行った。だが拳銃でどこを撃とうとも、ヴェルレエヌの異能に無効化される。

「お前は口を出すな」、そう云ったのはヴェルレエヌではなかった。それは中也だった。

ヴェルレエヌは、少し意外そうな顔で中也を見た。

「慥かに、あんたの云うことも判る」中也は顔をわずかに傾け、鋭い目でヴェルレエヌを見た。

「だが返事をする前に、ひとつ聞かせろ」

「何なりと」ヴェルレエヌが笑顔で云った。

「さっきピアノマンから電話があった。その時あいつは、連絡員に連れられて仕事に行く、と云ってた。——答えろ。あいつら五人をどうした？」

ヴェルレエヌの顔から笑みが消えた。

それからゆっくりと時間をかけて、黒い花が開くように、先程とは違う種類の笑みをヴェルレエヌは浮かべた。

不愉快そうな笑み。

そして「旧い仲間なんか、もう要らないだろう？」と云った。

ヴェルレエヌは、傍らにあった車——壁に突き刺さった車のトランクを叩いた。トランクが開き、中から何かが転がり落ちた。湿った音。

それは中也が見知ったものだった。

中也の瞳孔が、針のように窄まった。

広報官の死体。

中也が叫んだ。

それは人間の叫びではなかった。獣の咆哮。言葉にすらならない怒号。それだけで、周囲の建物の窓硝子がいっせいに割れた。

そして拳が突き出された。

単調な直突き。水平に突き出される拳。だが中也が放ったそれは、音の速度を超えていた。

拳が空気を弾く破裂音が聞こえるのと、ヴェルレエヌが吹き飛ぶのが、ほぼ同時だった。

ヴェルレエヌは水平に吹き飛ばされ、背後の壁にめり込んだ。壁材が弾け飛ぶ。

「ぐは……」

呻いたヴェルレエヌが目を開いた時、既にその視界いっぱいに中也が迫っていた。

中也の顔は歪んではいなかった。ほとんど無表情だった。

そこにあるのは、ただ純粋で透明で、そして圧倒的な殺意。

打ち下ろしの右拳が、ヴェルレエヌの肩を叩く。衝撃に、周囲の建築材がさらに砕ける。その破片が地面に落ちるよりも疾く、次の左拳。胴体に炸裂した一撃が、ヴェルレエヌの体躯をさらにめり込ませる。

拳、拳、拳。咆哮と共に打ち込まれる中也の連撃。ヴェルレエヌの体はもはや建物の中に埋まり、外からは見えない。それでも中也の拳は止まらない。

「まるで獣だな」

その声が合図だったかのように、中也の攻撃がぴたりと停止した。

受け止められていたからだ。ヴェルレエヌの掌に。

そして反撃の拳。

中也の拳が銃弾だとすれば、その拳は砲弾だった。

腹部に命中したその拳の衝撃で、中也の服がねじれ裂けた。命中した腹部ではない。浸透し貫通した衝撃波が、背中側の服を裂いたのだ。

苦痛の咆哮をあげる中也。だが、拳を握られているために、後方に吹き飛ぶことすらできない。

「獣のように怒るのもいいさ。己が何者か、嫌でも思い知るだろうから」

壁から這い出たヴェルレエヌが、地面に降り立った。一度中也の拳を手放し、頸を摑み直す。

頸を摑まれ、中也は砂袋のように吊り下げられた。

動きたくても動けない。全身に、凄まじい高重力がかけられている。反撃はおろか、下へと伸びた腕を持ち上げることすらできない。

「つまるところ中也。それがお前を人間に押しとどめる軛なのだな」中也をぶら下げたまま、ヴェルレエヌは優しい声で云った。「気持ちは分かるよ。だが危険だ。そこに長く居るべきではない」

そう云って、自由なほうの手で中也の懐を探った。

指先から重力を探知波のように放ち、ヴェルレエヌはそれをすぐに見つけだした。

「これがその〝仲間〟とやらがくれた写真か」

取り出されたのは、幼い中也の写真。海岸で撮影された、和装の童。

「これを見せられたお前の気持ち、手に取るように理解できる。これを与えてくれた連中を信頼してしまう気持ちも。本当だ。だがその信頼のせいで、お前は苦しむ。連中が絶えず吹き込むからだ。――〝お前は人間だ。希望を持て。奴の言葉なんか嘘っぱちさ〟。そう言って、お前を毒し続ける」

ヴェルレエヌは手首を返し、写真を投擲した。

写真はそのまま水平に高速飛翔し、射撃の隙をうかがっていたアダムの肩に、刃物のように突き刺さった。アダムが苦鳴をもらし、構えていた拳銃を取り落とす。

「何故連中が嘘をつくと思う？」アダムの動きなど意中にないかのように、ヴェルレエヌは中也に向けて語りかける。「お前の力が便利だからだ。利用したいのさ。俺にも経験がある」

吊り下げられ、反撃の一切を封じられた中也は、喘ぐような声で云った。

「知ったことか……手前は許さねえ……」

「困った奴だな」ヴェルレエヌはため息をついた。そして幼子に云い聞かせるように、言葉を区切りながら云った。「まあ、言葉で説得できるほどヤワな弟だとは最初から思っちゃいない。──だから行動で示そう。お前を縛る糸を、一本一本切り離す。操り人形の糸を切るように。そしてお前を自由にする。それがお前の幸福であり、俺がお前に与えられる兄弟愛だ」

そして、その言葉は当たり前に放たれた。

「お前の心に関わる人間を、全員暗殺する」

口調はどこまでも優雅で優しかった。だがその目には炎が宿っていた。地獄の門番が宿す炎、あらゆる魂を凍えさせまた焼き尽くす、青白い炎。

「違う」不意に口を開いたのはアダムだった。「貴方のそれは愛ではありません。当機の人間感情定義によれば、それは支配欲です」

「そのふたつに何の違いがある？」ヴェルレエヌはただ艶然と微笑む。

二人が会話する間、中也の瞳には、あらゆる感情が駆け抜けていた。驚愕、戦慄、混乱、怯え──だがそれらが瞳を輝かせたのはほんの一瞬だ。ありきたりな感情は、それらを覆い焼くように吹き荒れた炎に、一瞬で駆逐された。

怒り。

「させねえ」中也の声が、地響きのように喉を振動させた。「お前の好きにはさせねえ。絶対に」

ヴェルレエヌは涼しげな笑みで、その感情を受け止めた。

「それでいい」ヴェルレエヌの表情と声には、慈しみの成分すら含まれていた。「お前にも選び、悩み、思い知る時間が必要だろうからな。だが結局は、俺の云うとおりに行動する。その証拠を今から見せてやる」

ヴェルレエヌは自由なほうの手で、中也の額を優しく覆った。

そして異変がはじまった。

「……が……！」

空間が震動した。大気が爆ぜた。目に見えない放電が、中也の目から赤黒い火花を散らした。

中也は口を開いた。だが呼吸ができない。喉が空気を吸い込む行為を拒否している。その奥から、おぞましい何かが這い出ようとしているからだ。

「今からほんの少しだけ『門』を開く」

ヴェルレエヌが子守歌のような優しさで云った。

「大した量じゃあない。毛髪のように細い開門、一瞬で閉じてしまう程度のかすかな隙間だ。だがそれで十分だろう。お前が思い知るにはな」

風が吹きだしていた。この世のどこからでもない。中也の内側から。目に見えない、どこか恐ろしい場所から。その風が周囲の建物を軋ませ、大地を震わせる。

　アダムは震動に耐えながら、視界を縫い止められたかのように中也を凝視していた。

「異能位相の拡大を検知。ホーキング輻射と思われる高エネルギィ線を観測、数値上昇中」

アダムの喉が、自動的に厄災の様相を出力していく。「相転移により、熱量が対消滅空間から現出……まずい！」

　叫んだアダムは、掲げた拳銃を全弾斉射。対人殺傷を目的とした特殊軟弾頭が、ヴェルレエヌの眉間、眼球、喉、肘に、正確に吸い込まれる。だが。

「観客は演者にお手を触れられませんよう」

　弾丸はヴェルレエヌの肌に軽く触れた地点で停止していた。そして強力な逆向き重力を与えられて反射。そのまま攻撃主のアダムへと迸り、彼の肩を貫いた。

　アダムが苦鳴をあげて転がった。

　それとほぼ同時に、中也が絶叫した。

　魂が消えるような声。悲鳴に似たその声は、中也のものではなかった。人間のものですらなかった。この世から発せられたものではなく、それは音ですらなかった。

　それは黒い炎だった。

「手遅れですか……！　耐熱耐衝撃パネル展開！」

　転がったアダムが、叫びながら左腕を掲げた。肘から先が分割されて拡張し、輝く銀の盾をつくりだす。耐熱・耐衝撃金属――ニッケル基にクロム・鉄・モリブデン・チタンを添加した超合金の遮蔽盾が、アダムの姿を隠す。さらに地面を蹴って後退する。

「さあ中也。お前はこれでも、自分が人間だと思うか？」

空間が歪む。

そして——地獄が現出した。

黒い炎。

かつて大地を溶かして〝擂鉢街〟を造ったのと同じ、灼熱の奔流。

ヴェルレエヌの宣言した通りだった。地獄の蓋が開いたのはわずか〇・三秒。

だがそれで十分だった。

路地から噴き出した高熱は、電柱を溶かして曲げ、路面を沸騰させ、波濤のように大通りに流れ出した。

だがそれは真の地獄の、ほんの前座に過ぎなかった。

中也を中心に、風景が消えはじめた——絵の具が溶けて吸い込まれるかのように。

そして、後には黒い球体だけが残った。

空間が震えた。

すぐ横にあった八階建てのビルの側面が、齧られたように消滅した。

鉄骨も、コンクリ壁も、床も、天井も、装飾品も、何もかも。

破壊すらされず、融解すらされず、ただ消滅してしまったのだ。

ビルだけではない。

溶けかけていた街灯も、停車していた車も、土瀝青も、その下の地層も、すべて——球状に膨らんだ黒い空間そのものに吸い込まれて消えた。

その消滅範囲が拡大していく。建物は瓦礫となり、地面が粉砕され、あたりの車や電柱や消火栓が、転がり落ちるように球体へと吸い込まれていく。

球体は黒かった——だがそれは、球に黒い色がついていたのではない。球体に色はない。だがあまりに強い重力が、背後の光を引き寄せて球体内に捉えて離さないため、黒く見えているだけだ。

あらゆる爆発、あらゆる化学反応より恐ろしい、空間そのものの厄災。

暗黒孔。

暗黒の魔王の眼。

それが開き、街路の一角をやすやすと噛み砕いて、飲み込んでいく。

その現出はほんの一瞬だった。現れた時と同様に、その暗黒球体は一瞬で蒸発した。

だから離れた建物に住む人々は驚くほど無事だった。彼等はただ、少し離れた街並みの景色が、暗黒の空間に食いちぎられ消滅していく悪夢の光景を、一部始終目撃させられた。

その地獄の中心点。

中也は——苦しんでいた。

ただの苦しみではない。全身の皮膚がよじれて裂け、眼球が破裂し、内臓のことごとくを擂り潰されるような痛苦。この世ならざる獣の現出に伴う激痛だった。

だが叫び声ひとつすらあげられない。

地面は、まるで巨大な匙ですくい取ったように消滅していた。衝突坑のように大きくえぐれた地面の中心で、中也は体を折り曲げて倒れていた。

周囲の空気は高熱に揺らめいていた。暗黒孔は蒸発する時、強力なガンマ線を周囲に発する。その熱量はどんな光よりも強く周囲を照らし出し、熱し、そして溶かす。

空気がきらきら輝いているのは、あたりに漂う蒸発金属の粒子だ。高熱によってできた陽炎が、あたりの景色を美しく歪め踊らせている。遠くでは、中央の溶解した電柱が、まるで謝罪するかのようにくの字に折れ曲がって並んでいる。

そして、暗黒孔は閉じたものの、その余波で周囲に重力場異常が発生していた。中也を中心に、空間が突発的に歪み、また閉じる。大地震の後の余震のように、時折空間が痙攣しては周囲の大地をえぐり、また戻る。それが中也を断続的に苦しめているのだ。

苦しむ中也の隣に、ひとつの人影がやってきて、立ち止まった。

奇妙な人影だった。

黒い外套。成人にしては低い背丈。顔には包帯。

奇妙なのは、周囲の重力場異常にもかかわらず、その人影は涼しげに立っていることだ。

「無様だね、中也」

それは少年だった。

その少年は、中也の腕を無造作に掴んで持ち上げた。

その瞬間に、周囲で起こっていた重力場異常はすぐさま消えた。中也の痛みも。

「手、前……」

「潔く死ぬこともできないのかい？」

ざらつく声で少年はそう云って、中也を担いだ。

歩き出す。

高重力が消え、激痛が去ったことで、中也の意識は急速に薄らいでいった。

闇に閉ざされる前、中也は己を担ぐ者の背中を見て、悔しそうに云った。

「太宰……」


意味のない映像が視界を駆け巡った。

初めてあの店で、ピアノマン達と出逢った時のこと。朝までビリヤード台に張りつき、得点を競った日のこと。些細なことで喧嘩になり、シャンパンの瓶を投げあったこと。

自分でも忘れていた記憶。現実だったかどうかすら曖昧な、彼等の笑い声。

それらにうっすらと重なって見えるのは、人影が自分を背負って運び、どこかの路地に放り出し、そして歩き去っていく姿。

太宰の黒い姿。

呼びかけようと喉を絞らせ、それでようやく意識を取り戻した。中也が倒れていたのは、あの店の前だった。ビリヤード・バー。〝旧世界〟。

中也の意識は、太宰から店内に向けられた。

そこから漂ってくる、隠しようのない血の臭いに。

中也はふらつく脚で立ち上がった。前に進もうとして、脚に力が入らず無様に転ぶ。這うようにして前に進んだ。店の奥へ。


ピアノマン、冷血、阿呆鳥、外科医。

全員死んでいた。


店の内装は、嵐が吹き荒れたかのように砕け散っていた。

窓は破裂し、ビリヤード台が壁に突き刺さり、酒瓶は残らず割れて床を彩っていた。重力の異能が、室内を吹き荒れた結果だ。

その中央に、四人が倒れている。

一目見て、救いようがないことが判った。彼等の姿は『殺された』というよりは『壊された』と云ったほうが近い。破損していない部位を見つけるほうが難しいほどだ。

「中也……」

糸がこすれるような細い声に、中也ははっとした。声の方に駆け寄る。

「おい、大丈夫か！」中也が駆け寄ったのは、口から血を流す阿呆鳥だった。「今助ける！」

彼が手遅れであることは、近づいて観察するまでもなく瞭然だった。腹部が裂け、骨が露出している。

「悪いな、中也……やられたよ。目が見えないし……両脚の感覚もない」囁くように云う阿呆鳥の目は、すでにこの世を見ていない。両脚も、膝から先が潰れている。「でも外科医を助けたんだ。襟を引っ張って奴の攻撃から逃がした。……皆死んだ、僕も死ぬ。でも外科医は……奴を手当てしてやってくれ……」

阿呆鳥の右手には、外科医の襟が握られている。しっかりと、大切な宝物のように。

引っ張られ、助けられた外科医は静かに目を閉じている。眠っているかのようだ。傷ひとつない。上半身は。

だが——その外科医の体は、腰から下がない。

「……」

中也は食いしばった歯の奥で唸った。叫びが漏れそうだったのを、意志の力でどうにか堪えた。

「ああ」中也は押し殺した平坦な声で云った。「外科医は任せろ。お前のおかげで助かった。流石はお前だ。誇りに思っていい」

「良かった」阿呆鳥は、安心したような深いため息をついた。顔から険しさが消える。「中也……僕の車庫に、二輪車がある。仕事、用の、とっておきの……。好きに……使っ……」

阿呆鳥の手が力を失い、床に垂れた。

阿呆鳥、外科医、ピアノマン、冷血、それに広報官。全員死んだ。

中也はうつむき、しばらく何も云わなかった。

それから立ち上がり、全員の顔を確かめるように歩いて回った。

どれ程経っただろうか。入口で跫音がした。

「中也さん」現れたのはアダムだった。全身が焼け焦げ、片目が潰れ、機能液が漏れている。

だが己の脚で立って歩いている。

「答えろオモチャ野郎」中也はいきなり云った。その声にはどんな感情も含まれていない。

「こいつらは何故死んだ？」

「それは……ヴェルレエヌが殺害したからです」

「なら何故奴は殺した」

中也の声は、徐々に鋭さを帯びていった。割れる寸前の宝石のような、悲鳴めいた鋭い響き。

「原因を言語化することに意味はないと考えます」

「答えろ！」中也は叫んだ、床を見たままで。「お前は機械だろう！　客観的に、完璧に答えてみろ！」

アダムは無表情のまま、数秒黙った。それは迷っている時間に似ていた。だがやがて口を開き、云った。

「中也さんのせいです」アダムの声は抑揚を欠いていた。「中也さんがマフィアに残ると宣言したからです。その意志は彼等の存在あってこそだとヴェルレエヌは考え、全員を殺しました。同じ理由により、これからも殺すでしょう」

無音。

「そうだ。俺のせいだ」

不意に中也が云った。そして振り向き、アダムを見た。

その目には何もなかった。何も。

「オモチャ野郎。お前の仕事を手伝ってやる」

中也は一歩ずつ歩き出した。床を踏みつけるように、一歩ずつ、ゆっくりと。

「奴を見つけ出す。だが逮捕はさせねえ。——奴は俺が殺す」

その後に発された声は、ただの声ではなかった。この世のどんな場所よりも深い地獄の底から噴き出した、漆黒の真言。一度発されたら取り返しのつかない、昏い宣言。

「家族を殺した奴を、マフィアは許さない」

［CODE：02］

死んだ人間は、どのような感情も抱かない

当機はアダム・フランケンシュタイン。

欧州刑事警察機構当局の備品であり、歌って踊れる計算機です。本当です。やってやれないことはありません。

その日は非常によい天気でした。

陽の光が青い空を貫き、地上に降り注いでいます。通りに並んだビルの窓硝子が可視光を反射させ、宝石店のショウケエスのようにきらめかせています。無機的で規則正しい、プログラムのようなその光の配列。それは人間よりも、当機のような計算機のために配置された美しさのように感じられました。

当機は大通りを歩いていました。

胸元には紙袋を抱えています。

中身はチョコレエト、固飴玉、色とりどりの熊形グミ。すべてこれから向かう相棒の——中也さんのための糧食です。

当機の活動に充電が不可欠であるように、人間の活動にも糖分が欠かせません。何より、糖分を摂取すれば幸福感が上昇します。相棒の幸福度まで心配するとは、当機は非常に優れた捜査官です。人間などよりよほど優秀です。

通りをいきかう異国の人々を興味深く眺めながら、当機は目的地に向けて歩きました。途中、路上売店の前を通りかかった時、とてもいいアイデアが閃きました。糖分、すなわちブドウ糖を効率的に脳に摂取するなら、粉砂糖を直接口から摂取すればいいのです。そのほうが効率的です。そこで当機は売店で、ビニール袋に入った砂糖を購入しました。

その時、隣の客が、当機の知識にない品を購入しているのが目に入りました。

「これは何ですか？」店員に訊ねてみました。

「あんた、知らないの？　ガムだよ」

当機の教育モジュールは捜査に関する情報は完備されているのですが、このような専門外の知識についてはまだまだ不足しています。その知識不備を補うべく、早速その商品を購入しました。

石畳の路地を歩き、欧州風の煉瓦壁が並ぶ住宅街を通り抜けます。さわやかな風が吹いています。昨日の炎でダメージを受けた皮膚膜は、再生槽で機能を修復済みです。破損したパーツも予備品に換装してあります。つまり新品同然、すがすがしい気持ちです。人間であれば鼻歌を歌っていたところでしょう。

歩きながら、先程購入したガムを一枚、口に放り込みました。途端に、経験値ゲージが大幅に上昇するのが判りました。

素晴らしい。未知の味です。

当機はガムを数秒間咀嚼したあと、ごくんと呑み込みました。

もう一枚。容器には板状のガムが、八枚並んで収納されています。この調子だとすぐに無くなるでしょう。このガムというものの欠点は、一商品あたりの量が少ないことです。

さらに飲み込み、三枚目に手を伸ばしたあたりで、中也さんのいる目的地に到着しました。

当機は大声で挨拶をしながら、建物の扉を開けました。

「こんにちは！」

そこは教会でした。

百人以上の参列者が、教会堂の両側に座っています。全員が黒い服を着て、うなだれ、沈黙しています。赤いローブを纏った聖歌隊の少年達が、高く優しい歌声で死者を悼んでいます。あまりに教会の天井が高いため、直接聞こえるその歌声と、天井に反射した歌声の波長がずれ、共鳴を起こしています。その共鳴のせいか、教会の中全体が、この世ではない、天国と地上のあいだにあるどこかのような雰囲気を醸し出しています。

そして広く寂しい教会の中央には、五基の棺。

装飾のない、しかし高級な棺です。黒い布がかけられています。

棺の側には、家族らしい何人かの人々が黒い服でうなだれ、すすり泣きをしていました。当機は堂内を見回し、長椅子に座っている一団のなかに中也さんを見つけました。そちらへと歩きます。

「中也さん、お迎えにあがりました」

聖歌隊の声にかきけされないよう、大きい声でそう云います。

「黙ってろ。葬儀中だ」

中也さんは当機を見ず、棺をじっと見つめたまま、小声でそう答えました。

当機は少し考えてから云いました。「知っています」そして続けました。「ヴェルレエヌに関する情報があります」

「後にしろ」

また前を向いたままそう答えました。表情筋が硬く、眉と額に皮膚が寄っています。当機は人間の感情反応についても熟知しています。これは、何らかのストレスを抱えている人間の表情です。対策が必要です。「チョコレエトはいかがですか?」

「後にしろっってんだろ!」

中也さんが叫びました。床がびりびりと震えました。弔問客の一部が、いっせいにこちらを振り向きます。

中也さんは当機を睨んだまま黙っています。当機は今受けた命令についてしばらく吟味したあと、回答しました。「了承しました。それで、『後』とは何分後のことでしょうか？」

中也さんは再び何か叫ぼうとして息を吸い、すぐに止めました。それから押し殺した声で云いました。「これだからお前と組むのは厭なんだ。判らねえか？　これは葬儀だぞ。仲間の葬儀だ。皆死んだ。葬儀屋があいつらの死体を綺麗に繕うのに、八時間もかかった。ずたずたに壊されたせいでな。――俺のせいだ。俺はあいつらを見送らなきゃならねえ。じゃなきゃ、あいつらに恨まれる」

非論理的な言説です。当機は答えました。「ご安心ください、中也さん。生命活動が停止した人間は、どのような人間も恨むことはありません」

「何だと！」

中也さんが立ち上がり、当機の襟首を掴みました。周囲がざわつきます。

「よしなさい、中也君」

不意に、隣に座っていた客の一人が云いました。

背筋の伸びた、痩せた男性です。黒髪を後ろになでつけ、静かに足を組んでいます。年齢は三十代でしょうか。この堂内にいる誰よりも高価な衣服を着ています。

「捜査官殿の云う通りだよ。死んだ人間は、どのような感情も抱かない。葬儀も、復讐も、すべては生きた人間のために行うものだ」男性は正面を向いたまま云いました。静かな声ですが、そこには聞くものを圧倒する、支配者の響きがありました。「行動しなさい、中也君。次の死者が出る前に。――ヴェルレエヌに関する情報があると云ったね、捜査官殿？」

台詞の最後の部分は当機に向けられて発せられました。

「はい。ヴェルレエヌの隠れ家に関する情報を摑みました。これを元に次の標的を割り出せる可能性があります。ですがこれ以上は、中也さんの協力なしには進めません。ですので中也さん、何分待てばいいかお教え下さい。五分程度ですか？」

中也さんは顔をしかめて当機を見ました。

「五分も必要ないよ。そうだろう、中也君？」隣の男性が優しい口調で云いました。

「……ええ」

中也さんは当機の腕を摑み、「ここじゃ話せねえだろ、来い」と云って歩き出しました。

当機は命令に従います。

中也さんは早足で路地を進みました。当機は歩調をあわせて後を追います。
教会から十分に離れたところで、中也さんは振り向きました。
「ひとつ云っとくぞオモチャ野郎。俺はお前が気に入らねえ。とはいえお前の機能はそこそこ使えるから、同行は許してやる。その代わり、俺の命令には絶対に従え。捜査本部とやらより俺の命令を優先しろ。でなきゃ一緒(いっしょ)に動かねえ」

「命令権の上書き(オーバーライド)ですか？」

「そうだ」

当機は状況(じょうきょう)を論理的に思考しました。当機の命令権は最上位が捜査当局、第二位がウォルストンクラフト博士です。この命令権順位を上書き(オーバーライド)して中也さんを第一位にすれば、任務を最優先とする当機の存在理由を否定することになりかねません。一方で、中也さんの上書き(オーバーライド)指示に従わなければ、これ以上任務を続けられません。

いわゆる、『命令する、私の命令に従うな』といった類の、矛盾(むじゅん)命題です。

普通(ふつう)の人工知能ならば、こういった矛盾命題を与(あた)えられた時点で、無限の思考資源(リソース)を必要として機能停止(ダウン)します。ですが当機は最新型の人工知能です。博士はこのような事態を想定して、矛盾命題解決のためのサブルーチンを組み込んでくれました。

その解決方法は極(きわ)めて単純(シンプル)です。

――〝自分の心に従え〟。

「命令を承認(しょうにん)。命令系統プロトコルを上書き(オーバーライド)します」当機は膝(ひざ)をついて頭(こうべ)を垂れ、最敬礼の姿勢を取りました。「中也様を、当機の最上位命令者として再設定しました。何なりとご命令下さい」

中也様は、意外そうな顔で当機を見ました。そして言いました。「いいのか？」

「はい。中也様なら、当機を本当に困らせるような命令はなさらないと判断しました」

中也様は目を丸くし、それから顔を覆って盛大なため息をつきました。「はあ、全く……機械のくせに、こっちを試すような含み持たせるんじゃねえよ。あと、その中也様って呼び方何だよ」

「最上位命令者には、この呼称が初期値に設定されています」

「変えられねえのか？」

「変更可能です。しかし変更すると最上位命令者ではなくなります。宜しいですか？」

「宜しくはねえよ」中也様が厭そうな顔をしました。「ああ、全く、もういいよ。こんな事で時間無駄にしてる場合じゃねえんだ。いいから、調べたことを説明しろ。ヴェルレエヌについて新情報があるんだろ？」

「はい。お話しします。ですがその前に、ガムを一枚いかがですか？」

当機は立ち上がり、先程のガムを取り出しました。長い説明の前に軽く食事をしてストレス負荷を下げて頂こうという配慮です。

中也様はガムを見て、当機を見て、ガムを見て、それから当惑した顔で「いらねえ」と云いました。

残念です。「では私が」包み紙を剝いて口に放り込み、何度か嚙んでから呑み込みました。ごくん。素晴らしい。

中也様が異様なものを見る目で当機を見ました。

「それでは説明いたします」当機は云いました。「まず前提の共有を致しましょう。ヴェルレエヌは暗殺者ですので、この国に入国する際にも空港で派手に大暴れして入国、という手法は取りません。入国後に動きが取りづらくなりますからね。通常の犯罪者と同じように、偽装パスポートと変装で入国した筈です。ですが同時に、ヴェルレエヌは誰とも組まない一匹狼です。信頼できる仲間がパスポートや入国の足を用意してくれる、といったことはありません。つまり彼が入国するには、違法の密入国業者に金を払って密入国の手続きを依頼する必要があります。ここまでは良いですね？」

そう云いながら、当機はまた一枚、ガムを嚙んで呑み込みました。中也様がそれを見ながら小さな声で「ぐえ」と呻きました。胃の調子でも悪いのでしょうか。

「しかし今回の場合、ヴェルレエヌが頼れる密入国業者というのは非常に限られてきます。何故なら、密入国業者などの頭脳系犯罪者はたいてい臆病で、横のつながりを重視します。つまり彼等は、非合法組織ポートマフィアと庇護関係か、少なくとも互助関係にあるのです」

「ああ、確かにそうだ。ヴェルレエヌからすりゃ、自分を裏切ってポートマフィア側につきそうな業者は使えない、って訳か」中也様が頷きました。「詳しいな」

「機械の捜査官は人間よりも優秀ですから」そう云って、もう一枚ガムを呑み込みます。「そこで、日本警察当局にある密入国業者のリストと、ポートマフィアが管理する密入国業者のリストを付き合わせて相互参照を行い、マフィアのデータベースにない業者を洗い出しました」

「警察とマフィアのリストを？　どうやって手に入れた？」

「データベースに侵入しました」当機は云いました。運転中の車輌のスマートドライブシステムに侵入できる当機です。データベースの閲覧くらい、呼吸より簡単です。呼吸したことがないので想像ですが。「該当業者は四件。当機は朝からその業者を順に調査し、ヴェルレエヌを入国させた業者を突き止めました」

「はは、手前にビリヤード以外に長所があると判って安心したよ」中也様が眉を持ち上げました。「で、どうした？　その業者を逆さ吊りにして締め上げたのか？」

「いいえ。その機能は当機にもありますが、業者に手荒な真似をするとヴェルレエヌに気付かれますので」当機は首を振りました。「その代わり、ヴェルレエヌが業者に調達依頼をした物品を、業者の支払い明細から突き止めました。中也様はご存知と思いますが、この手の密入国業者は大抵、現地国での調達屋も兼ねています」残り二枚になったガムを食べながら、当機は云いました。「調達屋とは、隠れ家や車、銃や闇医者を有償で手配する連中です。ヴェルレエヌは業者に、三つの品目を依頼していました」

「隠れ家か？」

「残念ながら」当機は首を振りました。「ですが次の行動の手掛かりは得られました。まずはこれです」

当機が差し出したのは、白樺の木の枝の写真でした。太さは手首ほど。長さも手首ほどです。

「こいつは何だ？」

「白樺の枝です。ヴェルレエヌは暗殺を行った現場に、その地に育つ白樺から彫った十字架を残していきます。それが彼の仕事の署名であり、今のところ例外はありません。この白樺を、今回彼は四本、調達屋に手に入れさせました。そして」

当機はもう一枚の写真を差し出しました。

「そのうちのひとつが、ビリヤード・バーの事件現場で見つかりました」

床に、荒い手彫りの十字架が落ちています。床の木材が散乱しているため簡単には見分けがつきませんが、明らかに周囲の破片とは材質が違います。

中也様の眉間に皺が寄りました。

「つまり、あと三本か」

「はい。それが今回の標的の数だと思われます」

——お前の心に関わる人間を、全員暗殺する。

ヴェルレエヌはそう言いました。

どのようにして中也様の心に関わる人間を選び出したのか、それは分かりません。マフィア内部に内通者がいるのかもしれません。しかし少なくとも、あと三度、ヴェルレエヌはこの土地で仕事をする気です。

「そしてこれは、我々の好機でもあります」当機は言いました。「ヴェルレエヌは神出鬼没、かつ戦闘能力に絶対的な優位性を持っています。正面から向かっても勝ち目はありません。しかし彼は暗殺者であり、それも手順と儀式に重きを置く暗殺者です。彼が次の標的のもとに現れることは確実です。従ってその標的が誰か事前に分かっていれば、罠を張って待つことができます」

「慥かにな」中也様は頷きました。「それで、標的の目星はついてんのか？」

「何とも言えません」当機は次の写真を差し出しました。「ヴェルレエヌが調達屋に手に入れさせたものは、あとふたつありました。これです」

自動車部品組み立て工場の入場証。

やや古い型の、青いふたつ折り式携帯電話端末。

「これは次の暗殺に必要な準備だと思われます」当機は云いました。「ですが、ここから先は中也様の協力が必要です。ヴェルレエヌが狙うのは、中也様に縁の深い人物であるはずです。何か心当たりはありませんか？」

中也様はその問いかけには答えず、じっと写真を睨みつけています。

その写真に、誰か重要な人物の顔でも刻まれているかのように。

「工場だと？」中也様は吐き捨てるように云いました。「くそったれ、奴の次の標的が判った」

中也様は怒り任せに写真をくしゃくしゃに丸めました。そして大股で歩き出しました。

「行くぞ」

「どちらへです？」

問いに答えず、中也様は当機からガムの最後の一枚を奪い、口に放り込みました。

歩きながら、口の中で噛んだそのガムに息を吹き込むと、口先からそのガムが球状の風船に形を変えたのです。

この時の衝撃は、決して言葉では表現できません。

そういうアレだったのですか！

その少年は工場にいた。

自動車部品の組み立て工場だ。高い天井、機械油の臭い。どこかで溶接機の駆動音と、火花が散る音。だがあまりに敷地が広く、どこから音が聞こえてくるのかすら判らない。

ベルトコンベアを、溶接焦げのついた金属部品が流れてくる。

少年はその部品に鋲をかしめ、布で機械油を拭き、金鑢を使って溶接痕を削り取った。それが彼の仕事だ。十数秒後、また同じ部品が流れてくる。少年はかしめ、拭き、削り取る。また部品が流れてくる。かしめ、拭き、削り取る。かしめ、拭き、削り取る。かしめ、拭き、削り取る。かしめ、拭き、削り取る。

そうして部品が流れてきた回数と同じだけ、少年は思う――もううんざりだ。次の一個を終わらせたら、全部ぶん投げて帰ってやる。

毎回同じことを思いながら作業をしていると、やがて予鈴が鳴る。作業終了五分前を報せる合図だ。それから作業終了の本鈴が鳴るまでの五分間だけ、少年は多少は人間らしい気持ちになる。何も考えず、ただひたすら手を動かす。

作業が終わり、「おい、この後一緒に飯でもどうだ」と誘ってくる先輩達に適当な返事をして離脱する。誰とも目を合わせずに着替え、工場を出る。

一刻も早くこの場所から立ち去りたい。ここは僕のいるべき場所じゃあない。

だが、その日はそう簡単には事は運ばなかった。

呼び止められたのだ。敷地を出る時に。よほど無視してやろうかと少年は思ったが、相手が誰か判って流石に足を止めた。

「工場長」少年は云った。「何か用すか」

「ああ君、君。すまないがね、一緒に来てくれないか」

工場長は眼鏡で総白髪の、この工場の最高責任者だ。だいぶ偉い。少年のような末端のライン工に話しかけることはまずない。少年にしても、工場長の顔は作業場の壁にある写真でしか見ない。

「いや、僕、これから帰るとこなんすけど」少年はぶっきらぼうに云った。

「いいから来てくれたまえ。君に来客なんだ。待たせているんだ。ほら、早く」

工場長が少年の手を摑んだ。振り払おうとして、工場長の手が震えていることに少年は気がつく。顔にも血の気がない。しきりに時計を気にしている。

工場長は何かに怯えている。

仕方なく、ついていくことにした。

向かった先は応接室だった。この工場で唯一、外見に金を掛けている場所。金飾りのついた樫扉の奥から、珈琲の香りが漂ってくる。待ち人に振る舞われているのだろう。

少年には心当たりが全くなかった。来客？　連絡を取ってくる友人も今はいない。ほんの一年前までは、大勢の友人が自分の顔色をうかがって来た。だが今は誰も訪ねてこない。誰も。

一体誰が来たというのか。

扉を敲いて、工場長が中に入る。少年も続く。

そこで少年は、最もありえない人物の顔を見た。

「……中也」

応接室には二人の人間がいた。一人は背の高い欧州人。背広姿からして、刑事だろうか。

そしてもう一人は、中原中也。かつての仲間。

中也は無表情で少年を見た。そして立ち上がった。

「白瀬」中也は云った。低く厳しい声で。「久し振りだな」

白瀬と呼ばれた少年は、手近にあった花瓶を掴んだ。

そして中也に投げつけた。

この展開は予想していませんでした。

てっきり感動の再会か、喜びのハグか、そのあたりが起こると思っていたのです。人間学習のために視聴した銀幕映画では大抵そうなりましたから。

ですが白瀬という名の少年は、花瓶を投げつけてきたのです。

花瓶を止めようとしましたが、間に合いませんでした。花瓶は中也様の額に命中して、派手に砕け散りました。速度の割にはとんでもない飛び散り方です。それが重力操作の結果で、触れた瞬間に衝撃を散らすために異能で花瓶を砕いたのだと、すぐに理解しました。なので痛みはほとんど発生しなかったでしょう。

ですが不運なことに、花瓶には花が生けられていました。

つまり水が入っていたのです。

頭から水をかぶり、水滴をしたたらせながら、中也様は「何すんだよ白瀬」と云いました。少しも驚いたところのない、平坦で感情を欠いた声で。「冷てえじゃねえか」

「おいおい、便利な脳だなあ、中也」白瀬さんは唇をゆがませて笑いました。「たった一年しか経ってないってのに、お前が僕に——《羊》に何をしたか、もう忘れたのか？」

中也様は静かな目で相手を見ました。何も云いません。白瀬さんも射殺しそうな視線を向けたまま、黙っています。工場長は花瓶が割れた時点で「ひえっ」と叫んで逃げてしまいました。

これがどういう沈黙なのかよく判りませんが、この状態のままでは話が始まりません。ここは私が進行を仕切るべきでしょう。

「えーと……白瀬さん。はじめまして。よいお天気ですね？」初対面の相手とは、まず天候の話から入るとよいと聞きました。「実は貴方に重要なお話があります。非常に重要なお話です。座って話しましょう」

「僕には話なんかないね」

そう云うと、白瀬さんは応接室を出ていってしまいます。

「待て白瀬。どこ行く気だ？」

「仕事が終わったから帰んだよ！」

当機は立ち上がり、彼の後を追いました。彼を見失う訳にはいきません。

ですが中也様は立ったまま、そこにじっとしていました。それどころか、表情ひとつ、目線ひとつ動かしていません。何かあったのでしょうか？

そう云えば、中也様の反応速度なら、花瓶を回避するくらい簡単にできた筈です。ですが避けなかった。何故でしょうか。

当機は計算機ですので、感情などという面倒くさいものは組み込まれていません。ですが人間との共同捜査を行う時に自然に見えるよう、感情を模倣した意思決定モジュールが組み込まれています（これが自分になければもっと捜査がやりやすいのに、とよく思います）。ですので驚きや感動などの感情はある程度再現が可能です。他人の感情を類推することも可能です。

しかし、そんな私でも、どうして中也様が花瓶を避けなかったのか、全く判りません。

「彼を追いましょう」当機はやむを得ず声を掛けました。「中也様、大丈夫ですか？」

中也様は水をしたたらせながら、口の端だけで笑いました。「全く、こうなることは判ってたのにな」


歩き去る白瀬さんに、我々は廊下で追いつきました。

「白瀬さん、お待ち下さい。貴方の協力が必要なのです」

「へえ、そりゃ大変だ。驚いたよ。だけど僕の知ったこっちゃないね。たとえ一千億の金を積まれても、中也に協力なんてするもんか」白瀬さんは歩く速度をゆるめません。

「ですが、合理的に考えれば、貴方は協力すべきです」

「ていうかアンタ誰だよ？　いちいち腹の立つ云い方だな。だいたい協力しろとか、中也が何をしたか知ってて云ってんの？」

白瀬さんは振り返り、当機を脅しつけるように睨みました。

当機は脅されても何も感じないので睨む意味はありません。しかしその表情で、白瀬さんの感情は理解できました。

憎悪です。

「こいつはね、一年前、僕達の組織を壊滅させたんだ。僕達をポートマフィアに襲わせてね。僕達は住処を奪われ、再結集しないよう日本中に散り散りに移住させられた。中也以外はね。中也はどうしたと思う？　ぬけぬけとポートマフィアに入りやがった！　つまりこいつは僕達をポートマフィアに売ったんだよ！　昔拾ってやった恩も忘れてね！」

当機は記録の中の情報と照合しました。一致しません。事実と違います。

訂正すべき状況です。

しかし中也様は、黙ったままです。何も言う気はないようです。

「そして僕はここだ。僕だけはこの横浜に留め置かれ、監視つきで働かされてる。これが何か判るかい、中也？」

白瀬さんは腕を掲げて、自分の腕時計を見せました。

中也様はそれを見て「さあな」と答えました。

「瑞西連邦製の高級腕時計ですね」当機は知識ストレージを参照しながら云いました。

「そうだ。俺がまだ持ってる唯一の高級品だ。《羊》時代は、こんなモノ毎月のように購えた。だが今は、こいつさえいつ売らなきゃならないか判らない。今の仕事は誰にでもできる単純作業で、給料も安い。これじゃ組織再建の準備資金もままならない」

「組織再建だと？」中也様の表情が変わりました。

「そうだ。僕がいつまでも燻ってる訳ないだろ。武器や伝手も少しずつ準備してる。僕ならやれる。僕なら《羊》をもう一回立ち上げて、お前よりすごい王様になれる！」

中也様は少し顔をしかめてから言いました。「お前じゃなれねえよ」

「何だって！」

「はい落ち着いて下さい」

全く本題に入らないので、仕方なく当機は割って入りました。明らかに事件を優先すべき状況なのに、こういうどうでもいい言い争いを人間はするものなのです。

「白瀬さん、貴方には誤解があるようです。私の記録では中也様は、貴方達のために——」

「よせ。そいつは云うな」急に中也様が当機の体を手で制しました。「いいか白瀬。お前が知らなきゃならねえことはひとつだけだ。――このままじゃ、お前は死ぬ。今日か明日にもな」

「は？」

白瀬さんの目と口が丸くなりました。

「殺し屋が差し向けられた。ヴェルレエヌっていう化け物だ。俺の目的は、そのヴェルレエヌをぶっ殺すことだ。だから協力しろ」

「はあ？　何だって、殺し屋？」白瀬さんは表情で、訳が分からない、という感情を表現しました。「何で僕を？」

「お前が死ねば、俺がマフィアにいる理由がなくなると思ってる」

「何だそりゃ。何でそうなる？」

「イカれた殺し屋の考えなんか知るか」中也様は議論を拒否(きょひ)するように断言しました。「とにかく、奴(やつ)は強い。正面からやりあったら、マフィア総出でも相当の被害(ひがい)が出る。だから罠(わな)を張って、確実に殺す。お前を暗殺しに現れたところを、後ろからブスリとやるんだよ。注意の外から一撃(いちげき)すれば、強力な異能者でもイチコロだ。……一年前、お前が俺の背中を刺(さ)した時みたいにな」

中也様の目が鋭(するど)さと、そして何か別の感情を宿したように窄(すぼ)められました。しかし当機の感情模倣モジュールでは、これだけかすかな感情の正体が一体何なのか、見極(みきわ)めることができません。

「待て、待てよ。つまりこういうことか？」白瀬さんは手を振って、機嫌の悪そうな声で言いました。「ヴェルレエヌとかいう殺し屋がいる。そいつにお前達は勝てない。だから僕を餌にして、ヴェルレエヌを誘き寄せる。だから僕は、殺されると判ってても逃げずに、大人しく罠の真ん中で座ってろ。……そういうことか？」

中也様は、難しい顔をしたまま答えません。

仕方がありません。当機が質問に回答しました。

「はい。そういうことですね」

「はあ？　ふざけんなよ！　誰が好きこのんで餌になんかなるかよ！」

中也様が鋭い声で言いました。「だろうな。だが、お前には選ぶ権利なんかねえ」

「何？」

「慥かにお前は餌だ。だがそれが何だ？　俺達は別に、お前じゃなくてもいいんだ。奴の標的はあと二人いるんだからな。そっちに罠を張れりゃそれでいい。だがお前は違う。この提案を断りゃ、お前は絶対に死ぬんだ。だから協力しろ、白瀬。さもなきゃそのまま死ね！」

中也様は拒絶するかのように叫びました。

二人はお互いを睨みました。何も言わず、相手の表情を見つめています。まるでそこから何かを、探ろうとするかのように。

やがて、沈黙を破ったのは白瀬さんのほうでした。

「ああ、はいはい。判ったよ」そう言うと背を向けて歩き出します。「いつまでも王様気取りって訳だ。流石だね」

その頃我々はちょうど、工場の駐車場へと歩いてたどり着いていました。無数の車輌が、主人を待って忠実にうずくまっています（人間と違って、彼らは感情で任務をそっちのけにしません。見ていて安心します）。

白瀬さんはその中に停められた軽二輪車へと歩きました。彼の通勤用のものなのでしょう。籠からヘルメットを取り出しながら、こちらを向いて言います。

「仕方ない、従ってやるよ。そんじゃ、その罠を張る場所とやらまで道案内してくれ。僕はこの二輪車でついてくから……」

当機が安心して微笑んだ瞬間、頭部パーツに横向きの衝撃がありました。

白瀬さんがヘルメットで殴ったのです。衝撃で一瞬、視界が飛びました。

さらに白瀬さんはそのヘルメットを、中也様めがけて投げつけました。顔面に命中する寸前で、中也様がヘルメットを受け止めます。

その隙に、白瀬さんは軽二輪車に乗ってエンジンをかけました。

「ははは！　裏切り者の話になんか乗るもんか！」

言いながら、軽二輪車を急加速させて走り去ります。

「痛あ」

当機は自己診断プロセスを走らせました。頭部に衝撃。内部部品に損傷なし。信号に遅延なし。ただびっくりしただけです。

中也様はヘルメットを両手で持ったまま、うんざりしたように前方を見ていました。

「ったく。……あんなんで逃げ切れるつもりかよ」

ひとつ大きなため息をついてから、ヘルメットを投げ捨てました。

それから跳躍。重力制御して、近くに停めてあった車の天井に着地します。

「遅れんなよ、オモチャ野郎。遅れたら置いてくぞ」

そして駆け出しました。

置いていかれる訳には参りません。


中也様の移動は、走るというより滑るという表現が適しています。

下向きの重力を軽減し、代わりに前方への重力を生み出すことで、フリスビーのように前方へ跳躍していくのです。一歩で一区画を跳び、走る自動車を悠々と追い越していきます。

当機は膝部の伸縮アクチュエータを総動員し、中也様の後を追います。工場の敷地を飛び出して標識に横向きに着地。さらに跳んで通行人の頭上を飛翔していきます。

同時に、逃げた白瀬さんの軽二輪車に向けて通信ピンを飛ばし、居場所を特定しようと試みます。

しかし返答はありません。交通管制ネットワークに侵入（しんにゅう）を試みるも、当該（とうがい）車輛に関する情報はなし。どうやら白瀬さんが乗っているのは、外部通信や主幹システムを持たない、移動機能のみしか持たない二輪車（バイク）のようです。要するに安物です。

とはいえ安物であることは、我々にとっては不利です。ヴェルレエヌの車の時のように、遠隔（えんかく）操縦ができないからです。追い着いて物理的に止めるしかありません。

少し手間ですが、乱暴な手を使うことにしました。

走りながら、速度違反自動取締装置（ORBIS）にアクセスします。予（あらかじ）め組み上げておいたツールでアクセス権限を強制取得し、今見ている視界に重ね合わせ表示（オーバーレイ）。交通警察のみが閲覧（えつらん）できるデータを盗（ぬす）み、周囲一帯の車輛をすべて一度に視認（しにん）します。そして検索（けんさく）。

見つけました。

西に二ブロック、北に一ブロック先。住宅街に向かう幹線道路を、北に向かって爆走（ばくそう）しています。明らかな超過（ちょうか）速度なので、システムが既（すで）にマークしており、簡単に見つけられました。

「中也様！　北西です！」

叫びながら、当機は走る貨物車（トラック）を跳んで追い越し、道路を渡（わた）りました。

車の群れを跳び越えながら、当機と中也様は西へと疾走（しっそう）しました。通行人が、驚（おどろ）いたように我々を見上げています。

交通カメラに接続。白瀬さんの軽二輪車が赤信号を無視して突（つ）っ切り、住宅街へと走っていく様子が見えました。命知らずなことです。しかし白瀬さんにとっては幸運、我々にとっては不運なことに、その先は交通カメラのない狭い住宅路です。つまり、映像による追跡ができません。

当機と中也様は生け垣を踏み、屋根を蹴り、電信柱を跳び越えながら白瀬さんを追いました。当機が加速のために蹴った地面の土瀝青が、砕けて後方に散っていきます。

当機も中也様も、白瀬さんの軽二輪車を軽く超える速度です。歩行者の速度を取り締まる法律はこの国にはありません。人間の為政者の手落ちです。当機なら爆走するアンドロイドを捕まえる法律を作り忘れたりしません。

「走る音が聞こえてきた。先に行くぜ！」

中也様が己にかかる重力を完全に消して浮遊。建物の壁を蹴って街並みの向こうに消えます。当機は急いで追います。中也様は重力の異能があるかもしれませんが、はっきり言って脚の長さではこちらが上です。負けられません。

場所は狭い路地が並ぶ住宅街。計算では、あと27秒あれば軽二輪車に追いつけそうです。中也様が前を、当機が後ろを塞げば、白瀬さんも諦めるしかありません。完璧です。

しかし、後に当機は思い出すことになります。博士が言っていた台詞を。

〝仕事がうまくいきそうだと思った瞬間に、そいつはやってくる。失敗という魔物はいつも、憐れな獲物が成功の匂いにつられて来たところを捕まえて食う〟。

その通りになりました。

当機が中也様を追って角を曲がった時、大きな声が聞こえました。

「来るなオモチャ野郎！　隠れてろ！」

しかし手遅れでした。当機は角を曲がっており、その状況を目撃しました。

あるいはそれは、事前に予測し得た事態だったのかもしれません。幾つかの兆候はありました。

白瀬さんの経歴。組織再建の準備をしていたという発言。工場長が、白瀬さんを応接室に通した時、異様に緊張していたこと。そしてその後逃げるようにその場を離れたこと。

白瀬さんは交差点の真ん中にいました。

そして取り囲まれていたのです。

警察車輛に。

「白瀬撫一郎！　違法武器所持容疑で逮捕する！」

白瀬さんは、大柄な警官に取り押さえられ、警察車輛に頭を押しつけられています。

「よせ！　くそ、放せよ！　僕は次の王だぞ！」

もがいていますが、その拘束から逃れるには白瀬さんが計算上、あと三十九人は必要です。

警察車輛の中から声がしました。

「そこにいるんだろー、中也？　お前の部下くんが困ってるぞ？」枯れた声。平穏で、どことなく場違いな声です。「助けに出てきてやれ」

　そしてその人物が現れました。

　それは齢四十を過ぎた、くすんだ気配の刑事でした。

　輝きを失った革靴、長年身につけすぎて肌の一部みたいになった暗緑色の長外套。体重は軽そうです。頭髪は綿毛のようで、顔には柔らかい笑みが浮かんでいます。

「部下じゃない！　僕が王だ！」白瀬さんはまだじたばたしています。

「はいはい。そう暴れるなって、王閣下。心配しなくても、お前さんみたいな雑魚はどうでもいい」刑事さんはそう言うと、白瀬さんの頭をぱたぱたと叩きました。

　中也様が舌打ちをしました。

「最初から白瀬を泳がせてたって訳か、刑事さん」

　そう言って、中也様は警察の前に姿を現しました。

「おー、元気か中也？　飯ちゃんと食ってるか？」

　暗緑色の刑事は、懐かしの友人に逢った時のように両手を広げました。しかし二人が友人であるとは思えません。

「飯食わないと背が伸びないぞー。ちゃんと食え。あと学校は行っとけ。将来を考えて貯金しろ。夜遊びはするな。でも若いうちに少しくらいはやっとけ。それから」刑事さんは笑って、白瀬さんの体を叩きました。「友達はちゃんと選べ」

「中原中也殿。白瀬との共同謀議の容疑で、署まで同行を願います」

若い警官が、中也様の隣にやってきて言いました。その表情は硬く、冷たく、機械のような冷徹さに満ちています。もちろん機械にはまだ届きませんが。

「成程な。この機での逮捕も、偶然じゃねえってことか」中也様は鋭く警官を見ました。

「工場長はあんたの手先って訳だ。俺を引っ張るために、白瀬を見張って待ってたな」

「ふふ、このお坊ちゃんは、お前と違って年寄りに優しい」そう言って刑事さんはまた白瀬さんを軽く叩きました。「違法武器蒐集の証拠を、簡単に掴ませてくれたからな」

「嘘だ！　僕の完璧な計画がばれる訳ない！　中也、また僕を売りやがったな！」

わめいて暴れる白瀬さんを横目に見て、刑事さんは肩をすくめました。「ほらな。友達は選べって云ったろ？」

中也様はため息をつきました。そして苦い顔で言いました。

「なあ刑事さん。そいつの罪状はよく判った。だがあと一日待ってくれねえか。ちょっとした組織の揉め事があって、そいつを一日守らなきゃならねえ」

刑事さんはきょとんとした顔でそれを聞いていましたが、やがて薄く笑って言いました。

「なら心配するな。私達が守ってやる」そう言って手錠を取り出し、顔の横で音を立てて振ってみせました。「留置場でな。何ならお前も来るか？」

刑事さんが顎で合図すると、白瀬さんが警察車輛に押し込められました。

どうすることもできない。中也様の表情はそう語っていました。

「……くそ……」

中也様が食いしばった歯の奥で唸りました。

一度、博士に訊ねられたことがあります。〝機械でいるっていうのは、どういう気分がするものなんだい？〟と。

その質問に当機は答えられませんでした。機械でいることは、機械でいるような気分がする、としか言いようがないからです。極めてフラットで、当然で、何の付帯条件もありません。だからそのように答えました。そしてこう付け加えました。〝博士。人間でいるっていうのは、どういう気分がするものなのですか？〟

博士は腕を組んで、何も言わず、困ったように笑っていました。

人間であるということ。それがもたらす気分。

言ってしまえば、そのことの重要性が、今回の事件のすべての発端です。

ヴェルレエヌは、自分が人間ではない、と言いました。それが世界が引っ繰り返るほど重大なことであるとでもいうように。彼にとって、人間であるか否かは、己の今や将来をすべて左右するほど、重要かつ致命的な問題なのでしょう。

奇妙なものです。自分が人間か否かが、それほど重要なのでしょうか？

そのようなことを考えながら、私は中也様に話しかけていました。

「中也様」

「…………」

「中也様」

「……何だよ」

「中也様の番です。〝人間の奇妙なところ発見ゲーム〟」

「…………」中也様は答えません。

「では当機から」私は両掌で、机の上をとんとん、と叩きました。「えー、人間の奇妙なところ。〝声以外で音を発するのを恥じる、意味不明の性質がある。げっぷとか、おならとか〟。はい次どうぞ」

当機は中也様のために、とんとん、と机を叩きました。中也様は当機を見て、

「はあ……」

とため息をつきました。奇妙な回答です。

「『はあ』ですね。ご回答ありがとうございます。では当機。〝一般的な女性が女性のことを『かわいい子』と説明する時、その相手は概ねかわいくない。理由は不明。本当にかわいい子

を説明するときは、『ちょっと性格の悪い子』と言う〟」とんとん。「では中也様」

「あー……」と中也様が気怠げに言いました。

「ご回答ありがとうございます。では再び当機です。〝トイレで用を足す時、男性だけ『便座を上げて用を足す』という謎のプロトコルが存在する。女性にはない。何故？　座ったほうが飛び散らなくて便利な筈です。具体的には小――〟」

「やめろ！　汚え！」中也様が叫びました。

当機は首をかしげました。「汚い？　この部屋は92分前に清掃済ですよ」

「じゃなくて……」中也様は頭を掻きました。「ああもう！　早くこっから出してくれ！」

そこは市警の取調室でした。

モス・グリーンの壁には、煙草と埃の汚れがたっぷりとついています。四脚ある椅子はどれも螺子がゆるんでいて、体重のかけかたを変えるとカタカタと揺れます。机にはひっかき傷と、誰かが叩いた手の痕と、水の染み痕が残っています。おそらく被疑者の涙か涎の痕でしょう。

当機と中也様は市警に任意同行を求められたあと、この部屋に連れ込まれ、しばらく待つよう言われました。脱出することはできますが、正規の手続きを経ずに勝手に出ると面倒なことになります。ポートマフィアの顧問弁護士が到着するのを待つほうが良いでしょう。

しかし、捜査官である自分が警察に勾留されるというのは大変貴重で、心が弾む経験です。

身分を隠しておいてよかった。捜査方針に感謝です。

「もう次からそのゲーム禁止だ。いいな？」

「ご命令ですか？」

「命令だ」

命令権を行使されてしまっては仕方ありません。「承知しました。もう二度と〝人間の奇妙なところ発見ゲーム〟は致しません」

中也様は当機を見て、疲れた表情をしました。「お前今、めちゃくちゃ残念そうな顔してんぞ……」

この部屋には鏡がないので、当機がどんな顔をしているか確認できません。

「はあ……もういいよ。それで？　白瀬は釈放できそうか？」

「可能です。しかし時間が掛かります」当機は素直に回答しました。「ここのデータベースに侵入しましたが、白瀬さんの自宅は既に家宅捜索され、銃器が十二挺、押収されてしまっています。登録番号刻印の削り落とされた銃器です。こうなると優秀な弁護士でも釈放には相当時間が掛かります。一方、保釈を狙うとしても、彼には《羊》時代の前科があります。手続きは難航しますし、そもそも市警の真の狙いは白瀬さんではなく中也様なのですから、検察官への送致の期限、48時間いっぱい使って白瀬さんを勾留するでしょう」

「48時間も待ってられねえ」中也様は拳を握りしめました。「今この瞬間にも、ヴェルレエヌが暗殺しに来るかも知れねえんだぞ」

中也様の言う通りです。ヴェルレエヌを打破するには、しかるべき罠を用意した場所に白瀬さんを配置し、ヴェルレエヌを誘き寄せなくてはなりません。

つまり奇襲と暗殺が得意なヴェルレエヌに、奇襲を仕掛けるのです。

しかしそれには大きな前提条件が必要です。時間を掛けて構築した罠となる空間。そして餌である白瀬さんです。

「ていうか、お前の上司とかの力で何とかなんねえのかよ？」中也様は身を乗り出しました。「ここの警察は謂わば、お前のご同輩だろ？　本国の捜査本部とかから手を回してもらって、釈放させられるだろ」

「それが可能ならよかったのですが」当機は首を振りました。「不可能なのです。『条約』が足かせになっています」

「条約だと？」

当機は説明しました。

元々、欧州刑事警察機構は、かつての大戦の終戦和平条約をもとに設立された国際捜査機関です。その目的は、国境をまたいで暗躍する国際犯罪者の撲滅。しかし戦争後の国家間権力闘争に引きずられて、幾つかの制約事項が存在します。

そのひとつに、欧州加盟国同士の権利や主権を損なってはならないという制約。かつての敵国同士が協力して捜査機構を立ち上げる以上、相手国の権利侵害には必要以上に繊細にならなくてはなりません。今回の場合、仏国の元諜報員であり、国の重要機密事項をその頭の中にたっぷりと詰め込んだヴェルレエヌの逮捕です。彼の取り扱いをひとつ間違えると、国際的スキャンダルにまで発展しかねません。そうでなくとも、彼を逮捕した捜査官が、その捜査で知り得た情報を他国に売る可能性だって十分にあるのです。少なくとも仏国はそう考え、他国捜査官の派遣を渋りました。

一方の欧州刑事警察機構も、全世界の要人を無秩序に殺していくヴェルレエヌという厄災は、絶対に無力化しなくてはなりません。特に英国は、戴冠式での騎士暗殺によって国家の顔に泥を塗られた最大の被害国です。絶対に後には引けません。

そのための妥協案が、当機の単独派遣なのです。

当機ならば秘密を確実に守りますし、私欲に引きずられてどちらかの国に肩入れすることもありません。そうであるように設定されているからです。また、捜査上知り得た情報は後に、他国が利用できないよう凍結され、暗号化されて保管されます。

かつてピアノマンさんが当機に「マフィアの情報を欧州当局に密告される恐れはないのか」と訊ねた時、当機は「密告はできないのです」と答えました。その理由がこれです。

「成程な」中也様が腕組みをして頷きました。「俺やマフィアの犯罪の証拠をお前が幾ら見聞きしたとしても、そいつを外に伝えることは不可能、ってことか」

「そうです。そして同じ理由から、欧州当局が日本警察に手を回すことも不可能です。そもそも当機は、日本で何も捜査していないことになっています。ヴェルレエヌのこと、暗殺王にまつわる捜査のことを他の国の政府機関に知られれば、それを仏国との国際取引材料にしよう、などと考えはじめる国家が出てきかねません。何しろヴェルレエヌはほぼ確実に、大戦時代に秘密作戦と称して、きつめの戦時国際法違反を行っているでしょうからね」

「そのせいで日本警察はお前の味方にはならない、って訳か」中也様はそう言って、ため息をつきました。「困ったもんだぜ。お陰でこっちの味方は頼れるポンコツが一台だ。ま、欧州の捜査官がじゃかじゃか押し寄せてきても、マフィアとしてはこれ以上なく面倒くせえから、いいんだけどな」

「我々としても、法機関に信用されていないマフィアという協力組織は、いい妥協案というところです」当機は微笑みました。「しかし中也様、肝心の対ヴェルレエヌの罠なのですが、ポートマフィアに最適な異能者がいると聞きました。本当なのですか？」

途端に中也様の表情が変わりました。

苦虫を百匹まとめて嚙みつぶしたかのような顔です。

「本当だ」中也様の声は、そう言うくらいなら死んだ方がまし、という苦渋の響きを帯びていました。「だが連絡が取れねえ。クソったれ、どっかで死んでくれてるんならいいんだがな」

「はあ」協力者に死んでいられては困ると思うのですが。「その人物は信用できるのですか？」

「信用？　できる訳ねえだろ」中也様は不機嫌そうに言いました。「根性のひん曲がった、最低最悪の奴だよ。喩えるなら、溺れかけてる人間相手に水を売りつけようとするような奴だ。しかも実際に買わせられるくらい頭が切れるから手に負えねえ。だが、奴の異能がなきゃ、ヴェルレエヌは斃せねえ」

「何故そこまで云い切れるのです？」

「ヴェルレエヌの同僚——異能諜報員のランボオを、そいつ——太宰と、俺との二人で斃したからだよ」

中也様はそう云って、拳を握りしめました。

「くそったれ太宰、あの野郎こんな時に限って、一体何してやがる……？」

廃棄場。

そこは誰からも忘れ去られた土地だった。

今にも降り出しそうな曇天の下に、雑然と捨てられた輸送用コンテナが、死体のように折り重なっている。廃棄場のむき出しの土には、不法投棄による有害物質がしみ出しており、野鼠ですら近寄ろうとしない。

地図にない場所。横浜で最も寂しい土地。——その中心近くに、太宰は住んでいた。

太宰が住んでいるのは家ではなかった。それは投棄された輸送用コンテナのひとつ。元は海外輸出用の乗用車を輸送するために造られた大型コンテナの中に、冷蔵庫、換気扇、机と椅子、寝具、それに小さな裸電球が取り付けられている。

太宰を知る者は、誰もそこに近寄ろうとしない。ポートマフィアの部下であっても。それが薄気味悪い土地であるという理由だけではない。私的な住居に近づいた時、太宰がどう反応してくるか予測がつかないからだ。家に来た部下の手脚を引きちぎって殺すかもしれないし、ようこそと茶菓子を出すかもしれない。誰も太宰の心を理解できない。

ポートマフィアの黒い幽鬼。

太宰はそう呼ばれていた。

ポートマフィア加入から一年。太宰は首領直轄の秘密部隊を指揮し、驚異的な成果を挙げていた。幾つもの組織を潰し、いくつもの新たな商売流通を切り開いた。それは現マフィア員どころか、歴代の幹部と比類しても桁違いの速度の戦績だった。《旗会》の出世頭であったピアノマンの成績ですら、太宰のそれに比べれば子供の遊戯に等しかった。

それでも、誰一人として太宰を信用しなかった。

彼の瞳、その奥にある内面の闇が、廃棄場にわだかまった夜の漆黒よりなお深いからだ。

　マフィアで活動を続ければ続けるほど、太宰は暗く、理解不能になっていった。その理由も誰にも明かさない。ただ自分をどこか暗い場所に追い詰めるように、敵を屠り、ポートマフィアの血道を切り開いていった。

　絶大な功績。だがその栄誉を喜ばないものが一人いた。

　太宰だ。

　太宰は一人、コンテナ内の丸椅子に腰掛け、じっと闇を見つめていた。

　隣の机の上で、携帯電話が鳴った。中也からの着信だ。だが太宰は出ない。視線ひとつ動かさない。ただ凝然と、手を組んで座ったまま、闇と、その先にある扉を見つめている。

　その目はあまりに静かだった。その黒瞳はすべての音と光を吸い込み、何ひとつ逃がさない。己の感情すらも。

　電話が諦めたように鳴り止み、再び沈黙が降りた。その沈黙は、電話が鳴り出す前よりもより深く重くなったようだった。

　そのとき、闇の深淵を見つめる太宰の目が、ぴくりと動いた。

　入口の扉が開きはじめたのだ。

　金属製の扉がゆっくりと開いていき、その向こうから、薄闇に縁取られた誰かの人影が現れる。

「随分と趣のあるところに住んでいるんだな、太宰君」その人影は云った。軽やかな声で。

「全く、こんな酷い場所に住んで、君は何を恐れているんだ？　固定資産税か？」

太宰は一切表情を変えず、感情のないざらついた声で答えた。

「僕は貴方を恐れていますよ、ヴェルレエヌさん」

人影が部屋へと入ってきた。

高い背丈。夜の海を思わせる色あいの背広。目の前の出来事を面白がっているような軽やかな瞳。黒い帽子。暗殺王、ポール・ヴェルレエヌ。

「嘘だな」ヴェルレエヌはそう云って、コンテナに足を踏み入れた。「君は何も恐れてはいない。目を見れば分かる。二日前、俺が君を殺そうとした時でさえ、君はほとんど何も感じていなかった」

「自分が死ぬことに関して、ちょっと一般的とは云いがたい意見を持っていましてね」太宰は目の端だけでかすかに微笑んだ。しかし黒瞳はどこまでも静かだ。

「殺し屋としては商売あがったりだな」ヴェルレエヌは肩をすくめた。

ヴェルレエヌは革靴で床をかつかつ鳴らしながら部屋に入ってきて、机の上の書類を摑んだ。

「これがポートマフィアの内部資料か」

それは数十枚の紙束だった。他の組織に売れば、人生を三回は遊んで暮らせるほどの金が手に入るだろう。それほどに貴重な、ポートマフィアの機密事項を書き記した資料だった。

ヴェルレエヌはその紙束を顔の横で揺すった。「二日前、君はこれを俺に渡すと言った。だから殺さなかった。俺の仕事に必要だからな。だが理由は？　君が求める見返りは何だ？　〝僕を殺さないで下さい〟なんてジョークは言うなよ」

「簡単です」太宰はうっすら微笑んだ。そして悪夢の中で唸る音のような、低い声で云った。

「ポートマフィアが燃えるのを見たい」

ヴェルレエヌは真顔になった。

そして太宰を見つめた。そこに誰かいるのに、はじめて気がついた人間のように。

「ポートマフィアは、君を拾い育てた組織ではないのか？」しばらく間を置いて、ヴェルレエヌは慎重に訊ねた。

「そうです」

「なら何故？」

その問いは太宰に聞こえたはずだったが、太宰は答えず黙っていた。視線が、ここではないどこかを探すように彷徨った。

それから太宰は笑みを浮かべた。見たものが悲鳴をあげたくなるような、悲痛な笑みを。

「飽きたんですよ」

ヴェルレエヌの目が細められた。相手の真意を探るように、その目がじっと太宰に据えられた。

太宰はそんな相手の視線を楽しむように一瞥して、独り言のように云った。「結局、何も見つけられなかった」

「ああ、そうか」ヴェルレエヌは目を閉じた。「まあ、気持ちは判るよ。自分を変えてくれる何かがあるかもと期待して旅に出る。しかしそこは下らないガラクタばかりの場所で、落胆して帰ってくる。そういう経験は俺にもある。呼吸し、食事し、排泄するということが即ち生きるということではない。だから我々は旅をする」

云いながらヴェルレエヌは、床に落ちていた洋貨を拾い上げた。

銀色の洋貨。何の変哲もない、ごくありふれた硬貨だ。

「協力に感謝する、太宰君」

そして洋貨を指で弾いた。

轟音。

洋貨は太宰の横を飛翔して抜け、背後の壁を貫通した。

雷のような音と大気の歪みを残し、洋貨はコンテナの外の廃棄物を破砕。そのままどこにも落下せず直線で飛翔し、西の地平線に消えていった。

残ったのは、金属が溶けてあがる蒸気と、金属が引き裂かれた破壊音の残響だけ。

「その絶望に敬意を払い、君を殺すのは最後にしてやろう」

そう云って、洋貨を弾いた後の姿勢のまま、ヴェルレエヌは微笑んだ。

太宰は動かなかった。自分のすぐ横を超高速の硬貨が通過したにもかかわらず、顔色ひとつ

変えなかった。

「待ち遠しい」

そう云って微笑んだ。魂が割れる音が聞こえてきそうな微笑みだった。

ヴェルレエヌは背を向け、入口に向かって歩き出した。扉に手を掛けた時、太宰はその背中に向けて訊ねた。「それで、今からどちらに？」

ヴェルレエヌは振り向き、謎めいた手品を見せた後の奇術師のような笑顔で云った。「分かっているだろう。警察署だよ」

取調室のドアが開いたのは、当機と中也様がその部屋に入れられてから１４４８秒後のことでした。

「邪魔するよ」

それは、白瀬さんが逮捕された時に現場にいた、綿毛のような頭髪の刑事さんでした。

刑事さんは陶器の容器に液体が入ったものを抱えていました。そして机の向こうに座り、箸を使って液体の中の固形物――デンプン・グリアジン・グルテニンを主成分とした細長い固形物――を食べ始めました。

当機の視線に気づき、刑事さんが顔を上げました。

「何だ、外人さん。饂飩、見たことないのか？」

刑事さんはにやりと笑いながら食事を続けます。湯気が刑事さんの顔を覆います。

「俺達の分は？」中也様がぶっきらぼうな声で訊ねました。

「何だ、欲しかったのか。違法宝石で儲けてる奴は、こんな下々の食い物は口に合わないとばかり思ってたよ」

中也様は腕を組んで相手を睨みました。「違法宝石？　おいおい、ふざけんなよ。俺はごく普通の、認可済み宝石小売店の店員だ。社員証を見せようか？」

「偽造した社員証を見せられてもなあ」刑事さんは首を傾けて笑いました。「ところで、この外人さんは誰なんだ？」そう言って箸の先で当機を指し示しました。

中也様は答えず、ただ肩をすくめるだけです。

刑事さんは当機を見て言います。「なあ中也。お前のためにも、ここから先の話は部外者には聞かせないほうがいいと思うぞ」

「初めまして。当機は欧州から来た計算機で……」

「つまんねえこと云うなよ刑事さん」中也様が、遮るように言いました。「こいつは新入りだ。今日入ったばかりでね。喧嘩で頭をぶっ叩かれて以来、自分を機械だと思い込んでる変な奴だ。面白いから連れ歩いてんだ。何か文句でも？」

「いえ、ですから当機は本当に高性能の計算機で」

「下っ端？　そうか。ならまだこんな上等な処に来るには早いな。外までご案内しよう」そう言って刑事さんは立ち上がり、ドアをノックしました。「追い出せ」

ドアの外にいた大柄の制服警官さんが音もなく入ってきて、当機の腕を取りました。

当機は抗議をしようと口を開きかけましたが、視界の隅で、中也様の合図が見えました。

机の下で、中也様が人差し指を曲げ、外の方を指し示しています。視線は当機を見て、顎で軽く外のほうを示しています。

明らかに非言語的な合図を送っています。

この場にいる人間に聞かれずに、当機に何かをさせたいのでしょう。そのために話を作り、当機を外に出させようとしているのです。

ふむ。

ならば当機がすべきことはひとつです。

「では当機は失礼いたします」

当機は素直に一礼しました。そして制服警官さんと共に取調室を出ました。

後ろで扉が閉まります。当機は制服警官さんと一緒に歩きはじめました。

「済みません、警官さん」十歩ほど歩いてから、当機は言いました。「指を曲げながら外に向けて二度動かすジェスチャーは、どういった意味の合図だと思いますか？」

「……はあ？」

警官さんが大きく首をかしげました。

「いえ、ですから指を曲げながら、外に向けて……」

言いながら、当機は思考しました。

中也様が当機に外に出るよう暗に指示したということは、当機に外でして欲しいことがあるということです。

同時に、中也様本人は取調室から動く訳にいかない、ということでもあります。

目下のところ、今我々が行うべきことは、白瀬さんの物理的な移動です。早急に白瀬さんを留置場から安全な場所に移さなくては、罠を設置する前に暗殺されてしまいます。

しかし我々が白瀬さんを移動させようとしていることは、市警の側も承知しています。そのために中也様を取調室に置いて——。

成程。

「理解しました」

当機が不意に言ったので、制服警官さんが不審げな顔をしました。「理解したって、何をだ？」

「あのジェスチャーは私への指示です。中也様が警察の目を自分に向けている隙に、当機がこっそり留置場に入って、白瀬さんを救出せよという意味だったのです」

「そうか、留置場に」制服警官さんは思わず頷きました。「……ん？　留置場に？」

おっと。気づかれてしまいそうです。これはいけません。

「警官さん。あれ、何ですか？」

当機は警官さんの背中側を指さしました。

反射的に背後を振り返る警官さん。素直な人です。

当機は人差し指をそのまま警官さんの頬に持っていき、待ち構えるように頬のすぐ近くに配置しました。

「何もな」

何もないぞ、と言おうとした警官さんの首が戻ってきて、頬が当機の指先にぷにっと当たります。命中です。

当機の指の先には極小の注射針が仕込まれており、そこに塗布された鎮静作用物質が刺された箇所から浸透。血圧低下性の神経反射が起こり、警官さんは意識消失しました。

床にくずれ落ちそうになるのを、当機が両手で抱え止めます。

周囲を走査。この事態に気づいた人や、物音を聞きつけた人はいなそうです。

「警察署内ではお静かに」

警官さんの体を支えながら、当機は微笑みました。

中也はどこまでも不機嫌な顔で座っていた。

机に肘をつき、目をなかば閉じ、壁の汚れをただ無心に眺めていた。

そうする他なかったからだ。向かいに座る刑事の長話から、意識をそらすためには。

「それでな、私は思った訳なんだよ」刑事は身を乗り出すようにして云った。「饂飩には人生のすべてが載っていると。若い頃に金を持ちすぎたって碌なことにゃならん。苦労して、額に汗して働いて、先月よりもほんの少し上がった賃金、それがだな、素うどんだったものの上に載った竹輪の天麩羅という形でこの世に現れるからこそだな、そう、つまり苦労が報われると、私はそう云いたい訳だよ、加えて云うとな……」

一体どれだけの間この長話を聞かされているのか、中也はもう時計の針を見るのを諦めていた。

刑事の話は長く、説教臭く、おまけに要領を得なかった。身の上話の教訓が途中からただの愚痴になり、愚痴が途中からただの昔話になり、昔話が途中からただの説教になった。論旨が循環し、昔話が何度も繰り返され、そのくせ細部の描写は異様に細かかった。そして何度も話した内容に限って、刑事はこの世の新事実を初めて明かすかのように、輝いた目で嬉しそうに語るのだ。

「それでな、私がこの署に配属された時にな、思った訳だよ。先輩に云われてな、この先輩っていうのがいつも整髪料のつけすぎで髪がべたべたしていて……」

中也は聞いていなかった。空中の一点を睨み、ただじっと耐えていた。

そもそもこれは任意の事情聴取だ。令状を取って逮捕された訳ではないので、警察には中也を拘束する法的権利はない。中也からすれば、無視して席を立っても一向に構わない。だがそうする訳にはいかなかった。目的は、アダムが白瀬を救出するまでの間の時間稼ぎだ。その間、刑事の目をこちらに引きつけておかなくてはならない。

故に、中也はただ耐えていた。『俺はそのへんに落ちている小石』と、必死に自分に云い聞かせながら。

「んーだからな？　私が若い頃はそりゃもう悲惨なもんだったんだぞ」刑事はしたり顔で頷きながら云う。「ろくな仕事がなくて、いつも腹を空かせてた。見かねた兄貴の口利きで、どうにか警備の仕事にありついてみたはいいものの、そりゃーきつい仕事でな。お前には想像もつかんだろうよ。同僚はすぐに辞めるか、さもなきゃ脱走してったが、私はどうにか根性でかじりついてな。そう、お前に必要なのはそういう根性で……」

「なあ」ついに耐えきれず、中也は口を開いた。「そのつまんねえ話、いつまで続くんだ？」

すると刑事は眉を持ち上げた後、待ちかねていたかのように笑った。

「こいつに一筆くれさえすりゃ、すぐにでも帰してやるよ。お友達の白瀬君も一緒にな」

そうして懐から書類を取り出し、机の上にすべらせた。

中也は黙った。

証拠収集等への協力及び追訴に関する合意書面。

つまり、中也が自分の知る秘密を話す代わりに、中也と白瀬の罪を免除する、という警察との司法取引に同意する書面だった。

中也の知る秘密——つまり、ポートマフィアの内部情報である。

「俺にマフィアを売れってか」

中也が静かな声で云った。

「お友達をここに置いときたくないんだろ？」刑事は微笑んだが、視線だけは鋭利だった。

「ずいぶん込み入った事情がありそうじゃないか。……心配するな。私の興味はひとつだけ。ポートマフィアの闇取引網を潰すことだけだ」

中也は無表情で刑事を見て、書面を見た。そして考える顔をしてから、再び刑事を見た。

「ペン貸せ」

「いいとも」

刑事が差し出した万年筆を、中也は受け取った。そして取引書の署名欄に、さらさらと文字を書いた。

刑事はその署名欄を覗き込んだ。

そこにはこう書かれていた。

〝クソ食らえ〟。

中也は万年筆を机に放り、両手を頭の後ろに組んで背もたれに体重を預けた。そして机の上に脚を置いて、云った。

「中断させて悪かったな」中也の声は平然としている。「長話、続けてくれ」

刑事は黙った。

そして砂漠の岩のように硬く風化したその瞳で、中也をじっと睨んだ。

当機は留置場へと向かいました。
さて、どのように白瀬さんを脱獄させるべきでしょう？
違法な手段で脱出させる訳ですから、欧州本国の当局は頼れません。しかし問題ありません。当機にはあらゆる国家の捜査機関のプロトコルに関する知識があるからです。
留置場へと向かう廊下は静かでした。雑然とした刑事課の階層とは違い、ここには人もモノも殆どありません。掃除の行き届いたクリーム色の壁と、規則的に続く天井の蛍光灯と、その光を規則的に反射した廊下があるだけです。時折壁にダークブルーの掲示板があり、今月の交通事故数や、定期検診のお知らせが貼り出されています。世界のどこにでもある、単調で退屈で適当な廊下でした。

その廊下を通り抜けた先に、目的の留置場がありました。

この先に白瀬さんがいるはずです。

「済みません」

扉の隣にある主警備室の窓硝子を、当機は軽く叩きました。

主警備室の当直デスクには、警備主任さんが座っていました。警察になる試験のすべてを筋肉だけで通過してきたのでは、と思うような、がっしりした体格をしています。

窓から見る限り、主警備室は広くはないようです。その中にあるのは机、留置場の中を映した八枚の監視パネル、業務用のコンピューター。壁には解錠用の物理鍵が並んで掛けられています。ここも他の部屋の例に漏れず、予算不足からくる耐用年数超過でどれもみなくすんで疲れて見えます。壁も、床も、パネルも、警備主任も。

当機はにこやかな笑みを浮かべて言いました。「重犯罪監房番号十八番、白瀬撫一郎の移送命令を受けてやってきました」

警備主任はデスクに肘をついたまま、目線だけで当機を見ました。「あんたは?」

「当機——いえ、私は、欧州刑事警察機構（EUROPOLE）の捜査官、アダム・フランケンシュタインです」当機は懐から識別用の捜査官徽章(バッヂ)(これは本物です)を見せて言いました。「村瀬刑事(むらせけいじ)から移送指示を受けています」

警備主任は無感動にそれを眺め、特に何を思った風でもなく、当機よりもずっと機械的な声色(こわいろ)で言いました。「移送指示番号は?」

「はい?」

「だから、移送指示番号」

その口調は断定的で拒絶的(きょぜつ)です。

当機は頭をぐるぐる回しました。

「ああ、移送指示番号ですね。はい。……移送指示番号。ええ、勿論(もちろん)、移送指示番号のことですよね」

「三回も云わなくていいから。で?」

「移送指示番号は2198126です」

当機はにっこり微笑んで言いました。

警備主任は確認(かくにん)のため、手元のコンピューターを操作しました。それを遠目で見ながら、当機は署内のネットワークに侵入(しんにゅう)、取調室にいるうちに仕込んでおいたバックドアからメールサーバーを掌握(しょうあく)し、過去に移送指示のあったメール画面を複製(コピー)します。

その画面の番号だけを書き換(か)えました。警備主任のコンピューターがリクエストを送った瞬(しゅん)

間に、それを画面に表示します。

「２１９８８１２６……はい、確かに」

警備主任は何の疑いも持たず、手元の操作盤で留置場のロックを解除しました。

「感謝いたします。よい一日を」

当機が一礼すると、警備主任はどうでもよさそうに手だけ上げて返事をしました。

これだから人間というのはあてにならないのです。不完全です。機械なら絶対にこんな手には引っかかりません。機械が人類を滅ぼそうとする映画で、何故いつも機械側が敗北するのか、理由が全く分かりません。

しかし今回はその不完全さのおかげで仕事が進みます。当機は鉄の扉をくぐり抜け、留置場へと足を踏み入れました。

監房ブロックの廊下は、機械の回路基板を思わせます。電子パターンのように規則的に扉と照明が続いており、それ以外のものは一切ありません。内装の色あいも淡いライトグリーンと白の二色のみで、壁のところどころに身長を示すための線が引かれています。おそらく、この警察署内でもっとも寂しい場所でしょう。

目的の監房はすぐに見つかりました。

「十八番。移送だ。出ろ」

指示を受けていた看守が扉の前でそう云い、鍵を開けて、そのまま帰っていきました。

監房の中には白瀬さんがおり、マットレスに座っていました。こちらを見ると、一瞬ぎょっとしたような顔をしました。

「お前、慥か中也の……どうやってここに」

「白瀬さん。出ましょう」

当機は云いましたが、白瀬さんは拗ねたような表情をして目をそらしました。

「ふん。厭だね」白瀬さんは監房の床に向かって言いました。「おおかた中也の差し金だろ？でも残念、僕は自分で望んでここにいるんだ」

「それは嘘です」当機は言いました。「鼻の皺、上唇の上昇を検知しました。これは不快な状況に晒された時の反射的微表情の典型です。また首に手を当てる動作は不快や不安を感じたときに人間がそれを鎮静化させるために取る〝なだめ行動〟とも呼ばれ、発言とは逆の感情を抱いていることを示唆します。加えて言えば、今された顔と視線を下げる動作は孤立感、劣等感、後悔などを含む感情の現出です。要するに、貴方は今この状況にビビっています」

「び……ビビってない！」

白瀬さんが大声で叫びました。

入口に控えている看守が、ちらっとこちらを見るのが視界の端に見えました。

ふむ。疑われる前に、ここを出なくてはいけません。

「時間がありません」当機は辛抱強く言いました。「当機への苦情、あるいは中也様への苦情は、ここを出て安全な場所に移った後で幾らでもお聞きします。今貴方がすべきことは、立ち上がって当機についてくることです。人間にもさほど難しい行為ではないと思われますが」

「厭だったら厭だ」白瀬さんは腕を組んで言います。腕を組むのも典型的な拒絶行動の一種です。「お前が気にくわない。この状況も気にくわない。だいたい、僕の集めてた銃が没収されたそうじゃないか！　お前達が来たせいだぞ？　どう責任取ってくれるんだ！」

銃器が没収されたのは我々のせいではありません。しかし今はその話をしている場合ではありません。

「そもそもなあ、どうしてお前達のごたごたに僕が巻き込まれなきゃいけないんだよ？　僕は暗殺されるようなことは何もしてないだろ！　まず謝罪しろよ、謝罪！　それから没収された銃を何とかしろ！　僕は未来の王なんだ、王は敬意を払われなきゃ動かないんだ！」

当機はその話を冷静に受け止めていました。

白瀬さんの主張は論理的に破綻しています。その論理破綻を、細やかに指摘していくことも可能です。しかし旧世代の人工知能ならいざ知らず、当機は最新式の自律計算機。このくらいでねちねち細かい反論をしたりはしません。

そう、当機は完全に冷静なのです。

「結構です、白瀬さん」当機は笑顔で頷きました。「貴方には行動の自由があります。強がることも、謝罪を要求することも、自分を王だと信じることも貴方の自由です。しかし当機にも同程度の自由があります。ですので、貴方をここに放置して帰り、貴方が監房で殺されたという報道を新聞で見ながら次の作戦を立てる、という選択を取る自由があります。きっと次の暗殺標的は、貴方よりずっと物分かりがいいでしょう」

当機は自分の体内フィードを確認しました。非論理的な感情模倣モジュールが活発に活動しています。それが当機の発言に影響を及ぼしているようです。

「はっきり言います。当機にとって、貴方はどうでもいい人間です」当機は断言しました。

「それどころか有害な人間ですらあります。当機のリスク評価モジュールによれば、貴方を守らず、次の標的を捜したほうが任務の成功率が高い、と出ています。では、何故そうしないか分かりますか？」

感情模倣モジュールに自己診断プログラムを走らせました。

これは簡単な表現で言えば〝腹を立てている〟という感情傾向のようです。

当機は不完全な人間とは違いますので、この感情模倣モジュールからの情動指示を無視し、切り離すこともできます。しかし、今回は無視する気になりません。

「貴方を見捨てない理由はひとつ。貴方は当機にとってどうでもいい人間でも、中也様にとってはそうではないからです」

「ち……中也が？」

「そうです」

当機がいきなり態度を変えたせいで、白瀬さんに怯えの表情が浮かんでいます。

「どうして中也が、僕を守りたがる？」

黙っていろと指示を受けていますが、とても話したくなってきました。当機は再びその感情傾向に従うことにしました。博士の言う〝己の心に従え〟という奴です。「簡単です。中也様はそもそも、貴方達を――《羊》を守るために、マフィアに入ったからです」

白瀬さんの表情には疑問。

情報処理が追いつかないのでしょう。

当機は説明をしました。

一年前、《羊》は長であった中也様を裏切って切り捨て、代わりにGSS（ゲルハルト・セキュリテキ・サアビス）という傭兵組織と手を組みました。しかし《羊》とGSSの同盟は、敵対組織であるポートマフィアの警戒心を煽る結果になりました。そして同盟が力をつける前に、ポートマフィアは殲滅部隊を派遣したのです。その部隊を指揮したのは、太宰という名の少年でした。

本来ならば《羊》は、その殲滅部隊によって皆殺しにされるはずでした。しかし中也様は、《羊》の構成員達を救うよう太宰さんに嘆願しました。太宰さんが出した条件は、中也様がポートマフィアに加入すること。

中也様はその取引を呑みました。

結果、《羊》は解散させられただけで、誰も殺されませんでした。そして再集結しないように全国各地に新たな居住地を与えられました。白瀬さんも含め、中也様の取引のおかげで、命を拾ったのです。

そしてその取引は、まだ生きています。

中也様はマフィアを抜けることができません。抜ければ元《羊》の少年少女達が殺されるからです。特に白瀬さんは、裏切りの時の見せしめとして、この横浜近郊に留め置かれています。

「一言で言えば、貴方は人質なのです」当機は冷静な声で言いました。「逆に言えば、白瀬さんが何らかの理由で死亡すれば、中也様がマフィアに残る理由がひとつ減ることになります。……だからヴェルレエヌは白瀬さんを狙った。それが我々の推理です」

白瀬さんは呼吸をせず、じっと当機を見つめながら聞いています。初耳だったのでしょう。

「聞いてないぞ……あいつは、中也は《羊》を売った功績で、マフィアに入れてもらえたんじゃない、のか……？」

「逆です。中也様はマフィアに入らざるを得なかったのです」当機は視線を空中にさまよわせました。「中也様がその取引をしたのは、自分が背中を刺された直後です。誰が刺したか——もちろん、覚えておいでですよね？」

白瀬さんの表情は、時間が停止したかのように凍りついています。

「当機には、人間の感情の流れというものはもうひとつ理解しかねます」当機は素直に言いました。「当機に言えるのは一般論だけです。たとえ裏切られても、かつて世話になった人間は見捨てない。それが中也様です。それこそ中也様が《羊》で王たり得た理由だと思われます。ですが貴方にはそれがない。貴方は王の器ではありません」

白瀬さんは歯を食いしばって唸りました。

「何だと？　僕は……くそ、好き放題云いやがって！　どうせ僕を惨めな奴だって……、畜生、お前みたいな奴に、僕の何が……」

その声は当機に向けられたものではなく、やがて声は力を失い、床に落ちて力なく跳ねました。

白瀬さんの感情は、どこにも行き先を見出すことができず、渦を巻いて彷徨っています。一方の当機はというと、とってもスッキリしていました。すがすがしい気分です。言い返せない相手に好きなだけ文句をぶちまけるというのは、大変素晴らしい行為です。

スッキリして気が済んだので、感情模倣モジュールからのフィードバックを切りました。冷静になった頭脳で、再び白瀬さんに告げます。

「これで貴方が命を狙われている理由がご理解頂けたでしょう。冗談や大袈裟ではなく、貴方は殺すだけの意味がある人間なのです。そして相手は世界最高峰の暗殺者です。こんな無防備な閉所にいては、一時間ともたずに殺されてしまいます」

喋りながら、白瀬さんの心拍と呼気を走査しました。先程とは感情値が変動しているようです。よい傾向です。

「では私は行きます。貴方は自由になさって下さい。しかし一言だけ、もうひとつ一般論を言わせて下さい。将来『王』となる人間の条件は当機には分かりません。しかし、王になれない人間の条件なら分かります。——誰にも頼らなかった結果、ここで殺されてしまう人間です」

そう言って歩き出しました。

後ろは振り返りません。等速度で歩き続けます。しかし音響走査で、背後の状況は把握できます。

数秒あって、監房から出てきて、とぼとぼ歩いてくる跫音が聞こえました。

当機はにっこりしました。任務完了です。

紙を折る音だけが、取調室に響いていた。

書類を半分に折り、折り目に指を這わせて平らにする。もう一度爪でつまんで全体にしっかり折り目をつけてから、また開く。できた折り目に沿うように、書類の角をつけてまた折る。

折っているのは綿毛頭の刑事であり、折られているのは司法取引の同意書類だった。

中也はそれを黙って眺めていた。

刑事はたどたどしい手つきで書類を折っていき、やがて紙飛行機を完成させた。それを部屋の隅にある金属製のゴミ箱に向けて飛ばした。

紙飛行機はふわりと垂直近くになるまで浮き上がり、ずっと手前の床に落ちた。

「下手くそ」

中也が莫迦にしたように云った。

「いつもは入るんだがなあ」刑事は頭をぽりぽり掻きながら云った。そして立ち上がった。

「中也、少し外に出て歩こう。ついてこい」

そうして後ろも見ずに歩き出した。

中也は数秒のあいだ黙ってその背中を見送っていたが、やがて意を決したように立ち上がり、後に続いた。


取調室は刑事課の事務所に隣接していて、朝市場のように賑わっていた。

そして、中也の前をいく刑事に、すれ違うあらゆる人々が挨拶をしていった。

「いよう、村さん。奥さんに暴行してた男の件、逮捕できたよ。あんたの助言でね」すれ違う中年警官がにこやかに云った。

「そいつぁ善かった。云ったろ？　あの手の体面を気にする男は、職場から攻めれば落ちる、ってな」

　また別の、新しい背広の若い刑事が通りがかって云った。

「村瀬先輩。暴行殺人の件、解決お見事でした」

「運だよ。だがま、これで被害者も浮かばれる」

　少し歩くと、頭髪の薄くなった年かさの刑事が話しかけた。

「村ちゃん、今度飲みに行こうぜ！　今度は奢らせてくれ！」

「おいおい、また飲み過ぎるなよ。今度遅刻したら内勤に回されるぞ？」

　そんな調子で、署内のあらゆる人間が、村瀬と呼ばれたその刑事に親密さを込めた挨拶をした。おかげで後ろを歩く中也は、しょっちゅう村瀬刑事の背中にぶつかりそうになった。

　挨拶の切れ目を狙って、どうにか中也は刑事の横に並んだ。そして冷やかすように云った。

「人気者じゃねえか」

　刑事は肩をすくめた。「お前と違って安月給なもんでなあ。せめて人気くらい頂かんと割に合わん。そうだろ？」

「かもな」中也はそう云って、目だけでうっすらと笑った。

　しばらく中也は並んで歩きながら、口の中で云うべき台詞を転がしていた。だがやがて意を決したように刑事のほうを向き、真剣な声で云った。

「なあ刑事さん。あんたの仕事を邪魔したくねえ。だから云っとく。俺にこれ以上構うな」中也の声に拒絶するような色はなかった。どちらかというと、それは親密な打ち明け話のような話し方だった。「ポートマフィアは《羊》とは訳が違う。たとえ俺を起訴しても、お抱えの弁護士があっという間に無罪にする。証拠品はいつの間にか保管室から消えてる。証人はいつの間にか無口になってる。そういう組織だ。あんたがやってるのは正直な話、全くの無駄骨だぜ」

「かもしれんなあ」刑事は大して気にした風もなく、あっさりと云った。「だが、こっちにはこっちの事情がある」

「事情って何だ？」

刑事はひとつため息をついて、思い切ったように自分の襟衣の襟に手を突っ込んだ。そしてその隙間から、指で細い銀鎖を引っ張り出した。

銀鎖の端には、真鍮色の空薬莢がついていた。中央に工具で穴があけられていて、その隙間を銀鎖が通るようになっている。

「昔の仕事で使ったものだ」刑事はその空薬莢の首飾りを、懐かしむように眺めた。「若い頃、金に困って、兄貴の紹介で警備の仕事をした。ちょっとした軍施設の警備だ。そこに志願したのは、立ってるだけで楽だろうと思ったからだが、そいつが大間違いだった。租界近くの軍施設でな、上司の命令は〝誰も近づけるな〟だ。だが大戦末期で、どこも物資が不足してててな。租界の子供達がどこからともなく来ては、飯を盗みに侵入しようとした」

そう云って、刑事はかすかに顔をしかめた。そうすると刑事の顔は、何千年も前の砂漠の岩のような外見になった。

「射殺命令が出てた」刑事はざらついた声を喉から絞り出した。「大抵の子供は脅しゃあ逃げる。けどな、組織に命令されて来てる子供は、戻っても殺されるから逃げない。それで——」

刑事はそこで言葉を切った。中断された台詞の残りが、ほどけるように空中に漂った。

その手の中で、空薬莢が冷たく輝いている。

中也はどう云っていいか判らないという表情でしばらく黙っていたが、ややあってから「あんたは命令されて仕事をしただけだろ」と云った。

「そうだ。だが自分のしたことが、何年経っても頭から消えない。ちょうどお前くらいの歳の子供だった」

刑事は空薬莢を指でつまみ、憎々しげに力を込めた。どれだけ力を込めても、薬莢は硬く、ほんの少しも変形しなかった。

「中也。私がお前を追うのは、正義のためなんかじゃあない。全然な」刑事は冷たい苦しみのにじんだ声で云った。「犯罪組織は子供を、使い捨ての弾除けくらいにしか思っちゃあいない。お前もいつか必ず同じ目に遭う。その前に、まっとうな昼間の世界に戻れ。私と、法律が、それを手伝ってやる」

その真剣な目を、中也は真正面から受け止めた。

「そのために、ずっと俺を追ってたのか、刑事さん」

静かな声で中也は云った。刑事は黙ったまま中也を見返した。

そして何も云わなかった。

だが、数秒あって、中也は「そうか」と云った。それから自嘲気味に微笑んだ。

「その手の同情はな、刑事さん」中也の瞳の色はくすんで、暗い。「同じ人間相手にかけてやんな」

その時。

強烈な警告音が署内に鳴り響いた。

『こちら警備部、こちら警備部。署内に侵入者ありとの報告。怪我人不明、死者不明。非武装員はただちに避難して下さい。警備契約員はただちに装備後、所定の配置に――』

中也は拳を握りしめ、低い声で唸った。

「……来やがった」

白瀬さんの救出には成功しました。
後はここからどうやって目立たず脱出するかです。

当機がそう考えながら、出口の扉に手をかけようとした時、背後から白瀬さんの声がしました。

「おい、お前」

こちらに対する呼びかけと推測されます。当機は振り返りました。

「はい、何でしょう？」

白瀬さんの表情には当惑がありました。「お前……左脚、どこにやった？」

当機は自分の足下を見ました。

左脚の膝から下が、きれいに消失しています。

当機の頭で、最大級の警鐘が鳴り響きました。

バランスを失って倒れそうになるのを、壁に手をついてどうにか耐えます。

「機械の捜査官ってのは辛いもんだよな」

その声が、廊下の奥から響いてきました。

当機はそちらに素早く体を向けます。

「脚を吹き飛ばされても、療養休暇も傷病手当もなし。同情するよ」

明るく軽い声でそう言いながら歩いてくる人物。左脚の膝から先を、バトン棒のように空中でもてあそんでいます。

「ヴェルレエヌ……！」

最悪のタイミングです。到来が早すぎる。迎撃の準備が整っていません。

　第一種戦闘プロトコルを呼び出します。電導神経の伝達速度が上昇し、戦況解析プログラムの実行優先度が最大に引き上げられます。戦わなくては破壊されるだけです。

　片脚を失ったことによる問題悪化を補うべく、バランスの再演算を高速で実行している時、ヴェルレエヌが何の前触れもなしに脚をこちらに投擲しました。

　亜音速で到来するそれを、当機は上体をそらしてどうにか回避しました。背後の壁に、脚が爪先から突き刺さります。

「中也はいないのか？　やれやれ、大事な時に遅刻する奴だ」ヴェルレエヌの口調は軽く、暢気ですらあります。「この調子で初デートの約束にも遅刻するんじゃないだろうな。全く、兄として心配だよ。なあ？」

　当機に返答の余裕はありません。

　ここで当機が敗れてしまえば、一瞬で白瀬さんは殺されるでしょう。生存率を最大にする対応プロトコルを一秒でも早く演算しなくてはならないため、発言を考えている余裕はないのです。

　当機は白瀬さんから少しでも離れるべく、片脚で跳躍しました。出口のほうへ向かって駆け出します。

　しかしヴェルレエヌは一瞬で追いついてきました。

肩を摑まれました。そのまま壁に叩きつけられます。

「ぐあっ……！」

背後の壁が砕け、当機の内部骨格が軋みます。

ヴェルレエヌの攻撃はそれで終わりませんでした。当機の身体を中心に、空間の歪みを検出。

発生した重力が、当機の機体を壁にめり込ませていきます。

それはスポンジケーキに指をずぶずぶ沈めていく行為に似ていました。違うのは、沈んでいくのが当機であり、沈める場所が硬いコンクリ製の壁であることです。

「心配するな、壊す気はない。そこで大人しくしていろ」

全身がほとんど壁に埋まっていきます。破砕されるコンクリの音が、全身に雷鳴のように響き渡ります。体のあちこちから主演算コアに、過剰負荷警報が上がってきます。しかしどうすることもできません。

脱出を試みるも、発生した瓦礫が重力操作で再び戻っていき、当機が出ていくべき空間を埋めてしまいます。ついには当機は、土砂崩れに埋められた家屋のように、壁のなかに殆ど埋没してしまいました。顔と腕の一部だけが、どうにか壁面から出ているだけです。

全身を撥条のように撓ませて、脱出に必要なモーメント力を作り出そうと試みます。しかしうまくいきません。全身をくまなく瓦礫が覆っているため、破砕に必要な運動量を確保できないのです。

「さて、白瀬君」

当機を生き埋めにしたヴェルレエヌは、こちらに興味を失ったように振り返り、白瀬さんに向けて言いました。

「な……何」白瀬さんの声は心底怯えきっています。

「君に会いたくて来た。とはいえ簡単にここまで来すぎたせいで、少し時間がある。仕事を済ませる前に、少し話をしようか」

「な……何なんだよ、何なんだよアンタ！」白瀬さんの声はこれ以上なく震えていました。両脚は立っているだけで精一杯です。「僕……僕は白瀬じゃない、別人だ！」

「さっき名を呼んだ時、返事をしたじゃないか」ヴェルレエヌが不思議そうに首をかしげます。

ヴェルレエヌは長い脚で優雅に歩き、白瀬さんに近づいていきます。

「彼に近づかないで下さい！」当機は警告の叫びを発しました。

ヴェルレエヌは楽しそうに振り向きました。「そう思うなら止めればいい。方法があるならの話だがな」

ヴェルレエヌは正しいことを言っています。方法があるなら、その方法で止める。当機はその方法を予測演算しました。脱出。爆破。遠隔通信。あらゆる手順、己に許されたすべての対応を検索しました。

結果はゼロ。有効対策なし。打開は不可能。

中也様を呼ぶことも考えました。ですがそれは最も愚かな対応です。元々正面から戦っても勝てないと考えた故に考え出されたのが、この待ち伏せ戦術なのです。最悪なのは、ここで当機及び中也様という戦力を失い、次の待ち伏せ戦術に移れなくなることです。

まだヴェルレエヌの標的は二人います。希望は残っています。

「まあ座れ」

ヴェルレエヌが白瀬さんに言いました。

白瀬さんは怯えており、相手の言葉に反応しません。ただ震えて相手を見上げています。

「座れ」

ヴェルレエヌが鋭く言って、白瀬さんの肩に手を触れました。白瀬さんががくんとつんのめり、膝が折れたかのように体を落としました。同時にヴェルレエヌの足裏から発生した重力が、床材を砕きました。床が波打って隆起し、瓦礫の塊が瘤のように飛び出します。その瓦礫の上に、白瀬さんの尻がすとんと落ちました。

白瀬さんは、驚きと恐怖で声すら上げられません。

「白瀬君、君について調べた。暗殺者の礼儀としてね」ヴェルレエヌは慇懃な態度で話しかけます。「この街で中也を一番古くから知っているのは白瀬君、君だということだ。訊ねたいんだが、昔の中也はどんな子供だった？」

そう言いながらヴェルレエヌは、檻房の扉をひとつ、無造作に引きはがしました。古いかさぶたを引きはがすような、手軽な仕草で。そしてそれを半分に折り、椅子のように床に置いて、頂点部分に腰掛けました。優雅な仕草で足を組みました。

そして白瀬さんに微笑みかけました。

やはりヴェルレエヌの能力は常軌を逸しています。《時計塔の従騎士》すら翻弄した彼の能力に、対応可能な異能者がこの街にいるとは思えません。

当機は体内で文章を作り、中也様が持つ携帯電話に向けてメッセージを送信しました。現状を説明し、唯一の対応策を強く念押ししました。

ここには来ないこと。

撤退し、次の標的を割り出し、マフィアの協力を仰いで罠を作ること。

たとえここで、白瀬さんと当機が破壊されることが、確実だとしても。

白瀬さんは震えています。当機と同じ見解に、彼も達したのでしょう。震える口をどうにか開いて、彼は声を出しました。

「ぼ……僕は」

呼吸は浅く、声は砕けそうに脆い響きでした。そのまま嘔吐してもおかしくありません。しかし喋り続けないと、無用と判断されて殺されます。一秒でも寿命を延ばすため、今は質問に答えるしかないのです。

とても見ていられません。

「あいつに初めて逢った場所は……僕達がいっつも隠れて酒を飲んでいた、橋の下だった、と思う」

そう言いながら、白瀬さんは助けを求めるように当機を見ました。時間を稼ぐことで、どうにか当機が状況を打開できるのではないかと問いかける目です。

無駄です。助けは来ません。時間稼ぎをしても無駄なことを、当機だけが知っています。

「あいつは……中也は、どっかで盗んだみたいな軍服を着てた。ぼろぼろの奴だ。顔も頭も、同じくらい薄汚れてた。靴は履いてなかった」白瀬さんは震える声で続けます。「僕達は……《羊》の初期構成員はあいつを、そのへんの浮浪児だと思った。その時、先にあいつのほうから僕達に声をかけた。『その四角い板は何だ』って。そうあいつは云った」

白瀬さんはうつむきました。当時を必死に思い出そうとしているのでしょう。

「僕は……わけが判らなくて、気持ち悪い奴だなって思った。そしたら中也はまた云った。『その手に持ってる、四角い板は何か答えろ』って」

白瀬さんは顔を少しだけ上げ、どこでもない遠くを見ました。

「僕が手に持ってたのは、一切れのパンだった」

廊下の空気がしんと静まりかえりました。これだけの破壊の後なのに、奇妙なほどの沈黙です。ヴェルレエヌも黙ってそれを聞いています。

「パンだ、って答えたら、中也は訊いた。『食えるのか』って。食えるよ、って一口分ちぎって食ってみせたら、あいつは意外な動きをした。倒れたんだ。集中力が切れたみたいにね。近寄ってみて初めて判ったんだけど、あいつはがりがりに痩せて死にかけてた。仲間は気味悪がったけど、僕はパンをやって水を飲ませた。それから仲間を説得して、《羊》のねぐらがある下水路に連れて帰った」

当機は外部記憶データベースを呼び出します。初期の《羊》は孤児が大人から身を守るための互助組織でした。経済基盤も最盛期よりずっと小さく、暴力や誘拐や、児童労働の脅威から身を守るために子供達が結成した、一種の逃げ場のようなものだったと記録されています。

「当時の《羊》は小さくてね。でも結局、中也を仲間に迎え入れた。飢えた子供は放っておけなかったから」

再び顔を上げた時、そこには変化が起こっていました。

相変わらず怯えています。相変わらず震えています。しかしその目には、先程まではなかった冷たい炎が燃えていました。凍れる怒りの炎。食い殺される直前の草食獣が、敵に向かって吼えかかる時に見せる炎です。

「あんた中也の兄貴だって？」白瀬さんはほとんど叫びに近い声で言いました。「ならどうして僕を殺す？　あの時代、飢えた子供を助ける奴なんて僕達以外にいなかったんだぞ！　なのに、その礼がこれか？」

ヴェルレエヌは静かな目をしたまま答えません。

「ああ、判ってるよ。それが世の中の仕組みだ。理不尽（りふじん）な世の中だよ、人を助けたせいで僕は死ぬ」白瀬さんはまくし立てます。「さあ、早いとこやってくれ。これ以上焦（じ）らされて、死体にチビった臭（にお）いを残したくない」

ヴェルレエヌは目を伏（ふ）せ、そして目を開きました。そして立ち上がりました。

白瀬さんへと歩いていきます。

状況判断プログラムが、この先に起こる１６８通りの未来を演算しました。そしてそのどれもが、十秒以内に白瀬さんが死ぬと告げていました。

やむを得ないことです。

せめてその最期（さいご）を見届けねばなりません。

ヴェルレエヌが、白瀬さんの首に手を添（そ）えました。白瀬さんが息を止めます。

その時、当機の常駐走査（じょうちゅうスキャン）機能が、遠方に変化を捉（とら）えました。

１６９個目の可能性。有り得ない可能性です。

「何ということだ」当機は思わず呟（つぶや）きました。

中也様の蹴（け）りが、ヴェルレエヌを水平に吹（ふ）き飛ばしました。

ヴェルレエヌの長身が廊下の壁を破砕し、逆側に跳ねてそちらの壁も破砕しました。撞球反射のように廊下を跳ね回った体は、行き止まりの壁に叩きつけられて停止しました。

ヴェルレエヌはゆっくりと、壁から剝がれるように前のめりに倒れ、床に両手をつきました。

中也様は白瀬さんを庇うように立ち、相手を睨みつけています。

「中也……！」

白瀬さんが信じられないものを見る目をしてそう云いました。

「ったく……白瀬、これで何十回目だ？」中也様は呆れた声で言いました。「お前が問題起こして、俺が駆けつける。俺はお前の育児士じゃねえんだぞ」

「中也、何でお前、僕を助けに……」

「助ける？　違えよ。俺はあの帽子野郎をブチのめしに来ただけだ」

当機は状況診断プログラムを走らせながら叫びました。「中也様、ここに来たのは間違いです！　お逃げ下さい、正面から勝てる相手ではありません！」

「何だオモチャ、お前壁の中が結構似合うじゃねえか。いいから黙って見てろ」

中也様はにやりと笑うと、ヴェルレエヌのほうに向き直りました。

ヴェルレエヌはどうにか立ち上がり、床に落ちた帽子を拾うところでした。

「遅刻だぞ、弟よ」そう云って帽子の埃を払います。

「はは。俺は温厚で何云われても腹を立てねえタチだが、あんたに弟呼ばわりされるのだけは我慢ならねえ」

当機は心の中で密かに首をかしげました。温厚……?

「お前はどれだけ腹を立ててもいい。その資格はある」ヴェルレエヌはゆっくりした動作で中也様へと歩き出しました。「だが無策の愚は感心しないな。ついこの前、俺に好きなように嬲られたのをもう忘れたか?」

「忘れたね」中也様も、散歩するような動作で相手へと歩いていきます。「思い出させてみろよ」

やがて二人は、手を伸ばせば届くような距離で向き合いました。

中也様がヴェルレエヌを見上げ、ヴェルレエヌが中也様を見下ろしました。

一瞬の静寂。

攻撃を開始したのはヴェルレエヌのほうが先でした。

空気を切り裂く右の鉤突きが、中也様の頭部に吸い込まれます。大気が焦げそうな速度のそれを、中也様は顔を逸らして回避しました。

ほぼ同時に、ヴェルレエヌの顎側面に衝撃。

「がっ」

ヴェルレエヌの顔面が大きく横に振れます。何が起こったのか、当機の高速度カメラでも追い切れません。

映像解析をかけて、ようやく判明しました。中也様が回避と同時に下半身を振り上げ、閃光のような上段蹴りでヴェルレエヌの顎を打ち抜いたのです。視界の外からの、完全な一撃。普通の人間ならば首が取れていたでしょう。

当機が解析をしている間も、嵐のような攻撃は止まっていません。中也様は上半身をさらに反らして床に手をつき、下から突き上げるような上段蹴りを放ちます。靴がヴェルレエヌの喉に突き刺さり、ヴェルレエヌが呻きます。

ヴェルレエヌは後方に倒れながら、中也様を摑もうとして重力を帯びた手を伸ばします。しかしそれを紙一重で避け、中也様はさらに上段蹴り。

回転をつけて、さらに後ろ回し蹴り。

自分より身長の高い相手に向けて、電光石火の四連続蹴り。芸術的とすら言える神業です。

ヴェルレエヌは呻くことしかできません。

「如何した？　俺より強えんじゃねェのかよ！」

ヴェルレエヌは重力制御で己の体が倒れるのを防ぎ、視線を向けないまま中也様を摑もうと指を走らせます。即死級の重力が乗ったそれを、中也様は平静な顔で躱します。わずかに触れた頭髪が数本、重力に引き裂かれて散ります。中也様は素早く肘で相手の腕を払い、眼球を狙った裏拳。ヴェルレエヌの顔が弾けるように振れます。下段蹴りでヴェルレエヌの膝裏を叩き、膝を曲げさせます。

ヴェルレエヌの背後に回り込んだ中也様が、人体の弱点である頭頂部に向けて、雷霆のような肘落とし。轟音が響きます。

ヴェルレエヌは呻きながら、頭上の中也様を掴もうとします。しかし中也様は既にそこにはいません。床を蹴って距離を取っています。あまりの速度に、ヴェルレエヌは対応が追いつきません。

「くっ……」

ありえない光景です。あの暗殺王ヴェルレエヌが翻弄されているのです。このような光景を、欧州当局は誰一人として予測していなかったでしょう。

しかし当機はこれまでの戦闘状況を分析し、その理由に思い至りました。以前の中也様は、重力異能を主な攻撃手段として用いてきました。だから一段上の重力遣いであるヴェルレエヌに、正面から跳ね返されてきたのです。ですが今の中也様は戦術を変えています。速度を生かした体術を主体に切り替えたのです。これなら純粋な格闘技術勝負になります。

中也様は攻撃しながら床の瓦礫をひとつ拾い、ヴェルレエヌに向けて投げつけました。ヴェルレエヌが素早く反応し、裏拳で瓦礫を叩き落とします。破片が飛び散ります。

その一瞬の視界不良を縫って、中也様が接近しました。そして蹴り。それは破城槌の一撃のような、強烈な背面蹴りでした。反射的に掲げられた腕の防禦ごと、ヴェルレエヌを吹き飛ばします。

ヴェルレエヌは、背後の壁に激突し、それでようやく止まりました。

細かい瓦礫の破片が、少し遅れて空中を漂いました。

ヴェルレエヌは、ゆっくりと掲げていた両腕を下ろしました。とてもゆっくりと。そして自分の唇の端についた血を拭いました。先程の連続蹴りで、唇の端が切れたのでしょう。

そして自分の指についた血をじっと観察しました。興味深そうな目で。

「久し振りだ」ヴェルレエヌの声は、乾いてざらついていました。「自分の血を見るのは」

「そりゃ目出度え。なら、これから嫌ってほど見せてやる」

「減らず口だけは世界水準だな」ヴェルレエヌは笑いました。「だが」

ヴェルレエヌは、背後の壁にそっと手を触れました。

そしてその指が、壁面の建材をえぐり取りはじめます。まるでゼリーを匙ですくい取るかのように。

中也様の表情が変わります。

「ただ速度があるだけでは、俺を驚かせこそすれ、倒すことはできんぞ」

手の中の瓦礫を、ヴェルレエヌは射出しました。砲弾のように。

中也様はその、ひとかたまりの瓦礫の群れを、重力の拳で弾きました。ですがそれで終わりではありません。同様の礫が、機関銃のように次々に飛来してきます。ヴェルレエヌが壁に手を当て、横向きの重力で次々に射出してきているのです。

中也様は瓦礫の流星群を、次々に拳で叩き落としていきます。しかし数が多すぎます。瓦礫の速度はあまりに速く、しかも終わりがありません。防戦一方になります。

「くそっ！」

中也様は横に跳んで瓦礫の群れを回避しました。それを追って次に飛んできたのは、瓦礫の砲弾ではありませんでした。

ヴェルレエヌの前腕打擲。

長い腕の一撃が中也様の胸をまともに捉えました。中也様の爪先が浮き上がります。

隕石が落下したような衝撃が、廊下を走り抜けました。

中也様の体は壁を水面のように叩き砕いて貫通し、室外へと飛び出しました。信じられないような威力です。室外は警察車輌のための地下駐車場になっており、中也様は背中から駐車している車輌に叩きつけられました。車輌はひしゃげて後退し、何台も巻き添えにしてから、ようやく停止します。

中也様が前のめりに倒れると、あたりは急に静かになりました。

後に残されたのは、がらがらと瓦礫の崩れる音。遠くで聞こえる署内放送の警報音。ひしゃげた車輌が発する、防犯装置のブザー音。それらにかき消されそうに細い、倒れた中也様の呻き声。

「ぐ……あ……」

前腕の一撃だけで、戦況が引っくり返されてしまいました。

恐るべきはヴェルレエヌの異能出力です。

どんな速度も、どんな技術も、単純なヴェルレエヌの重力異能、それによって強化された身体の強度の前には、小手先の浅知恵に過ぎない。恐るべき強さです。

ヴェルレエヌは壁の穴を抜け、中也様に近づきます。

「起きろ、中也。死んではいない筈だ」ヴェルレエヌは中也様の傍まで来て言いました。「加減したからな」

あっさりとそう言ったヴェルレエヌは、中也様の首を摑んで持ち上げました。

「放……せ……」

「放させてみろ」

首を摑んだヴェルレエヌの手の周囲がゆらめき始めます。熱輻射による大気屈折率の変動を検知。

まずい。

「中也様！　逃げて下さい！」

当機は身体各所にある関節アクチュエータの出力を上昇させました。各関節から振動を発生させつつ、当機を囲む瓦礫の共振周波数を探ります。

あらゆる個体には振動を増幅させる共振周波数が存在します。その周波数の振動を体内モーターで与えてやれば、瓦礫を少しずつ崩していけるはずです。

ただし、時間はあまり残されていません。

摑まれた中也様の首部分から、重力波が伝播していきます。熱量が、目には見えない地獄から噴き出してきます。

「己を制御しろ。異能を制御しろ」

ヴェルレエヌの冷たい言葉が響きます。

中也様が絶叫しました。

その絶叫と共に、口腔から黒い炎が噴出します。

最悪の事態です。先日起こったような《荒覇吐》による暗黒孔がここでも発生すれば、警察署そのものが指先ほどの小ささに圧縮されて消滅します。白瀬さんや当機も巻き込んで。

「如何した、中也。このままでは皆死ぬぞ？　お前が殺すんだ。お前の未熟さが。後には何も残らない。ひとつ試してみるか？」

その時――乾いた銃声がふたつ。

ヴェルレエヌの二の腕に、弾丸の穴が開きました。

「中也！　無事か！」

駐車場の奥から、誰かの叫び声。

ヴェルレエヌの腕の力がゆるんだ隙に、中也様は相手の胸板を蹴って束縛から脱出しました。そのまま転がって、荒い息をつきます。

その中也様に駆け寄ったのは、先程まで取調室にいた刑事さんでした。名前は慥か村瀬。手に持つ拳銃には、いまだ硝煙の白煙があがっています。

中也様は咳き込みながら、刑事さんを厳しく睨みました。「刑事さん……何で来た！　下がってろ！」

ヴェルレエヌは銃弾の穴のあいた自分の腕を不思議そうに眺め、それから刑事さんを眺め、「やっと来たか」と言いました。奇妙な台詞です。

ヴェルレエヌは中也様に向き直りました。高エネルギィ線も異能位相も消滅しています。

中也様が身構えます。

「中也。お前には言うまでもないと思うが、弱い者は何も手に入れられない。このまま戦えばお前は敗れ、《荒覇吐》の炎がこの施設を覆い尽くし、何百人という人間がまた死ぬだろう」

その台詞は脅しでも威嚇でもありません。声は完全に平静で、無感情です。ただこれから起こることを言っているだけだからです。

「そうはさせねえ」中也様が唸るように言います。

「ああ。そうはならない」ヴェルレエヌは意外なことを言いました。「何故か分かるか？」

中也様が答える前に、ヴェルレエヌが飛翔しました。

自らの重力を打ち消し、地下駐車場の天井（てんじょう）に逆向きに着地。さらに跳んで、中也様の背後に降り立ちます。

「これで今日の仕事は終わりだからだ」

ヴェルレエヌが摑（つか）んでいるのは、刑事さんの首です。

「やめろ！」

中也様が叫んで飛び出しました。

刑事さんの口が開かれ、何かを告げようと動きます。

しかしその言葉が発されることはありませんでした。

その口は半回転し、鈍（にぶ）い音と共に背中側に回っていってしまったからです。

刑事さんの体が、回された首の勢いにつられてふらりと回りました。そのまま倒れます。

「くそっ！」中也様が駆け寄ります。

刑事さんの体を抱（だ）き上げた中也様の表情で、すべてを悟（さと）りました。長距離走査（ちょうきよりスキャン）で心拍（しんぱく）を探知。

——心拍なし。即死（そくし）です。

「手前（テメエ）ェェェッ！」

絶叫と共に、中也様が跳躍（ちょうやく）。振（ふ）りかぶった右拳（みぎこぶし）がヴェルレエヌに叩きつけられました。

受けたヴェルレエヌの両掌（りょうてのひら）との間で、黒い光芒（こうぼう）が炸裂（さくれつ）。放たれた重力子が周囲の空間に重力波として伝播し、風景を球状に歪（ゆが）ませます。

膨張した重力衝撃波が周囲の乗用車を紙細工のように吹き飛ばします。それに逆らわず、ヴェルレエヌは衝撃に乗って後方に飛翔。地下駐車場の出口に着地。

「今の拳が一番よかったぞ」

そう言ってにやりと笑うと、正面を向いたまま後方に跳躍。出口の向こうへと姿を消します。

「待ちやがれ！」

中也様が後を追って警察署を出ます。危険です。奴と単独で戦闘してはなりません。

当機は固有振動を調整していき、少しずつ瓦礫を崩します。どうにか右腕全体を壁の外に出すことができました。そのまま肘で瓦礫を叩き、拘束を崩していきます。

それから１４４秒後、当機は瓦礫から脱出しました。片足で跳ねて、刑事さんの下へ急ぎます。

刑事さんは顔を横にして倒れていました。口腔から出血しています。走査の結果は、頸椎のＣ２からＣ６が破損。心停止。瞳孔に対光反射なし。体内通信で救急車を呼びはしますが、完全な手遅れであることは明らかです。

人間の生命維持は非常に繊細なバランスで成り立っています。当機のような機械と違い、部分生存という概念がありません。脳と心臓というふたつの冗長性のない器官によって極めて動的なシステムが構築されていて、一度このどちらかが止まると賦活はほぼ不可能です。破損部品の交換性もありません。

　つまり人間は、きわめて容易に死ぬのです。

　背面側も走査しようと刑事さんを動かしていると、床に見覚えのあるものが落ちているのが見えました。

　白樺の十字架。

　ヴェルレエヌが残していったものでしょう。

　当機がそれを走査していると、中也様が戻ってきました。

「ヴェルレエヌはどちらに？」当機は訊ねました。

「消えたよ。空にな」と中也様は不愉快そうに言って、空の方を指さしました。重力で跳躍して、空方向に逃亡したのでしょう。

「こちらも同じです」当機は刑事さんの体を抱えながら言いました。「空に消えました。詩的な表現を使えばですが」

　当機は刑事さんの瞼を閉じさせました。それで刑事さんは死者の顔になりました。

「くそっ！」中也様が叫んで、刑事さんの胸を拳で叩きました。「俺を逮捕するんじゃなかったのかよ！　おい刑事さん！　俺を昼の世界に連れてくんじゃなかったのかよ……！」

　中也様が刑事さんの胸を叩いた拍子に、外套のポケットから刑事さんの所持品がぽろっとこぼれ、床に落ちました。

やや古い型の、青いふたつ折り式の、携帯電話端末。見覚えのある型です。

それはヴェルレエヌが調達屋に準備させた、青い携帯電話と全く同じ型でした。

当機はそれを拾い上げ、中也様に見せました。

中也様はそれが何か理解した瞬間、食いしばった歯の奥で、声にならぬ叫びをあげました。

暗殺王ヴェルレエヌ。最初から彼の第一の標的は、白瀬さんではなかった。

ですが……だとしたら何故？

何故彼は、刑事さんを殺さねばならなかったのでしょう？

［CODE：03］

僕は人間として中也が苦しむのを見たい

空の青は悲しみの色だと言ったのは、いつの時代の詩人だったでしょうか？

その日、横浜の空は悲しみの青に透き通っていました。

行き交う車の音も、電車の音も、街の雑踏も、すべて青空が吸い込んでしまいます。

中也様は、そんな青空の只中に座り込んでいました。

横浜で最も高いとされる建物の、その中腹。建物の凹凸がほんの少しだけ張り出した場所に、中也様は腰掛けています。手すりもなければ命綱もない、ほんの数インチ前に体重をかけただけで、そのまま遥か下の地上まで落下してしまう場所です。

何十ヤードも離れた地上からは、その表情までは観測できません。中也様はただ微動だにせず、上空の風に吹かれながら、目線と同じ高さにある空を睨んでいます。

もう何時間も、同じ姿勢のままです。

当機はその姿を見上げていました。携帯電話の応答にも応じず、下から叫んでも声が聞こえないので、接触のしようがありません。

「何やってんだアイツは」隣に立つ白瀬さんが言いました。

「話しかけられたくないのでしょう」当機は上を見たまま答えました。

中也様はこう考えているのでしょう。——刑事さんが殺されたのは、自分達のせいだ、と。

警察署での事件の後、我々は証拠を再精査しました。ヴェルレエヌが調達屋に準備させた青い携帯電話。あれは村瀬刑事のものと全く同一の型でした。そして現場に落ちていた、村瀬刑事の携帯電話を調査したところ、操作履歴や端末への保存文書は六年前から使われていた古い型でしたが、端末自体の製造番号は半年前に製造された新品でした。

外部の塗装も適度に剝がれ、うまく古い型のように偽装していましたが、年代測定の結果、その傷は床や爪などでつい最近つけられたものでした。

一方、内部の電話帳や通話履歴は村瀬刑事本人のものと確認が取れましたし、村瀬刑事が長い間その青い携帯電話を愛用していたという証言も、他の刑事から聞き出せました。

つまり、誰かが携帯電話をすり替えたのです。刑事本人ですら気づかないほど、巧妙に偽装をして。

何のために？

もうひとつ。携帯の内部には、何かのプログラムが時限性の自己削除を行った形跡がありました。

ここからは推測ですが、ヴェルレエヌは恐らく、村瀬刑事が誰かに連絡するのを盗聴したかったのではないでしょうか。

そのために携帯電話をすり替え、村瀬刑事がどこかに電話するのを待った。

盗聴プログラムが自己削除されているということは、既にその電話の盗聴に成功したということです。そして用済みになったから、刑事さんは殺された。

防げた死でした。

もっと我々が、調達屋が手に入れた携帯電話に注目していれば。

あるいは留置場で、ヴェルレエヌが白瀬さんをすぐに殺さず、時間を潰すかのように我々と会話していたことの不自然に気がつければ。そうすれば、刑事さんの死は避けられたかもしれません。

しかし、終わったことに思考資源を割いてばかりもいられません。今もヴェルレエヌは次の暗殺標的に近づいているはずだからです。そして刑事さんが残した手掛かりが、奴に追いつくための道標になってくれる筈です。

「はあー、しかしホント、死ぬかと思ったよ」白瀬さんがわざとらしい困り顔で言いました。

「あんな化け物に狙われるなんて。流石に未来の王を目指す男には、振りかかる苦難も常人のそれとは比較にならない。全くやんなるね」

「はあ」

台詞に反して、表情は嬉しそうです。これだから人間の感情回路というやつは。

「ところで白瀬さん」と当機は言いました。「貴方(あなた)は何故(なぜ)まだここにいるんです？」

「はあ？　当然だろ！　あんな化け物に狙われてるんだぞ！　それもお前達のせいで！　お前達が僕を責任持って守るのが当然だろ？　齧(かじ)りついてでも傍(そば)を離れないからな！」

当機は論理的演繹(えんえき)を試みます。「ですが、ヴェルレエヌの標的は白瀬さんではなく、刑事さんだった訳で……」

「標的はまだ二人いるんだろう？　次の標的こそ僕じゃないって保証がどこにあるんだよ！」

こういうのを屁理屈(へりくつ)というのでしょうか。とはいえ、理屈は理屈です。

慥(たし)かに、残り二人の標的は不明のままです。その残りに白瀬さんが含(ふく)まれる可能性がある以上、彼を車のトランクに詰(つ)め込んで放置、という訳にもいきません。

「何だよその顔、心配すんな！　《羊》でも一番の頭脳派だった僕が一緒(いっしょ)にいるんだ、何も心配ないさ！　すぐ次の標的を見つけ出してやるって！」

白瀬さんが頭脳派ではなく、単に頭脳以外が使い物にならなかっただけである確率を演算装置が計算しはじめたので、割り込んで止めました。知りたくない。

ちょうどその時、非優先(バックグラウンド)でずっと走らせていた演算プロセスが完了(かんりょう)した、との通知が来ました。

「ふむ。興味深い」

情報フィードに流れてきた映像と音声を眺(なが)めて、当機は腕組(うでぐ)みをしました。

「何が？　何見てんだよ？」

　白瀬さんが当機の視線の先を追ってひょいひょい身を乗り出します。しかし視覚フィードに便宜上重ねて表示しているだけなので、当然ながら当機以外には見えません。

「刑事さんの携帯電話の通話履歴です」

「うん？　携帯の履歴は消されてたんじゃないのか？」

「はい。ですが通話を中継する基地局の履歴をサルベージしました。そこで入手したのが、この会話音声です」

　当機は喉のスピーカーから、解析した結果の音声を流しました。

　まず雑音。暗号化された音声を復元した時に入る、解凍雑音です。しかし次第に音声が明瞭になってきます。

『私だ、兄さん』村瀬刑事の声です。電話口で話しているため、息づかいの音が混じっています。『重力遣いが来た。兄さんの云った通りだ。もう一人いたんだ！　あいつは何者だ？　中也との関係は何だ！　これを聞いたら連絡をくれ！』

　そして音声が途切れ、再生が終了します。

　白瀬さんが首をかしげます。「何だ、今の？」

「時刻はヴェルレエヌが警察署に侵入した少し後。大わらわの警察署内で、村瀬刑事が留守番電話サービスに録音した内容です。かけた先の電話番号に掛けてみましたが、既に不通でした」

「ふうん」白瀬さんは納得しかねるという顔です。「あの刑事さんが、兄に電話した。それが何だ？」

「妙なのです」当機は断言しました。「記録では刑事さんの兄は、既に死んでいるはずなのです」

「は？」

「市警の内務調査部にある、村瀬刑事に関する身辺調査書を覗き見しました」当機はフィードに情報を呼び出しながら言います。「それによると村瀬刑事の兄は、陸軍技術研究所で働く軍属の研究者だったようです。ですが……十四年前の四月、研究中の事故で死亡しています。その兄の本名は伏せられ、調査書でもただ『N』とだけ表記されています。顔写真も存在しません。どこにも」

「Nねえ」白瀬さんがうさんくさそうに顔をしかめました。

「戸籍では、村瀬刑事には兄は一人しかいないはずです。奇妙です。兄のように親しい人物、という比喩的な意味で、〝兄〟と呼んだのでしょうか」

「そうは思えねえな」

　急に背後から声がしました。

「うおっびっくりさせんなよ中也！」

中也様がいつの間にか、我々の背後に降り立っていました。

白瀬さんの苦情を無視して、中也様が続けます。

「刑事さんが云ってたぜ。あの人は昔、兄貴に紹介(しょうかい)してもらって軍の警備をしてた……ってな。戦争末期つったら大体九年前だ。つまり十四年前の四月には、兄貴は死んでなかった。生きてたんだよ。記録だけ、死んだことにされてたんだ」

「つまり……軍の情報操作？」

中也様は頷(うなず)きました。「そうだ。本名や顔写真まで抹消(まっしょう)されてるとは、いかにもじゃねえか。表向き死んだことにされた人間。誰も捜(さが)さない幽霊(ゆうれい)。そういう人間を軍は欲しがった」

「だとしても、何のために」

「ここまで来りゃ、おおよそ想像がつくだろ」

中也様は鋭(するど)い目をして我々を眺め、そして言いました。

「刑事さんの兄貴は――《荒覇吐(アラハバキ)》の研究をしてたんじゃねえのか」

驚(おどろ)きのあまり、当機の全演算プロセスが〇・〇二秒中断されました。

Nは、《荒覇吐(アラハバキ)》を造った人間……？

「《荒覇吐(アラハバキ)》って奴(やつ)は、他国の諜報員(ちょうほういん)が盗(ぬす)みに来るような超(ちょう)級の国家機密だろ？　当然研究者の所在や経歴は、外に漏(も)れたら困る。だから『N』は死人として、名前と経歴を葬(ほうむ)られた。……ありそうな話じゃねえか」

当機は演算プロセスを走らせながら言いました。「研究者は全員、《荒覇吐》が起こした爆発によって、研究所ごと消し飛んだ筈です。ではその『N』は、その研究所の生き残りなのでしょうか？」

「ああ。多分、唯一のな。だからヴェルレエヌが追ってんだろ」中也様が頷きました。「本名も不明。居場所も不明、連絡手段もなし。唯一その『N』と連絡を取れるのが」

「弟である刑事さんだった、という訳ですか……」

急に白瀬さんが会話に割り込みました。

「いやいやいやいやいや、怪訝しいだろ」

当機は振り向きます。「何がです？」

「あのなあ。お前らがさんざん脅したせいで、僕は忘れたくても忘れられないんだ」白瀬さんは腰に手を当て、尊大な表情をしました。「〝ヴェルレエヌが殺すのは、中也が日本に残るのを諦められなくしてる奴〟。お前らがそう云ったんだぞ！　だから僕は死ぬほどビビってたんだ。いやビビってないけど。何が云いたいかっていうとな！」

ヴェルレエヌの目的は、中也様を連れて行くこと。慥かにそうです。

となると。

「つまり、『N』は……中也様がこの国に残りたくなるような情報を握っている？　だからヴェルレエヌは刑事さんを殺した。そして次は『N』本人……」

我々の知らない理由から、ヴェルレエヌは研究者『N』の暗殺の優先度を高く設定している。それは間違いのないことです。

となると、必然的に導かれる疑問がひとつ。

「だとすると、『N』は一体何を知っているのでしょう？」

中也様は肩をすくめました。「さあな。捜し出して吐かせりゃ判る話だ」

「おいおい、厭だぞ僕は！　勝手に話を決めるなよ！」白瀬さんがわめきます。「その研究者を捜すって云ったって、ヴェルレエヌも捜してるんだろ？　またあいつとかち合うなんてご免だからな！　どっか安全なとこに引きこもって、僕を守ってろよ！」

中也様はじたばた手を振り回す白瀬さんを、たっぷり十秒ほど眺めました。

そして盛大なため息をつきました。

「何だよその目は！」

「いや、別に……。云ったら余計面倒になりそうだ」そう言って目をそらします。

白瀬さんが何か文句を言いたそうに口を開いたので、面倒になる前に話に割り込みました。

「残念ながら、白瀬さんの発言にも一理あります」と当機は発言します。『N』を捜すという探索行において、ヴェルレエヌは我々を遥かにリードしています。しかも彼は元諜報員、恐らく既に『N』の居場所くらいは突き止めているでしょう。今から探索を行い、たとえ追いついたとしても、そこには『N』の死体と、その横に立つ準備万端のヴェルレエヌがいる――そんな結末になる可能性は極めて大きいのです」

「いや、そうはならないよ」

突然、誰かの声がそう言いました。

知らない声です。成人男性の声。振り向きますが、声の主はどこにもいません。

奇妙です。きょろきょろ見回し、発言した人物を捜します。

「どこを捜している？　ここだよ」

また声がしました。一体どこから？

「おい、お前……」

白瀬さんが妙な表情で当機を見ます。まるで幽霊でも見つけたかのような顔。

唐突に理解しました。

喋っているのは当機です。

「君があまりに軍の情報端末に足跡を残すから、それを辿らせてもらったよ」当機の口が動き、知らない男性の音声を発します。「お互い秘密の多い身だ。多少の無礼は許して頂きたい」

すぐに診断を走らせます。第三者が当機のフィードに侵入しています。

気持ち悪い！

幸いこちらのシステムを改変する有害コードや、当機を暴走させる破壊コードは含まれていません。しかしとても不愉快です。さっさと接続を切ってしまいましょう。

「待て、切るな」当機の行動を先読みしたのか、中也様が手を掲げて当機を止めました。そして当機に向かって訊ねます。「あんた何者だ？」

「君達の助けを求める人物だ」当機の口がまた勝手に動きました。「そしてまた、君達を助けられる人物でもある。君達は『N』と呼んでいるようだがね」

「あんたが『N』か。そりゃ手回しのいいこった」中也様が鼻先だけで笑いました。「だが、いきなり連絡してきて、何のつもりだ？　あんたは人前に出るのが嫌いだとばかり思ってたが」

「風向きが変わったんだ。それは君達にも判るだろう」当機は知らない声でぺらぺらと喋り続けます。だんだん耐えがたくなってきました。「このままでは私は、世界一の暗殺者に殺される。すべては真実を知る私を、闇に葬るためだ。君達に伝える前にね。逆に云えば、君達に真実を伝えてしまいさえすれば、私を殺す意味はなくなる」

あと十秒も話されたら自分の舌を引っこ抜こう、そう誓っていると、Nが幸いなる発言をしました。

「これ以上はここでは話せない。私に会いに来て欲しい。住所はこの機械の青年のフィードに残しておく」

中也様が早口で訊ねます。「おい、待て。会いに来いだと？　あんたは何を知ってるんだ」

「凡てだよ、中也君。君の凡てだ」声は超然とした、穏やかな声で言いました。「逢えるのを楽しみにしている」

　そして接続が途切（とぎ）れました。

　当機はほっと一息つきたい気分でした。が、中也様はそうも言っていられません。

　当機が運転する車は、未舗装（みほそう）の山道をがたがた揺（ゆ）れながら走り、目的の場所近くで停車しました。

　田舎（いなか）の山道です。Nとかいう男——当機の口に侵入（しんにゅう）した不届きな輩（やから）——の指定に従い、我々は街外れの山の中腹へと来ていました。

　常緑広葉樹である椎（パサニア）の木や樫（オーク）の木が、頭上に天然の屋根を形成しています。少し前に降った雨のせいで、でこぼこの山道にはところどころ泥（どろ）だまりができています。あたりに誰の気配もありませんが、スキャナ上では無数の小さな昆虫（こんちゅう）がこちらを見つめているのが分かります。

　当機は地面に落ちている木の実を拾い上げ、それを指で拭（ふ）いてから、ぱくりと食べました。美味です。それを見ていた中也様が「うわ……」と引いた声を出しました。

　その我々が歩く少し後ろから、白瀬さんが声をかけました。

「反対だ。絶対反対だよ僕は。帰ろうぜ。こんなトコに何かある訳ないよ」

何度目になるか分からないその言葉を聞いて、当機は振り返りました。

「脚も疲れたし、もううんざりだよ。歩きたくない。なあ機械の英国紳士さん、おんぶしてくんない？」

当機と中也様は顔を見合わせました。

「お前だけ帰ってもいいんだぜ、白瀬」中也様が挑発するように言いました。

「帰る？　やだね！　僕を守るのがお前達の義務だろ！　絶対離れないからな！」

中也様は前に向き直り、疲れた顔で頭を掻きました。「全く……とんでもないお荷物だぜ」

「はあ？　おいおい中也、そんな口きいていいのかなー？　僕を誰だと思ってる？　記憶も住むところもなかったお前を助けた、命の恩人サマだよ？」

白瀬さんはそう言って、眉を器用に上げたり下げたりしました。

その時の中也様の表情は、とても一言で言い表せません。喩えるなら、〝ハンマーがあったら頭を殴り飛ばしたいが、ハンマーは手元にないし、素手で直接殴るのは嫌だ〟みたいな人間の顔です。

それが大変いい表情だったので、画像を撮影し、記憶領域の〝趣味〟タグのついた領域に保存しました。

中也様はため息をついて言いました。「判った。ついて来ていい。だから少し口を閉じてろ」

「ほらな？　中也と話すといつも僕が勝つ。僕こそが王だ！」

中也様が小声で「ぶっ飛ばしてえ……」と呟いたのが聞こえました。むしろ犯罪組織の俊英である中也様が、この状況でその台詞を、本人に聞こえないように言うのが興味深い、と当機は思いました。

　そのような話をしながら歩くと、やがて我々は目的である施設の前に辿り着きました。

「ここです」

　それは納屋でした。

猟師道具や農耕具を山に置いておくための、木造の建築物です。もっとも、それを建築物と呼べればの話ですが。

　納屋の壁は半分が朽ちて剝がれ、外から内部がほとんど見えています。茅葺きの屋根は長い雨と風のせいでほとんど骨組みしか残っていません。納屋を支える支柱に至っては、旧石器時代から使っていたのではと思えるような黒ずんだ朽ち木で、そこらじゅうに虫食いの穴があいています。

　納屋の中には、車輪の片方外れた手押し車や、網の目の破れた箒、そこらじゅうが破けて中身が飛び出した肥料袋などが置かれています。

「何だよここ」白瀬さんが鼻白んだ声で言いました。「廃墟じゃんか」

「いえ、ここで間違いありません」

当機は壁に掛けられた手斧のひとつを手に取りました。握りの部分が朽ちて途中で折れています。当機はスキャナで納屋の内部を走査してから、床板の隙間に、その手斧を差し込みました。

感触を確かめながら斧を手前に倒すと、金属の嚙み合うがちり、という音がしました。

床が斜めに降下しはじめました。

「うおっ！」

納屋の外壁を残して、床板がスライド降下していきます。山道の景色は上のほうへと消えていきました。代わりに軌道のついた黒いコンクリ壁が、眼前にせり上がってきます。

納屋の床そのものが、地下へとつながる昇降機なのです。

壁面には、昇降シャフト内部を照らすための赤い誘導灯が一定間隔で灯っています。赤い光が一定のリズムで、我々の横顔を舐めあげていきます。

「いいねえ」驚いた顔の白瀬さんが、ゆっくり子供っぽい笑みを浮かべて言いました。「冒険ぽくなってきた」

成程。これが冒険。

冒険とは銀幕映画の定番。誰もが心弾ませるものだと聞きます。

当機は飛び跳ねながら拳を突き上げ、「いやっほう！」と叫びました。

だんだんと当機も人間らしさを獲得してきたのではないでしょうか。

中也様はうんざりした目で、飛び跳ねる当機を眺めていました。


大型モーターの駆動音が停止し、我々は昇降機を降りました。

降りた先は薄暗い廊下になっていました。灰色の壁面に、衝突防止を促すための黄色と黒の縞線が描かれています。奥の闇へと招くようにまっすぐ延びるその線に沿って、我々は先へと進みました。

かすかな足元灯が我々の顔を下から照らします。当機が確認のため前方に向かってピン信号を飛ばすと、数秒してから施設システムからのピン返信がありました。方向はこちらで間違っていないようです。

廊下を右に折れてさらに進み、二重の防火壁をくぐると、広間のような地下空間に出ました。

テニスコートほどの広さの空間の奥に防火防犯用の巨大隔壁があり、その前に小さな警備詰所が設えられています。詰所の外に二人、中に二人、銃を携行した軍人がおり、こちらを見ていました。

彼らの目は何も見てはいません。こちらの表情も、個人的な人格も、何も見ておらず、勘案の内にも入れていません。彼らの目に映っているのは、〝不審者三名〟の記号的事実だけ。

「止まれ」

一番近くにいた警備が、無機質な声で断定的に言いました。

その銃口の前に中也様が立ち、銃など存在しないかのような鷹揚な口調で言いました。「約束があんだよ。通せ」

警備が背後を見ると、詰所にいた別の警備が小さく頷きました。「聞いている。だがここは重要機密施設だ。入る前に所持品検査と血液検査をさせてもらう」

「血液検査？」中也様が眉を上げました。「何のために」

「お前達、ここが何の施設かも知らないのか」警備は侮蔑めいたため息をつきました。「可哀想にな」

「何だとお前！　この僕を誰だと……もご」

「貴方が誰かは多分皆さんご存知です。なので黙っていたほうがいいかと」つっかかろうとした白瀬さんの口を、当機が塞ぎました。

我々は所持品検査と採血を受けることになりました。

警備が箱状の採血キットを中也様の手首に押しつけます。中也様は特に何も言わずに採血を受けました。空気陰圧が解放されるプシュッという音がして、血液が採取されました。特に表情は変わりません。

白瀬さんの手首にも採血が行われます。「痛って！　うお痛って！　ふざけるなよ！　痛いなら痛いって最初に云えよ！」大袈裟に痛がって暴れます。

次は、当機の手首に採血が行われます。空気圧の音。

採血針が折れました。

「…………」

警備と目が合いました。

当機は無言。採血キットを持った警備も無言。

警備は予備のキットで当機の脚、首、腰、ありとあらゆる場所を服をめくって刺しました。

全部折れました。

次第に詰所前は騒然としてきました。「ナイフ持ってこい！」「鋸あっただろ！」人数がどんどん増えてきます。警備総出で採血にかかります。全部駄目でした。

万策尽きて、はあはあと息を切らしながら当機を見る警備の人達。無表情で直立し、採血されるがまま待っている当機。

謎の沈黙。

当機は首内部の接合機構が見えるまで伸ばしました。そして顔を前後方向に往復させながら歩きました。「ハト」

「うわああ！」警備達がのけぞります。

「苛(いじ)めんな！」中也様に後頭部をはたかれました。

結局、警備本部に問い合わせの結果、当機は採血免除(めんじょ)で通されることになりました。

警備の先導で、我々は施設の奥に進むことになりました。

施設の内部は、驚くほど語るに足るものがありません。ただ白い廊下があり、その両側に番号すら書かれていない扉(とびら)が十二枚あり、廊下の突き当たりを曲がるとさらに廊下があり、両側に扉が十二枚あり、そんな具合です。とはいえ驚くにはあたりません。これは侵入者(しんにゅう)に目的の施設を見つけにくくするための意図的な設計です。廊下に曲がり角が多いのは、銃撃戦(じゅうげきせん)になった時に射線を奥まで通させないためです。

つまりここは、侵入者に盗(ぬす)まれたら困るものがたんまりある、秘密の施設というわけです。

警備が廊下の突き当たりで端末(たんまつ)を操作すると、ただの壁にしか見えない隔壁(かくへき)が開かれ、奥へと進めるようになりました（当機は走査(スキャン)データにより奥に空間があることは既(すで)に把握(はあく)していましたが）。

奥の部屋は、研究者区画になっていました。広い区画です。

急に人口密度が増加しました。白衣を着た研究者が忙(せわ)しく廊下を行き来しています。同僚(どうりょう)と議論しているもの、寝起きの目をこすっているもの、白衣にこぼした珈琲を洗おうと急いでいるもの、どう見ても徹夜三日目のもの。

軍や警察や犯罪組織は世界中でさまざまな特色をもっていますが、研究所というのはどういう訳か世界のどこも同じ風景をしています。英国もここも大して変わりません。大半の研究者がこの施設に住んでいるため、研究内容にかかわらず彼らの空気はどこかのんびりしています。

我々がその風景を眺めていると、背中の警備が銃の先でせっついてきました。

「立ち止まるな。じろじろ見るな。ここにあるものに興味を持つ人間は、この施設に招かれる立場にならない」

「あっそう、ふーん、何だよ偉そうに……」白瀬さんがぶつぶつ文句を言いました。

当機は慎重にデータを収集しました。幾つかのことが判明しました。

ここは陸軍の、前大戦から続く異能研究を専門にした研究部門のようです。行き交う人々の会話内容を解析して、そこまでは判明しました。もっと詳しく情報を拾いたいのですが、そこは流石に軍の秘密施設。電子機器のアクセス用コンソールにはすべて電賊対策が施されていて、外部からの接続を弾いてしまいます。これに侵入するにはかなりの時間と演算資源を必要としそうです。

しかし今のところ、それだけの情報があれば十分です。当機はしばらく思考してから発言しました。

「考えていたのですが中也様」歩きながら中也様の横に並び、小声で言います。「N氏が暗殺の標的になっている理由。ひょっとしてN氏は、中也様が人間だという証拠を握っているのではないでしょうか？」

「はあ？」中也様が驚いて振り返ります。「何だよ藪から棒に」

当機は蓄積された推測データの記録を見ながら、発言を続けます。

「中也様が人間なのか、それとも人工的な文字式に過ぎないのか、我々は知りません。ヴェルレエヌは文字式だと断言しましたが、それも何か確たる証拠を突きつけられた訳ではありません。すべて単なる彼の主張です。そこでこう仮定してみたんです。もしヴェルレエヌが嘘をついているとしたら？　だとしたら、真実を知る者は始末しておこうと考えるはずです。中也様が人間であるという真実を。もし真実を知られれば、中也様がそもそもヴェルレエヌについていく必要性を失うからです。だからヴェルレエヌはN氏を暗殺標的に選んだ。……そう考えると辻褄が合いませんか？」

「何のためにヴェルレエヌが嘘をつく？」

「中也様を説得できないからです」これに関しては自信があります。「彼は何らかの理由で中也様を必要としたのです。おそらくは同類である重力遣いとして、軍の研究所で力を授けられた者同士として。ですが〝マフィアを捨てて俺と来い〟なんて普通に言っても、中也様がついて来る筈がありませんから」

「つまり……Nが暗殺の標的になってること自体が、俺が人間だって証拠、か……？」

「そうです」

中也様はそれについてひとしきり考えを巡らせているようでした。壁の方を向き、額を掻き、鼻を掻き、腕組みをしました。それから顔を覆って、表情を隠しました。

それから小刻みに息を吐く音が聞こえました。

それは笑い声でした。

「ふ……はは、何だよ莫迦野郎」疲れたような、小さな声です。「結局人間なんじゃねえか。ったく、莫迦らしいぜ、こんなことに振り回されて……」

当機も微笑みました。なんだか中也様の笑顔を、とても久し振りに見たような気がしたからです。

「何見てんだよ」中也様が顔を隠すように、肩越しにこちらを睨みました。「何だよその笑いは。俺は別に何も思ってねえよ」

「当機も何も思っていませんが」当機は優秀な機械ですので、平気な顔で嘘がつけます。

「じゃあその目は何なんだよ！」

「目？　眼球は言語を発する器官ではありません」

「流石に判ってきたぜ」中也様が、拗ねたような顔でこちらを睨みました。「お前そういうの、態と云ってんだろ？」

ばれましたか。

中也様はこちらに背を向けてわざとらしい伸びをした後、早足に歩き始めました。

「兎に角、さっさと話聞いて終わらせんぞ！　はー、今日は楽な仕事になりそうだぜ！」

誰にともなく大声で言います。

足取り軽く中也様は先に進みます。当機の顔面が、自動的に笑みの形をつくります。

我々の移動の目的地は、ある扉の前でした。

警備が扉の横の呼び出し釦を押し、用件を告げました。「入ってくれ」という返答が聞こえ、扉が自動で開きました。その声は、当機の発声機構を乗っ取った声でした。あのけしからん声です。

扉の奥は、広い執務室でした。

奥の窓は合成ディスプレイになっていて、地下にもかかわらず砂浜と海が見えています。両側には天井まで届くような樫材の本棚で埋まっていて、世界中の専門書がうやうやしく整列しています。部屋の奥には骨董品風の執務机があり、その前に男が寝そべっていました。

その男は巨大な筐の下に潜りこんでいました。筐と床の隙間に入り込んで何かやっているので、上半身が見えません。見えるのは下半身と、爪先が天井を向いた革靴の裏だけです。

「悪いね。少し待ってくれ」革靴の裏はそう言いました。「実験用の感覚遮断槽の調整に手間取っているんだ。変性意識を人工的に作り出し異能の出力を上げるための浴槽なんだが……肝心の計測機能が、浴槽の硫酸マグネシウム液と干渉していてね。陽電子崩壊ガンマ線の検出器を、より精度の高いものに取り替えようとしていたんだ」

「非侵襲計測にこだわらず、血管内に活動性マーカーを埋め込んでみては？」当機はそう提案しました。

「それはもうやった」革靴の裏は、明るい声でそう答えました。「でもね、そうすると今度は、内部被験者の異能性活動電位がノイズになるんだよ。君と違って、人間の体は理不尽でね。……よし、これで大丈夫だろう」

革靴の裏は——その革靴の持ち主は、棺のようなその筐体の下から這い出てきました。

そして手を拭きながら、微笑みを我々に向けました。

「さて、何から話そう。疑問は無数にあるだろうね？　だが私は君達の疑問に凡て答えられる。つまりここは、君達の旅の終着点とも云える場所な訳だが……」

その顔。見間違えようがありません。

「……アンタ、その顔」

中也様が、強張(こわば)った声でそう言いました。

「やはりそこからになるだろうな」

中也様が相手を見たまま、懐(ふところ)から一枚の写真を取り出しました。

どこかの海岸の写真。五歳の中也様と、麻(あさ)の和服を着た青年が手を繋(つな)いで並んでいます。青年は斜(なな)めの陽光がまぶしいのか、くすぐったげに目を細めて微笑んでいます。

「私は荒覇吐(アラハバキ)計画の責任者。『N』という呼称(こしょう)は軍が用意した新たな経歴名で、それは中原(なかはら)の頭文字(かしらもじ)から取った。つまり」

写真に写った青年の顔は——目の前の研究者と同じ顔でした。

「私は君の父親だ」

その映像には、黄金色の洋貨(コイン)が映し出されています。
表に狐(きつね)が、裏に月が刻印されています。美しく、どこか物悲しげな洋貨(コイン)です。
それを誰かの指がもてあそんでいます。幼い指です。しかし腕(うで)から奥は画面の外に隠れて、それがどんな人物かは分かりません。
その誰かが、歌うようにこう言います。

「汚れつちまつた悲しみは
なにのぞむなくねがふなく
汚れつちまつた悲しみは
倦怠のうちに死を夢む」

不思議な詩です。言葉は誰かに向けられたものではなく、すぐ足下に落下し、そのまま際限なくどこまでも落ちていきそうな気配を漂わせています。

その言葉と共に、黄金色の洋貨が、奇妙な輝きを放ちはじめます。

画面が切り替わります。

輝く洋貨を持った誰かが、画面の中央にごく小さく映し出されています。顔までは分かりません。分かるのはその場所が異様に広く、そして何もないコンクリ壁の巨大空間であるということだけです。

洋貨の放つ光が、白から徐々に危険な紅蓮に変わっていき、画面を占有すべく広がっていきます。

また画面が切り替わります。

次の映像は、広間を見下ろす観測室です。観測室の一面がぶ厚いアクリルガラスになっており、その向こうには巨大コンクリ空間と、洋貨（コイン）が放つ光が見えます。

「被験者から、深層異能解除暗号（コード）を確認（かくにん）。手順ハチマルロクからハチナナフタを開始します」

アクリルガラスのこちら側には十人以上の研究者達がおり、机で各々（おのおの）の計算を続けています。

「異能光の増大を確認。増加勾配（こうばい）が許容値の320パーセントを超（こ）えています」

「まだ止めるな」

壁の画面の中で、洋貨（コイン）が放つ光が輝きを増していきます。それは観測している研究者達の顔を仄（ほの）かに照らし出していきます。

光が脈打ちはじめます。輝きの色は紅蓮へと変化し、やがて光を飲み込む漆黒（しっこく）へと変化していきます。

「ガンマ線測定器の感度限界を突破（とっぱ）。室内温度上昇（じょうしょう）」

広間の空間自体も変化しはじめます。床材（ゆかざい）ががたがた鳴ってたちまち剥（は）がれ、洋貨（コイン）へと吸い寄せられていきます。床材は洋貨（コイン）に衝突（しょうとつ）する前に重力によって潰（つぶ）され、塵（ちり）のように小さくなって消滅（しょうめつ）します。

やがて洋貨（コイン）を中心に、風景そのものが歪（ゆが）みはじめます。

「空間歪曲（わいきょく）、肉眼で確認！　計器の二番から六番、十番、十四番が破損！」

「被験者のバイタル、危険域です、いえ、心停止しました！」

巨大空間の床が、壁が剥がれ、次々に光へと衝突していきます。もはや室内は原形を止めていません。

「実験中止！　緊急充填水を流し込め！」

次の瞬間、空間が一気に収縮。部屋そのものが歪み、洋貨を持つ人物へと吸い寄せられます。

閃光と衝撃。画面が激しく揺れ、巨大実験室とこちらを隔てるアクリルガラスが、千の破片となっていっせいに弾け飛びます。研究者達が宙に浮きます。

誰かの悲鳴。そして暗転。

「そもそも異能力とは何だと思う？」

地下へと向かう道すがら、N氏は我々にそんな風に話しかけました。

ヴェルレエヌが封じたかった情報を話す――そう言って、N氏は我々を地下の実験室へと案内しはじめました。その道すがらのことです。

「実は、我々研究者は、異能とは何かについて殆ど何も知らない。これだけ豪勢な研究施設を造っておいて、恥ずかしい話だがね」

我々は階段を下りながら、その話を聞いていました。先頭がN氏、次に中也様、その次が白瀬さん。しんがりが当機です。

「とはいえ、判っていることも幾つかある」N氏は涼しげな声で言います。「まず、人間以外の生命体——植物や猿は異能を持てない。一人の人間が持つ異能は、生得的には一種類のみ。異能者が死ねば、基本的には異能は消滅する。地球を一瞬で焼き尽くすような出力の単一異能は存在しない。つまり異能出力には限界が存在する」

「そんなの俺だって知ってるぜ」台詞にかぶせるように、中也様がどうでもよさそうに言います。

ほう。

「面白いのはここからだよ」N氏は真意の知れない、悪戯っぽい笑みを浮かべながら続けました。「異能出力には限界があると云ったが、その限界を超える方法はないのか、軍はそれを知りたがった。結論から云えば、なくはない。そのひとつが、異能の特異点だ」

当機は感心しました。特異点を知っているとは。それも理論だけでなく、軍事応用部門の研究者が知っているとは。当機の生まれた英国でも、一部の研究者しか知らない現象のはずです。思ったよりずっと、この国の異能研究は進んでいるのでしょう。

「まだ政府でも知る者は少ないが——特異点とは、複数の異能現象が干渉しあった結果、元のどれとも違う、より高次の異能現象に発展する事象のことだ」とN氏は続けます。「そして、この特異点には、異能現象の出力限界が存在しない。何でもありなんだ。その常識外れの現象は、まさに異能現象における誤謬と呼ぶに相応しい」

　階段が終わり、我々は最下層に到達します。地下深くにあるせいで、我々の跫音のほかには何の物音もしません。

　そして眼前には扉。N氏が腰につけていた物理鍵を使って扉を開きます。

「なあ、俺達はどこに向かってんだ？　それにその、長ったらしい話も」

「どちらもすぐに判る」N氏はにっこり微笑みました。「君の存在の本質に関わる話だから聞きなさい」

　そして台詞を続けます。

「さて、特異点は極めて異質な異能現象だが、発生手順はさほど異質ではない。最も簡単なのは、『矛盾する異能をぶつける』というものだ。『必ず相手を騙す』異能と『必ず真相を見抜く』異能をぶつける。『未来を読む』異能者どうしを戦わせる。大抵はどちらかの異能が勝つのだが、稀に元の異能のどちらでもない、全く異なった現象に発展することがある。これを我々は矛盾型特異点と呼ぶ」

　ふと横を見ると、白瀬さんが「おーん、矛盾型……おーん」と呻いています。

「白瀬さん、難しいのは分かりますが、歩きながら寝ないで下さい」

「それでね中也君」N氏はすぐ隣の中也様に話しかけました。この人、白瀬さんのことを見なかったことにしましたね。「特異点を作り出すには、ふたつ以上の異能が必要だと云ったろう。だがこの世には、たった一人で特異点を作り出せる異能者が存在する」

「何？」

「他の誰かの異能ではなく、自分自身の異能と論理衝突を起こすことで、特異点を発生させる」そう言って、N氏は自分の立てた人差し指をくるくると回しました。「そんな異能だ。最初に発見した独国の研究者は、それを『自己矛盾型異能』と名付けた。そうだな……実際にあった現象例を挙げよう。あるところに、『触れた相手の異能を増幅する』能力を持つ少年がいた。便利な能力だ。ところでこの能力、他人ではなく、自分自身に触れて使うと——どうなると思う？」

「まあ、そりゃ……自分の異能が増幅されるんだろ？」

「その通り。それはつまり、『異能を増幅させる能力』が増幅されることであり、それは即ち、『異能を増幅させる能力』が増幅することになる。この自己言及は永遠に続く。そして異能は無限に増幅される。その結果、エネルギィの無限循環により異能原則が破壊され、特異点が発生。生まれた過剰なエネルギィが質量転化を起こし、高密度の空間歪曲が起こった。彼は巨大な重力の渦に巻き込まれ、永遠に戻れないあちら側に行ってしまった」

成程。理解しました。「それが先程の、洋貨を持つ異能者の実験映像、という訳ですね」

「そうだ。人生に一度きりしか発動しない、破滅の異能だよ」

「……おい。もしかして、その空間歪曲ってのは……」

そう言う中也様の声は硬く、その表情は強張っていました。

「まあ最後まで聞きなさい」とN氏が遮って続けます。「自己矛盾型の特異点は、独国や日本に限らず、どの国でも起こりうる。数十年に一度くらいの割合でね。それらは古代から『神』とか『魔獣』の仕業とされてきたが、詳しいことは誰も知らなかった。何しろ異能者本人が、発動と同時に死んでしまうのだから」

かつて独国・仏国・英国は、大戦の趨勢を戦場で争うと同時に、軍事研究の部門においても激しく競り合っていました。そのうち独国の同盟国であった日本に、異能兵器研究の技術が流れていたとしても、さほど不思議ではありません。

「周囲を巻き込んで自滅する危険な異能。しかも一度きり。そんなものはとても兵器とは呼べない」N氏は厳しい顔をして言います。「しかしそこに無限に近いエネルギィがあること自体は事実だ。それをどうにか制御可能な資源として取り出せないか？　それが研究の開始点だった。そして……それを兵器として実用化した国家が遂に現れた。異能研究最先進国のひとつ、仏国だ」

仏国。そして仏国政府の異能諜報員。暗殺王。

そういうことですか。

「特異点を兵器に？　どうやったんだ？」

「心を使ったんだよ」

「はあ？」

「心。人間の精神だ」N氏はおごそかに、ほとんど詩を詠むかのように言いました。「普通、巨大なエネルギィ源は、制御装置のような機械で操るだろう？　だが先程も云ったように、異能を使う生物は人間だけだ。非科学的な云い方をすれば、人間の魂だけが、異能のエネルギィを使役できる。そこで仏国の研究者は人格式と複製培養された肉体を用いて、そこに人間があり魂があるのだと、異能の側に誤解させた。全く、そんな方法を最初に思いついた研究者は、私から見てもどうかしているよ。しかしその試みは成功した。恐ろしい程にね。その結果生まれたのが、異能諜報員のヴェルレエヌ。特異点が生む重力を自在に操る、人格を持った異能。……そして遅れること数年。その研究資料を手に入れた我が国もまた、同じ方法で特異点の異能者化を再現しようと試みた。それが」

　重い横開きの扉が開きました。N氏は促して中也様を先に通させます。

　そして真剣な顔で言いました。

「それが、《荒覇吐計画》だ」

　言葉と同時に、扉が素早く閉じました。

　当機は扉の手前で取り残されました。白瀬さんも。

　状況を判断するのに、〇・〇三秒かかりました。

「中也様！」

扉を強く敲きますが、防弾防爆の自動扉は硬く、とても開きそうにありません。

扉の横の音声装置から、N氏の声が再生されます。

「ここから先は中也君と二人だけだ」平坦で、感情を含まない声です。「《荒覇吐計画》は一応、国家機密なのでね。一人分の閲覧許可しか下りなかった。それに――」

少し台詞を考えるような間がありました。そしてN氏が言いました。

「この先で見るものは、おそらく、中也君一人で見るべきものだ。彼は他の人間に――特に友人には――見て欲しくないと思うのだよ」

それからすぐ、扉の向こうで質量が移動しはじめる気配がありました。空間走査の結果、どうやら扉の向こうは昇降機になっているようです。中也様とN氏は、それに乗ってさらに下の空間に降りていったのでしょう。あれだけ下ったのに、まだ下があるとは驚きです。

昇降機の制御システムに割り込もうとしましたが、できませんでした。弾かれたのではなく、そもそも無線が外に届きません。

気づきました。ここは俗に言う電波暗室です。

原理は簡単です。導電性の鉄などの金属板で部屋を囲むと、電波は反射され、また磁場は金属板内にバイパスされるために、内部が電磁場の通らない孤立空間となります。電子レンジの中に携帯電話を入れると電波が届かず圏外になりますが、それと同じ原理です。

任務の安全評価値が7パーセント低下しました。人間でいうところの「不安を感じる」という状態です。

N氏の狙(ねら)いは一体、何でしょう？

昇降機(エレベーター)の駆動音(くどう)が響(ひび)く。

仲間と分断されても、中也は表情を変えなかった。ただ衣嚢(ポケット)に手を突(つ)っ込み、壁(かべ)の時計でも眺(なが)めるように、Nの表情を眺めていた。

「この程度で俺の裏をかいたつもりかよ？」少しあってから、中也はそう云(い)った。乾(かわ)いた声だ。

「裏なんてないよ。君に配慮(はいりょ)しただけさ」

「云っとくが、この先で見たモノを、俺は組織に報告するぜ」中也はどうでもよさそうに云った。「国家機密なんぞ、俺の知ったことじゃねえからな」

「好きにするといい」Nはそう云い、含みのある笑(え)みを浮(う)かべた。「本当に話す気が起きるのならね」

昇降機(エレベーター)はかすかな唸(うな)りをあげながら下降し、やがて止まった。扉が開く。

その先は、短い廊下になっていた。先程までの施設と内装は変わらないが、ひどく古い。床の端に、砂や埃がたまっている。廊下の奥まで行くとまた扉があり、そこには〝検疫隔離〟や〝指定封印部門・情報部部長指示〟などと書かれた接着紙が何枚も貼られていた。紙は随分古く、端が黄ばんでいる。

Nはその接着紙を、ひとつひとつ剝がしていった。

中也はその様子を横目で見ながら、不意に「なあ、もう話せよ」と云った。どうでもいい台詞のように。

Nが振り返る。

「話せよ。今更ビビったりしねえ。俺は——人間じゃねえんだろ？」

中也の問いに、Nは何も答えず、ただ静かに見つめ返すだけだった。

「あんだけ話されりゃ厭でも判るぜ」中也はぶっきらぼうな口調で続ける。「俺は《荒覇吐計画》の産物。つまりヴェルレエヌと同じ方法で造られた、意思のある特異点だ。そうなんだろ？」

Nは困ったように微笑んだ。

「だとしたらどうする？　この先にあるものは、それを証明するものだ。見るのが怖いかい？　その話だけ聞いて、見ずに帰るかい？」

中也は答えない。ただ黙って相手を睨んでいる。

「私はそれでもいい。ここで引き返しても。我々にとっては、ヴェルレエヌが『すべて伝えられてしまった』と感じることが重要なのであって、必ずしも君がすべて知る必要はないからね」

中也は相手を見たまま、しばらく思考を頭の中で転がしているようだった。やがて口を開いたとき、その声には決然とした響きがあった。

「ピアノマン達は、俺が誰なのかについて調べようとした。そしてそのせいで死んだ」

その目には、目の前の景色ではない何かが宿っていた。過去の光景。仲間たちの後ろ姿。

「案内しろ。俺はあいつらのために、凡てを知る義務がある」

その声に迷いはなかった。たとえ百年かかっても、その言葉をひっくり返すのは不可能。そう感じさせる芯の強さが、声の中にはうかがえた。

Nは微笑み、返事の代わりに扉を開いた。

扉の先は、広い工場のようになっていた。奥の壁が見えないほど広い。

そして床と天井とのあいだに、中間層となる金網の足場が広がっていた。中也が立っているのは、その中間階層だ。

金網が鳴った。

中也が膝をついたのだ。そのまま倒れそうになるのを、手すりを摑んでどうにか耐える。

「大丈夫かい？」

「知ってる」Nの質問を無視して、中也は青ざめた顔で云った。「俺は此処を知ってるぞ」

「だろうね」

中也の額に汗が浮かんでいる。その目は眼前の風景に釘付けになっている。

Nはそんな中也を感情のない目で見下ろすと、電話帳の朗読でもするかのように無機質な声で云った。

「此処は第二実験所だ。租界にあった第一実験所と対になるよう設計されている。風景もまったく同じだ。あの場所が爆発で消滅した以上、君の生誕の原風景は此処にしかない」

中也の脳裏に、幻の声が反響した。

『侵入者だ！』

『八番から十五番を封鎖しろ！』

『作戦部は甲種装備で迎撃態勢！』

気がつけば歩き出していた。

同じ風景。何年も眺めていた、見慣れた景色。行き交う兵士と研究者。

中也の隣を、兵下達が、銃を持って駆け抜けていく。幻だ。そこには誰もいない。これは記憶の中の風景だ。

『侵入者は何名だ！　武装は？』

『侵入者は二名！　武装はなし――まったくの素手です！』

記憶の声が叫ぶ。これはあの日の記憶だ。中也がいた場所から見た、最後の日の光景だ。

やがて、ひとつの場所に辿り着いた。

「この中に君はいた」

それは黒い円筒だ。天井まであり、太さは大人三人が手を広げてようやく一周できるほど。

表面は硝子のようだが、材質は不透明で黒く、中は見えない。

だが中也は知っている。これが何なのか。

中也は振り返って、そこから施設を見た。

あまりに見慣れた光景。世界のすべてとさえ思っていた光景だ。

青黒い闇。外界とを隔てるための――外の世界から自分を守るための揺籃。

その揺籃が、幻の誰かによって突然破られる。円筒が破壊され、誰かが中也を掴む。

その手の主に、中也は見覚えがある。

アルチュール・ランボオ。

そしてその隣にいるのは、ポール・ヴェルレエヌ。

「君は奇跡の存在なのだよ、中也君」Nは歌うように云った。「ここでは結局、君と同じ現象を再現することはできなかった」

中也はその台詞で現実に引き戻された。そこにいるのはNと中也だけだ。円筒は破壊されて

いない。

中也はその円筒の表面に触れた。冷たくも温かくもない。よく知った温度だ。

「……それで？」中也はどうにか平静を取り戻しながら、Nのほうを向いた。「ここに一体、どんな国家機密とやらが眠って――」


いきなり、円筒が内側からバン！　と叩かれた。


中也は凍りついた。中也が触れた手のすぐ横に、手形がある。大きさは中也とほぼ同じだ。掌以外は見えない。そのほかは、青黒い闇の奥に隠れている。

すぐに理解した。この円筒は、外壁が黒いから中が見えないのではない。容器は透明だ。だが中に青黒い液体が満たされているので、中身が見えないだけなのだ。

「中に誰かいるのか⁉」中也はNに向かって叫んだ。

Nは答えない。ただ冷静に凪いだ目で、中也を見つめている。

「おい、説明しろ！　中にいんのは誰だ！」

手の大きさ。中也とほぼ同じ。

「慌てずとも、すぐに逢わせてあげるよ」

Nは白衣の衣嚢から遠隔操作盤を取り出し、幾つかあるつまみのひとつを回した。

ごぼごぼと排水音がして、青黒い液体が泡立つ。円筒の最上部から、水位が下がっていく。

中也は一歩引き、呆然とした顔でその水位を凝視した。

「これは……」

液体の中から現れたのは——中也だった。

目は閉じられている。実験用の合成樹脂外衣だけ着ているが、その他には何も身につけていない。ひどく痩せている。そのせいで、中也本人より少し年下に見える。両足首に銀白色の枷がつけられ、それが水底に固定されている。

眠っているだけのようだが、その表情は硬く、今にもひび割れそうだ。

「紹介しよう。君のオリジナルだ」

中也は呆然とそれを見ている。

「自己矛盾型異能の持ち主。山陰地方の温泉街で生まれた、異能以外は普通の少年だ。特別な装置を使って、特異点の重力に潰されて死なないよう調整した。だからこうして生きている」

突然、円筒の中の少年が苦しみはじめた。激しく咳き込む。うまく呼吸ができないようだ。体をふたつに折って、内臓が出そうなほど激しく嘔吐いている。だがぶ厚い円筒容器に遮られて、中の音はほとんど聞こえない。

「おい……！　苦しんでるぜ！　大丈夫なのかよ！」

「大丈夫な筈ないだろう」Ｎは平然と云った。「生命維持に必要な胎水溶液が排水されたのだから」

「何……!?」

中にいる少年は、床でのたうちまわりながら何かを絶叫し、激しく容器を叩く。だが何を云っているのか、全く聞きとれない。

「おい、何してんだ！　助け出せよ！」

「必要ない。彼はもうずっと前に役目を果たしたのだから。君を誕生させるという役目をね」

少年は円筒の底で痙攣し、信じられないほど大量に吐血した。

中也の顔色がさっと変わった。

中也は力任せにＮの胸ぐらを掴み、引きよせた。そして叫んだ。

「今すぐ水を戻せ！」

「何故？」Ｎの表情は変わらない。

「五月蠅え！　戻さねえと殺すぞ！」

Ｎは肩をすくめた。「いいだろう。どうぞ」

そして排水の時に使った、遠隔操作盤を中也に手渡した。中也はもぎ取るようにそれを奪う。

操作盤についているのは操作用の黒いつまみが三つ、黒い釦が三つ、そして赤い釦がひとつ。

排水の時に使ったつまみを逆に回すが、反応がない。他の釦を押しても何も起こらない。

その間も少年は苦しみ続けている。体ががくがく震(ふる)え、口からは赤黒い血があふれ出していく。肺に血液が入ったために呼吸ができず、顔色が青紫に変色していく。

中也はひたすらに釦(ボタン)を押し、組み合わせを試(ため)していった。するとある時、がちんと音がして、容器が斜(なな)めに傾(かたむ)いた。

円筒がお辞儀(じぎ)をするようにこちらに傾き、前半分の容器が上側に跳(は)ね上げられるように開いた。中の残った溶液が流れだし、やがて少年も床へと転がり落ちてくる。

中也は少年の躰(からだ)を抱(だ)き留(と)めた。

「おい、しっかりしろ！」

少年は呼吸ができないらしく、中也の腕(うで)の中で激しく胸を上下させて喘(あえ)いだ。

その顔は中也と全く同じ。だがその目は中也より幾らか優(やさ)しく、そしてずっと弱々しい。

少年は中也を摑(つか)んだ。そして目で何かを訴(うった)えた。口を開き、何かを訴えようとした。ひとかたまりの空気が吸い込まれた。

だが、そこまでだった。

生命が終了(しゅうりょう)した。手は力を失って落ち、瞳(ひとみ)は焦点(しょうてん)を失って濁(にご)った。不要になった肺の空気が吐(は)き出される、ため息にも似た音が口から聞こえた。それが終わりの合図だった。

中也が呆然と見守る前で、少年の躰が崩(くず)れ始めた。

皮膚(ひふ)が崩れ、肉が溶(と)け、溶液と同じ青黒い液体となって流れ落ちていった。それを留(とど)める手段は存在しなかった。肉が離(はな)れ、みるみる骨が露出(ろしゅつ)していく。

あとに残ったのは、少年だった小ぶりな白骨と外衣、それに接続された無数の輸液管(チューブ)や計測用の細引(コード)の群れ。そして足下(あしもと)の青黒い泥(どろ)。

中也は白骨を床に横たえると、Nに摑みかかった。

「手前(テメエ)……!」

激しい力がNの服を摑んだ。だがNの表情には、ほんの少しの変化もない。

「私が君の父だと云ったのは嘘(うそ)ではない」Nはそこにある文字を読み上げるような平坦(へいたん)な声で云った。「私が君の躰をデザインした。荒覇吐(アラハバキ)の出力に耐(た)えられるように、遺伝子を調整してね」

そして信じられないことが起こった。

Nが、自分の衣服を握(にぎ)る中也の拳(こぶし)を、簡単に引きはがしたのだ。

「な……」

殴(なぐ)りかかろうとしたが、それさえできなかった。それどころか、立っていることすらままならない。膝(ひざ)が震える。躰が重い。

Nの力が強いのではなく、中也の力が弱っているのだ。

その感覚に、中也は覚えがあった。

「これは……あの時と同じ……」

一年前。崖沿いの共同墓地。後ろから白瀬に刺された、あの時の感覚。

あの時、白瀬は何と云ったのだったか。

――〝あんまり動かないほうがいいよ。刃に殺鼠剤を塗っておいたからね〟〝当分は手足がしびれて、いつもみたいな動きはできないだろうさ〟。

記憶の白瀬の声は遠く、奇妙に誇張されて聞こえてくる。

中也は床に膝をつく。両手があまりに重い。

だが、何故？　何故今なのか？

「私が君をデザインした。だからよく知っているんだよ。君の肉体的な頑強さも、それでいて、毒には人並みに弱いということもね」

「毒、だと……？」

中也が記憶を辿る。中也に毒を盛るのは簡単ではない。そのような攻撃があれば、中也はすぐに気がついたはずだ。

否。

施設に入る時。所持品検査と血液検査が必要だと云われた。

採血キット。注射。

「あの時の注射、か……！」

「私が君を招いたのは、君に真実を教えるためだ。そうすることでヴェルレエヌの暗殺を回避しようと考えたからだ」Nは中也に摑まれた衣服の皺を伸ばして直しながら、軽い口調で云った。「しかしその作戦には不確実性が残る。君に真相を伝えただけでヴェルレエヌが暗殺を諦めるのか、完全な確証が持てない。だからもっと確実な方法を用いることにした」

中也が立ち上がろうともがく。青黒い泥が、中也の足下で撥ねる。

「分かるかい？　君が死ねば、ヴェルレエヌはこの国に残る動機すら失うのだよ」

「手前えぇぇッ！」

怒りが爆発した。肉体ではない感情の力が迸り、中也は跳ねるように立ち上がった。Nへと殴りかかる。

そんな中也をNは平然と銃で撃った。

弾丸が中也の額に直撃した。弾丸が頭蓋骨で弾けた。そして後方に飛んでいった。

中也は後方にのけぞって倒れた。額から出血している。だが弾丸は貫通してはいない。中也の額をすべり、後方へ跳ねていった。着弾の瞬間に中也は持てる異能凡てを集中させ、重力で弾丸をそらしたのだ。

倒れた中也に、Nはさらに弾丸を撃ち込んだ。無表情で。

すべての弾丸は防ぎきれなかった。いくつかの弾丸が中也の胸と腹部に命中し、血と肉片が飛び散る。

中也は声にならない叫びをあげる。

「私を酷い男だと思うだろう。だが自分の命が惜しくてやってる訳じゃあない。研究の維持のため、つまりはこの国のためだ」

Nは白衣の懐から容器を取り出した。容器を開くと、そこから小ぶりな注射器が現れる。撃ってできた傷口に注射器を突き刺す。

「自らが属する組織のために非道を為す。君も巨大な組織に属する者として、理解してくれるね？」

「くそっ……たれ、が……」

中也は唸り、相手を掴もうと手を上げたが、その手がNに届くことはなかった。

手が床に落ちた。

そして暗転。


当機の横で、白瀬さんが急に苦しみ出しました。

床に倒れ、喉を押さえて悶えています。

「白瀬さん！　どうされました！」

言いながら、当機はすでに診断を走らせていました。心拍数の低下、血圧の低下。発汗、筋肉のひきつり、呼吸困難。典型的な毒の症状です。しかし空気中の成分は通常通りで、なんの問題もありません。これまでの環境走査ログを確認しましたが、毒ガスに暴露した形跡もありません。

症状を緩和するため、抗コリン作用をもつアトロピンを注射しました。しばらく観察して症状の改善が見られたため、更に量を増やして注射します。元は戦場での運用を想定されていた当機には、生物・化学兵器への対抗薬剤がある程度ストックされています。これで命の危機はないでしょう。

静かになった白瀬さんを床に寝かせたあと、部屋を出ようとしました。できませんでした。扉が開きません。先に進む扉も、来た道へ戻る扉も、どちらもです。操作盤にも接続できません。

先程も調べた通り、この部屋は電磁遮蔽されているため、外部に連絡することもできません。

最初から、我々はここに閉じ込められるよう誘導されていたのです。

任務のリスク評価値が38パーセント上昇しました。非常によろしくないことです。

少し考え、出口の扉へと体当たりしました。しかし鉄の扉はびくともしません。部屋にあった鉄製の椅子を投げつけました。扉の表面が少しへこんだだけです。

この部屋は細い廊下状の部屋で、内部には椅子と机、それに職員用保管庫などしかありません。優先接続できる端末でもあれば、外部に通信できるのですが。電磁遮蔽されているため床も天井も鉄製で厚みがあり、ぶち抜いて逃げるのも難しそうです。

仕方ありません。

当機は腰の背中側あたりを手で探り、そこにあった取付端子を開きました。部品を捜して取り出します。それから右手の人差し指と中指のあいだを手首まで開き、できた隙間に部品を装着します。

取付兵装のハンドソー。掌ほどの大きさの回転鋸です。通常は逃げた容疑者を追う際、施錠された扉を使う時のためなどに用います。

鋸を回転し、元来た道のほうの扉の施錠機構に押し当てました。甲高い耳障りな音が響き、火花が当機の背広にまでかかります。

時間がかかりそうです。しかし急がねばなりません。

この研究所は危険です。おそらく毒の狙いは中也様。白瀬さんは巻き添えでしょう。そして当機達は閉じ込められた。中也様が危険です。

殺されているかもしれません。

いえ、もしかしたら、もっと悪い——。

何もない部屋だった。

机も、椅子も、画面も、装飾品も、何もない。ただ壁に高さを表す目盛りだけが刻まれている。学校の小さな水泳プールくらいの広さの部屋で、実際そこは、緊急用の実験用水をためておくための貯水槽だった場所だ。

中也はその部屋の壁に吊されていた。

両手首を鉄線でぐるぐるに巻かれて吊されているため、倒れることはできない。その鉄線には、びっしりと太い棘が並んでいて、獣が食いつくように中也の手首に刺さっている。両足はどうにか床に触れている程度だ。

上半身の服は奪われて脱がされ、流血した弾痕があらわになっている。一番深い弾痕は胸と腹にひとつずつあり、その二箇所には巨大な杭が突き刺さっていた。

杭は鎖で天井まで繋がっており、そこから電流が流し込まれた。

中也は叫んだ。肉が焦げる臭いが漂った。

電流は杭から入って、手首の有刺鉄線へと抜けていった。そのあいだにある筋肉や神経、臓器をずたずたに傷つけながら迸り抜けた。その痛みは、全身を賽子ほどの肉片に刻まれていくような、生まれたことを後悔（こうかい）せずにはいられないような激痛だ。

「……殺す」

吊された中也が、天井についた定点映像装置を睨（にら）みつけながら唸った。

再び電流。獣のような低い苦鳴。


Nはその様子を、実験観測室で眺（なが）めていた。

電流が迸り、観測室の中まで白い閃光（せんこう）が届く。だがNの目には瞬（まばた）きすらない。

「ミダゾラムを10ml投与（とうよ）」画面を注視したまま、Nは傍（かたわ）らの部下に命じた。

「しかし心拍（しんぱく）が……」若い研究者が、苦い声で手元の計測値を確かめる。

「この程度では死なない。投与だ」

幾（いく）つかの操作装置が動かされた。中也の背中に刺された四本ある白い管のうちひとつに、透明（とうめい）な液体が流れ落ちて、中也の体内に消えていく。中也の目が見開かれ、内臓がよじれたような苦痛の声をあげはじめる。

それでもNの表情に変化はない。同情も、残酷（ざんこく）さも、何もない。その目は数値を眺めるように中也を眺めている。

その実験観測室は二十数個の椅子と、計器と、研究者が並んでいた。全員が忙（せわ）しく歩き回りながら、この重要実験の進行に問題が起こらぬよう、状況（じょうきょう）変化と実験計画書を見比べている。

「中也君。苦しいかい」

Nが手元の集音装置に顔を近づけ、中也へと語りかけた。

中也はぐったりしたまま、返事をしない。

「済まない。他に方法があるならそうしたい」Nは罪悪感のない声でそう云った。「だが君を救うには、こうするしかないんだ」

Nは話しかけながら、目の端で実験数値を確認した。そして続けた。

「我々が君の意思を尊重するように、君の異能、《荒覇吐》も君の意思を尊重する。というより、君の意思に縛られると云ったほうがいいかな。君の確たる意思がある限り、《荒覇吐》は君から取り外せない。異能の常識を塗り替える、この国で唯一の制御済み特異点が、だ」

Nはそう話してから一度手元の調整機で音声を切り、隣の部下に「ミダゾラムの効果は？」と尋ねた。

「兆候あり。有意な反応まであと二分程度です」

Nは頷き、「更に20ml投与だ」と指示した。そして再び音声を入れた。

「中也君。今は君という人格式が、《荒覇吐》の手綱を占拠している状況だ。つまり君を殺せば、貴重な制御済み特異点まで失われてしまう。かといって君の上に別の人格式を上書きしただけでは、先在人格である君と新たな人格が衝突を起こし、またしても《荒覇吐》の暴走を招きかねない。我々としても、流石に二度も研究所を吹き飛ばされたくない」

Nは誰にも聞こえないような小ささで、自分の冗談に鼻で笑った。だがその笑みは、ほんの一瞬で蒸発して消えた。

「そこでこれだ」

Nが遠隔操作盤のつまみを回す。

大電流が、鎖から杭を通って中也の傷口に進入した。全身がばらばらになってしまいそうな痛みが中也を襲った。中也は激痛に咆哮した。身をよじって痛みから逃れようともがくが、両手首に巻かれた有刺鉄線が食い込み、流血するだけだ。

「君に自発的に《荒覇吐》を手放させる。といっても、難しく考える必要はない。君は一言、ある制御呪言を云えばいいだけだ。それが封印指示式を初期化する認証暗号なのだよ。それで君の文字式に入れるようになる。制御呪言を確認したら、君を消去し、新たな人格式を上書きする。それで君は苦痛から解放される。何日続くか判らないこの痛みからも……そして、何年もの間ずっと続いてきた闇からも」

ずっと続いてきた闇。

その言葉のところで、中也がはじめて反応した。これまで何を云われても無反応だったのに、かすかに首を動かしたのだ。

Nはその変化を見逃さなかった。

「次の文言を云うんだ。頭の中だけでもいい。簡単な文言だよ」

そうNは云って、目を閉じ、単調な調子で認証暗号を諳んじた。簡潔な連句だった。

「――〝汝、陰鬱なる汚濁の許容よ、更めて我を目覚ますことなかれ〟」

「汝、陰鬱なる汚濁の許容よ……」

中也の唇がほとんど自動的に動いた。薬剤が効果を発揮している。その目は焦点を結んでいない。自分が何を喋っているのか、口の動きも、喉の震えも、意識まで上っていない人間の目だ。

Nが小さく微笑んで「よし」と呟いた。中也が続ける。

「更めて…………、俺は、誰なんだ……」

痛みの隙間から、言葉がこぼれ落ちた。

その言葉は床に力なく落ち、そのまま広がって部屋を冷やした。

Nは映像を見ながら不愉快そうに顔をしかめた。そして映像を見たまま「電力を上げろ」と部下に命じた。

「しかし……」

「やれ！」

大電流が杭から流し込まれた。形のない雷の蛇が暴れ回って、内臓と神経と筋肉を蹂躙した。

中也が絶叫する。

回転鋸が扉の施錠軸を切断し、不愉快な金属音がやみました。

アタッチメント用の回転鋸は熱で変形してしまっています。再使用できそうもありません。ここに捨てていくことにしました。

これで外に出られます。しかし意識のない白瀬さんを、ここには置いていけません。

当機は人間を守護する刑事アンドロイドとして設定されています。どんな状況にあっても、無防備な人間を危険な場所に置いておく選択肢は採用できません。中也様を捜索するにしても、まずは白瀬さんを安全な場所に移動させなくては。

当機は先程切断した横開きの扉を開くべく、手をかけました。

開く必要はありませんでした。

いきなり扉ごと当機が吹き飛ばされたからです。

床が頭上になり、足下になり、また頭上になりました。転がって後退する途中で、肩と頭部に強い応力集中を感じました。衝撃でのけぞります。撃たれたのです。

受け身を取る行動を高優先で、周辺環境をセンサで把握するのを低優先で実行しました。

センサによると敵は三名。重武装の兵士です。ここが軍の施設であることを考えれば、これだけの武装も不思議ではありません。扉を爆弾で破砕し、そのまま部屋になだれ込んできたのでしょう。

撃たれた箇所を分析。外皮装甲に渦状の亀裂が入っています。これは――まずい。対物用の完全被甲弾です。

通常の人間との戦闘では、もっと柔らかい弾頭を使用します。そのほうが弾丸が体内に留まり、破壊力が増すからです。速度と貫通力を優先したこの弾丸を使っているということは、敵は当機という無機材との戦闘を想定してきているということです。

まずい。非常にまずい。

視界が安定し、扉が見えます。兵士三人が、すでに当機に向けて銃口を向けています。

弾丸の雨が、避けようのない密度で当機に降り注ぎました。

心臓が鳴っている。

ひどく大きい音だ。すぐ耳元で、巨大な太鼓を鳴らされているみたいだ。中原中也は音のするほうを見る。だがもちろんそこに心臓はない。一体これは誰の心音だ？　俺の？　まさか。俺は人間じゃあない。心臓なんて上等なものは似合わない。

また電流。全身が中也の意思と関係なく痙攣する。血管のひとつひとつがずたずたに千切られ、体液が残らず沸騰するような感覚がする。十六歳の少年が耐えられる痛みの量は、もうとっくに超えている。幸いなのは、叫んでも喚いても、誰も気にしないことだ。だから痛みのたびに中也は絶叫する。喉から血の味がする。

しばらくNからの音声は来ていない。科学者は無駄な労力を嫌う。しばらく中也に好きなだけ痛みを味わわせて、音を上げるまで放置しておく気なのだろう。

重力の異能は完全に消滅してはいない。だがあまりに微弱だ。おそらく背中に刺さっている薬液管を通して、継続的に毒が注入され続けているのだろう。手足はしびれ、頭は朦朧としている。何が現実の動きで、何が心の中の動きなのか判然としない。毒以外にも、何かの薬品が投与されている。自白剤か、譫妄を促す薬か。

いつまで耐えられるだろう。

無論、いつまででも。永遠に耐えてみせる。俺ならできる。

だが、何のために？

——だからいつも云っているだろう、中也？

不意に声がして、中也は顔を上げる。その声には聞き覚えがある。世界一嫌いな人間の声だ。

——君が生まれたこと自体が何かの間違いだったのさ。僕と同じだ。そんな痛みに耐えてまで、偽物（にせもの）の生にしがみつく意味って何だい？

　声がからかうように云う。

「五月蠅（うるせ）え」

　中也は吐（は）き捨てるように応じる。それが独り言だと、自分でも判っている。おそらく投与された薬剤のせいで、幻聴（げんちょう）が聞こえているのだ。そこには誰もいない。だが心の箍（たが）が外れていて、声が止められない。

「くたばれ、太宰」

——そんな陳腐（ちんぷ）な反論しかできないのかい？

　耳元で声がする。中也は自分の耳を切り落としたくなる。すぐ横に、揺（ゆ）らめく太宰の影（かげ）のようなものを見つけて、目も刳（く）りぬきたくなる。

——僕の言葉を信じかけている証拠（しょうこ）だ。君はね、深いところで僕と同じなんだよ。

「五月蠅え、五月蠅え、五月蠅え！　俺は俺だ！　手前（テメエ）みてえなクソとは違う！」

——まあ彼相手になら、お前はそう云うだろうな。

　また別の、もっと低い声が聞こえて、中也は心臓を摑（つか）まれたように凍（こお）りつく。

——だが自分自身に嘘（うそ）をつき続けるのは不可能だぞ。お前を入会させる時、そう云わなかったか？

　中也はその姿を見る。自分が見ているものが薬物による幻覚（げんかく）だと、それで確信する。

「ピアノマン……」

中也の声はからからに乾いている。汗が顎をつたって流れ落ちる。

ピアノマンは向かいの壁にもたれかかり、腕を組んでゆったりとこちらを見ている。いつも店の奥でしていたのと同じ姿勢だ。忘れるはずがない。

――云ったよな。お前を入会させた理由。お前がマフィアに反乱を起こすんじゃないかと思った、と。お前は何もかもを破壊し、反撃の炎で焼き尽くされることを望んでいるように見えた。今もそう見える。

心配そうなピアノマンの横の壁をすり抜けて、別の影が現れる。阿呆鳥、冷血、広報官、外科医。

彼らは微笑んで、中也に話しかける。

――お前のその特別な出自のせいで僕達は死んだ。でも恨んだりしないさ。

――我々はマフィアです。覚悟はできていましたよ。

「莫迦野郎！　そんな訳あるか！　俺は……！」

ピアノマン達が微笑んで消える。次の声は、すぐ耳元で聞こえる。

――なら死ねよ。

ぎょっとして中也が振り向くと、そこには幽霊のような青白い顔をした白瀬がいる。

――死んで詫びろ。マフィアのお友達にも、僕達《羊》にもさ。

いつの間にか、《羊》の少年少女が自分を取り囲んでいることに、中也は気づく。かつての仲間達。裏切りと離散。何十人もいる子供達の目が、中也を冷たく睨んでいる。

――『強さっていう手札』を持ってる責任を果たす、って中也いつも云ってたよね。あれは嘘？

――私達を守ってくれるんじゃあなかったの？　私達は、飢えて死にかけてた貴方を守ったんだよ？

やめろ。

中也は耳を塞ごうとして身をねじる。しかし両手は縛られている。

――ふん、何が《王》だ。お前が俺達をめちゃくちゃにしたんだ。

――中也、お前が。

「黙れ！　ならお前達が代わりに《王》になってみろ！　この力を全部やるからよ！」中也は耐えかねたように吼える。「何が強さだ！　この力さえなきゃ、俺は今も、お前達と一緒に……！」

また電撃。中也の脳が閃光のように漂白される。

そしてその奥に、ありえない光景が映し出される。

《羊》は解散していない。今も存在している。中也はその中で特別な人間ではない。異能もない。ごく当たり前の仲間の一員として、強くもなく、王でもなく、皆の輪の中心にはおらず、ただ輪の中の一部として談笑している。

「俺は……」

幻が消え、傷だらけの中也だけが取り残される。そして沈黙。

うなだれる中也の視界に、次の幻覚の爪先が映り込む。

「仲間も友人もお前の下を去っていく。何故だと思う、我が弟よ？」

中也はのろのろと顔を向ける。なかば予想していた相手だ。

「次はあんたかよ……」

「そうだ。順当だろう。お前と同じ、造られた存在。お前の問いに答えるに相応しい者」

幻覚の男はそう云って、黒帽子の角度を直す。

「問い……だと」中也が云う。「なら答えろ。何が間違ってた。俺はどこで間違えたんだ」

目の前の幻、ヴェルレエヌは、ほんの少しだけ悲しげな表情をする。

「最初だ」そう告げるヴェルレエヌの目は、どこまでも嘘がなく、透き通っている。「そもそもの最初、お前が生まれたこと自体が間違いだったのだ。俺と同じだ」

生まれてきたこと自体が間違い。

中也の拳が震える。そんなことがあっていいのか？　許されるのか？

「いいや、許されはしない。当然だ。裁きがあって然るべきだ。奴らには」

「奴ら……」

「お前はよく耐えた」ヴェルレエヌの声には優しさがある。「強さの責任もすべて果たした。

次に責任を果たすのは奴らだ。責任を取らせろ。それでようやく釣り合いが取れる」

「はは……そりゃ責任を取らせてえよ」中也の乾いた笑い声は、自分に対して向けられたものだ。「奴らを引き裂いてやりてえ。だが無理だ。俺は此処から出られねえ。痛みと絶望の中で死ぬ」

「お前を死なせはしない」

ヴェルレエヌは中也の前まで来て、杭を引き抜いた。

中也は唖然とする。

ヴェルレエヌはすべての電極杭を引き抜き、重力でぐしゃぐしゃに潰した。両腕の有刺鉄線も引きはがし、背骨の薬液管も引き抜いた。

「俺はあの研究者を殺しに行く」すべての拘束を解放し、傷口を点検してから、ヴェルレエヌは立ち上がって云う。「最初の予定通りに。お前はここで座っていてもいい。だが、お前の人生をめちゃくちゃにした責任を、奴に取らせたいのなら……」

ヴェルレエヌは中也に手を差し出した。

「共に来い」

中也はその手を取らず、じっと見る。奇妙なものを見るように。

「何故……」

「最初に会った時言っただろう。——お前を救いたいんだ」

そう云ってヴェルレエヌは微笑んだ。その微笑みは諜報員の笑みにも暗殺王の笑みにも見えなかった。ただの青年の笑みだ。

「怒れ、中也。怒れ、怒れ、理不尽な命に。怒れ、命を弄ぶ研究者に。その怒りがお前の人生を取り戻させる。自分の人生を取り戻せ、中也。それとも、番号の振られたモルモットのままでいたいか？」

いたいわけがない。

怒りが体内の血液を回転させ、筋肉に熱を運ぶ。

中也は立ち上がり、万力のような力強さで、ヴェルレエヌの手を掴む。

「行こう、弟よ」ヴェルレエヌは微笑み、中也の躰を支えてやる。「Nを殺し、理不尽な世界から、お前の魂を取り戻せ」

弾丸の雨が当機へと殺到します。

当機は耐衝撃シールドを前腕から展開させました。傘にも似たそのシールドは表面を耐熱・耐衝撃の超合金で被覆されており、ほとんどの軽質量攻撃を受け流します。荒覇吐の高エネルギィに耐えられるよう設計された特注品です。

完全被甲弾頭がシールドの表面を滑り、後方に着弾しました。三発が滑らずにシールド表面で停止し、その運動エネルギィで表面合金を剥離させせました。しかし被害は軽微です。当機は盾を掲げたまま跳躍しました。兵士の持つ小銃を踏みつけながら二段跳躍。背後の壁に着地してから、跳ね返るようにして兵士の背中に体当たりしました。

肋骨の折れる軽い衝撃が、センサ越しに伝わってきます。まず一人。

兵士の上に乗ったまま、長い脚を鎌のようにしならせて、違う兵士の脚を払って倒れさせました。倒れてきた兵士の首筋に、指の注射針を突き刺します。薬液注入。これで二人。

しかし二人分の制圧行動をする時間は、兵士が銃を構えて撃つには十分な時間でした。

三人目の兵士が銃でこちらを狙っています。当機は両手を床についており、体重をかけているため腕のシールドを展開できません。高速で対策を検索。どの対策も間に合いません。

対策は必要ありませんでした。

兵士の体が跳ねました。

電撃の爆ぜる音とともに兵士が痙攣し、銃を取り落としました。数秒の苦悶の声のあと、力を失って倒れます。

当機は——何もしていません。

兵士の背後、扉の向こう側の廊下から、当機を救った救世主が姿を見せました。

それは実に意外な人物でした。

「つまらないねえ」その人物は、暴徒鎮圧用の電極射出銃を下ろしながら言いました。「電気で人を斃しても、人が斃れるだけだ。退屈だよ」

「貴方は……ポートマフィアの」

太宰治。

中也様をポートマフィアに引き入れた人物。

「はじめまして捜査官さん。中也は何処だい？」

中也様と同い年の少年は、どうでもよさそうに電極射出銃を投げ捨てながら訊ねました。

「中也様は……」

「時間からしてもう捕らえられた？　それとも救出された頃かな？」太宰さんは気絶した兵士を踏み越えながらこちらにやってきます。「だとすると面白くないね。拷問されて泣きわめく中也を見逃した」

「拷問？　中也様が？」

捕らえられた中也様は拷問されているのでしょうか。可能性はあります。ですがなぜこの少年はそんなことまで知っているのでしょう？　そもそも彼は何故ここに？

たしか太宰さんは異能力無効化の能力を持ち、対ヴェルレエヌ戦の切り札。そしてそのために連絡をつけようとしても、さっぱり捕まらなかった人物である筈です。それが何故今、こんな場所で？

「〝何故僕が来たか〟と君は尋ねる。僕は答える。これも計画の一部だからだ。〝計画とは何か〟と君は尋ねる。僕は答える。凡てだ。最初から最後まで、このヴェルレエヌ事件は僕の掌の内部の出来事なんだと。〝どういうことか〟と君は尋ねる」

　太宰さんの発言を理解すべく、プロセッサが高優先で情報解析します。しかし太宰さんの思考速度はそれより速い。ついていくだけで精一杯です。

「僕は答える。凡てとは、文字通り凡てだ。ヴェルレエヌの暗殺標的、刑事さん、研究者さんは凡て、僕が彼に渡した情報に基づいて決定されている。つまり暗殺計画の手順は、僕の手順でもある訳だ。さて君は尋ねる。〝何故そんなことをしたのか〟と」

　その通り、当機の疑問はそれです。今の発言から、太宰さんとヴェルレエヌが結託していた可能性が強く示唆されます。刑事さんの死も、今の中也様の危機も、太宰さんの采配であった可能性があるのです。つまり、裏切りです。返答次第によっては、ここでさらなる戦闘を行わざるを得ません。

　ですが、太宰さんの最後の返答は、当機の予想を大きく超えたものでした。

「時間を稼ぐためだ。ヴェルレエヌが最大の暗殺標的に至る前にね。彼の最後の標的は、ポートマフィア首領、森鷗外。本来は一番目に来る筈だった森さんの暗殺順を、僕が情報操作して一番後ろにさせた。稼いだ時間のおかげで、もうすぐ奴を逆暗殺する準備が整う。けどその前に最後の仕上げだ」

そう言って太宰さんは笑い、当機に手を貸して立たせました。

それからどこでもない場所を見つめ、すべてを見通す仙人の目をして言いました。

「中也はこのままだとNを殺す。そして人間ではなくなってしまう。けど僕は人間として中也が苦しむのを見たい。だから中也を止めよう」

この世の終わりの厄災がやってきたかのように、警備警報が鳴り響きます。

赤い非常灯が点灯され、施設の景色が一変します。怪物の胃の中のようです。

一般職員向けの無線フィードがすべて解放され、すべての回線で無線警告が連呼されています。

研究所内に侵入者。所内情報部員は所定の資料を処分しすみやかに退去。作戦部員は甲種装備で配置につけ。これは訓練ではない。これは訓練ではない。

やかましい警報を聴覚から選択排除しつつ、当機は作業を続けました。

気を失った白瀬さんを、備品収納庫に押し込めます。扉を閉め、電子錠をかけます。

「ここのロックを時間変動型暗号鍵に変えておきました。これで白瀬さんはしばらく安全でしょう」

「ご苦労様。次は中也だ」

そう言って太宰さんは、白瀬さんのことなどもうどうだっていい、という風に歩き出しました。

「お待ち下さい太宰さん」当機はその背中に声をかけました。「貴方は先程中也様を〝人間として〟と言いました。中也様が人間か否か、貴方はご存じなのですか?」

彼ならばその真実を知っているのでは、という、奇妙な期待がありました。根拠はありませんが、そんな気がしたのです。直感やひらめきが機械に存在しないと考えるのは人間の傲慢です。人間ができるくらいのことは、当機にも可能です。

「知らない」

太宰さんはあっさりと言いました。しかしその目は、何らかの深い思索を反映して薄く細められていました。

「Nもヴェルレエヌも、中也は人間ではないと云う。でも僕はそうとも限らないと思う。この手帳、〝ランボオの手記〟を読んだからね。――この事件はある意味、凡てこの手記から始まっている」

そう言って太宰さんは、懐から革装丁の古い手帳を取り出しました。

ランボオの手記!

太宰さんが持っているそれを素早く走査します。本物でしょうか。可能性はあります。

ランボオの手記とは、死んだ異能諜報員ランボオが任務前に密かに記していたとされる、ある種の日誌です。大戦下での諜報任務に関する情報が含まれているため国家機密の塊であり、存在は噂されていたものの、発見されたという情報は出回っていません。

「一体どうやってそれを手に入れたのです？」

「聞き出そうと頑張ってもいいけど、どうせ僕は嘘しか云わないよ。僕は嘘吐きだからね」

太宰さんは謎めいた笑みを浮かべます。嘘発見センサにかけましたが、何の反応もありません。彼の生体信号は、眠っている人間とほぼ変わりません。こんな状況なのにあまりに出力値が普通で、それが異常です。

一体この少年は何者なのでしょう？

「ここでお茶会を開いて歓談してる時間はちょっとないね。先に中也を捜さないと」太宰さんが首の後ろを掻きながら、ぼんやりした声で云いました。

「どうやって捜せば？」

「中也を捜すのはいつだって簡単だ」そう言って太宰さんは、何もかも見通したような笑みを浮かべます。「一番でかい騒ぎが聞こえる方に行けば居る」

爆音が轟き、粉々になった壁が飛散する。

瓦礫と土煙を縫って、中也が砲弾のように駆ける。空気を切り裂く衝撃が、遅れて土煙を吹き飛ばす。

その前方には、施設の警備部隊。銃で武装し、態勢を整えようとしている。

「作戦部・柘榴突撃小隊は東通路を警戒！　蕨生工兵小隊は西通路を爆破して塞げ！　情報部が逃げる時間を稼ぐ！　行動開――」

云い終えることができなかった。

中也の膝蹴りが、中隊長の胴体を折り曲げ、吹き飛ばしたからだ。

八人ほどいる兵士は、いっせいに銃を構えた。軍の秘密施設内を警備する、選り抜きの兵士達だ。軍の糧食や備品を警備するそのへんの志願兵とは、練度が全く違う。銃の扱い、体力、集中力、戦闘の才覚、すべてが上位一握りの軍人でなくては、この施設の警護は許されない。

だが彼等が得意なのは、人間との戦いだけだ。風の速さで飛翔して車輛の重さで突撃してくる人間大の獣との戦いを、彼等は想定していない。

「これ以上進ませるな！　この先は緊急避難室だ！　上位情報部員の避難が完了するまで、ここを死守せよ！」

弾丸を撃とうとした兵士の一人に、中也が低空で体当たりした。木の葉でも叩いたかのように兵士が吹き飛ばされる。中也はその兵士の腹を蹴り、反動で跳んで、逆側の兵士に浴びせ蹴りを放つ。

撞球反射のように、狭い室内を暴風が跳ねまわる。ほんの十数秒で、廊下は沈黙と絶息の支配する、静かな場所に戻った。

中也は足下で倒れる警備達などもうどうでもいいというように跨ぎ越え、緊急避難室の扉に手を掛けた。

開かない。手応えが重い。電子施錠されている。

中也は扉に高重力をかけ、施錠機構を破壊しようとする。だが扉は開かない。毒の影響で、異能の出力が上がらない。

「集中しろ」いつの間にか現れたヴェルレエヌが、扉の横で壁にもたれ、腕を組んでいた。「毒に冒されているから何だ？　お前はこの世の終わりの怪物だろう。異能を己のものとしろ。この先にいる邪悪な男を引きちぎりたいのなら」

「判って……るよ……！」

中也は扉に両手をかけ、歯を食いしばる。異能の出力が増大していく。

相手は侵入者からの攻撃を想定して造られた耐爆・耐化学・耐異能扉だ。凡百の異能では破るどころか、軋み音ひとつ立てさせられない。

「集中しろ。意志の力で、怪物を服従させろ。でなければ死ぬぞ」

空間が歪む。中也の衣服がふわりと浮く。

異能光が、中也の拳に集中していく。

どこだ、ここは？

白瀬が目覚めて、最初に思ったことがそれだった。

そこは武器備品保管庫だった。広さは両手両足をどうにか伸ばせるほど。だが光はほとんどなく、自分の鼻も見えない。

「中也？　アダム？」

声を掛けるが、返事はない。誰かいる気配もない。

いや、気配ならある。保管庫の外。非常事態を告げる警報音と、ばたばたと行き交う慌てた声。侵入者がどうこう、非研究員は退避してどうこう、という警報の声が聞こえる。施設で問題が起こっているらしい。

施設。そうだ、思い出した。白瀬は身を起こす。軍の研究施設に招かれ、地下へと降りていった。そこで突然息が苦しくなり、気を失った。

どこか遠くで銃声がする。そして自分は今一人でこんな狭い場所に閉じ込められている。置いていかれた。

見捨てられたんだ。

「クソ！　おい、中也！　どこ行った！　ここから出せよ！」

力任せに蹴ると、扉は簡単に開いた。開くと思っていなかった白瀬は、自分でしたことに驚き、扉を閉めた。

もう一度、細く扉を開き、そっと外を確認する。そこは同じような保管庫が並ぶ暗い備品収納庫らしく、今のところ人影はない。

保管庫から転がり出て、立ち上がろうとする。途端に目眩が脳を揺らして、白瀬は膝をついた。

倒れる前、急に息が苦しくなって心臓が痛くなったのを思い出した。たぶん毒だ。くそ、あいつら、毒でやられた僕を、足手まといだと思って置いて逃げやがったんだ。

手を握り、手を開く。意識ははっきりしている。動くぶんには問題ない。なら、こんな所でじっとしていたってしょうがない。

幸運なことに、研究者の誰かが使うための白衣がいくつか、壁に掛かっていた。立ち上がってそれを着る。非戦闘員は退避せよ、という警報の言葉を思い出したからだ。逃げる研究者のふりをすれば、こんな場所からは簡単に脱出できるだろう。

だが中也はそうはいかないだろう。あいつは警備に一番に警戒される。紛れて逃げるなんて不可能だ。危ない状況にあるのかもしれない。

けど構うもんか。あいつを助ける義理なんてない。ないはずだ。

「資料は凡て破棄だ！　八番避難路を除く電源を凡て落として時間を稼げ！」

Nが叫んでいた。

そこは施設に幾つかある緊急避難室のひとつだった。列車一両ほどの細長い部屋に、通信装置、食糧、発電機、防弾衣など、緊急時に必要なものが一通り揃っている。部屋の一番奥には、単身用の避難昇降機がある。

Nは通信用の集音器に向かって、各部門に指示を飛ばしていた。同時に手元では、長い鎖の束を電源につなぎ、入口に向けて運んでいた。

「作戦部司令室には、可能な限り時間を稼ぐ遅滞戦闘を行うよう通達！　それから中央の准将に連絡を――」

入口が破裂した。

吹き飛ばされた扉が、Nの鼻先を通過して壁に突き刺さった。

「息子から逃げるたあ大した親父殿だぜ」

入口には中也が立っている。全身から怒気をほとばしらせ、Nを睨んでいる。

「ひ……！」

Ｎは持っていた鎖を取り落とした。壁に背中をこすりつけるようにして数歩後退する。

「何準備してたんだ？　死ぬ準備か？」

「ま……待て！　仕方なかったんだ！　凡て仕事でやったことだ！　私情で君を苦しめたいと思ったことなど一度もない！」

「そうかよ。だとしたら気の毒だな」

中也は威圧するように前へと進んでいく。Ｎが震える脚で同じだけ後退する。

ヴェルレエヌは入口で腕組みをして、微笑みながら部屋の様子を観賞している。

中也の足下に、鎖が落ちていた。先程までＮが何かの準備に使っていたものだ。中也はそれを拾い上げ、先端を調べた。

その鎖は先端が杭になっており、鎖内部を縫うように太い配線が走っている。先程中也の拷問に使用した、電極杭だ。

「こいつは、さっき俺の腹にぶっ刺さってた奴か。成程……罠を仕掛けて待ち伏せして、俺にもういっぺんこいつを突き刺す気だったって訳だな」

「そ……それは」

中也は鎖をたぐり寄せた。二本あり、どちらも部屋の隅にある電源に接続されている。

「正直、結構痛かったぜ。得がたい経験だった。あれの百分の一でも、あんたに味わって貰えたらと思うよ」鎖を眺めながら中也が云った。

中也の視線が鎖に向いた一瞬の隙をついて、Nが駆けだした。部屋奥の昇降機の扉へと向かう。

その服の裾に、鎖の先端が突き刺さった。

「逃げるんじゃねえ」

中也が怒りを孕んだ声で云った。

中也が投擲した鎖が、Nの衣服を貫いて背後の壁に縫い留めたのだ。

残り一本となった鎖の先端を床近くまで回転させながら、中也はゆっくりと次の狙いを定める。

服を縫い留められたNは、逃げることも次の鎖を躱すこともできない。

「待て……君がしようとしていることは間違いだ……！」

「耳を貸すな中也」入口のヴェルレエヌが、自分の指をどうでもよさそうに見ながら云った。「こういう奴は生き残るためならどんな嘘も吐く。俺の時も、全く同じだった。一から百までな」

中也の目が鋭く細められる。そこにあるのは、紅玉のように赤く、透明で、美しく輝く殺意だ。

「ま……待て！　本当に仕事だった、それだけなんだ！」

「ああ。仕事だったんだ」中也は吐き捨てるように云って、さらに近づいていく。「仕事だったから、俺の魂を勝手に弄んだ。仕事だったから、もう一人の俺を閉じ込めて殺した。あんたは仕事のためなら何でもする。最低の野郎だよ。なら、仕事のために死ね」

中也の鎖に重力が宿る。先端の杭が浮き上がる。

当機と太宰さんは、廊下を足早に移動していました。

「中也が人間である証拠はどこにもない。けど、人間ではないという証拠もない」と太宰さんは移動しながら言いました。「ヴェルレエヌは中也を盗み出しただけの、謂わば部外者だ。中也の正体が人造異能だと、直接その目で確認した訳ではない。そしてNに関して云えば、彼が嘘を吐いている可能性がある」

あのN氏が嘘を？

「嘘を吐く理由は？」

「さあね。でも一流の嘘吐きは、嘘を吐く理由すら嘘で隠す。あの男からは一流の嘘吐きの匂いがする。違うかい？」

太宰さんが微笑みました。その笑みには冷たい愉悦が漂っています。

しかし一理あります。当機はこの研究所に入ってから、出逢(であ)った人間の生体信号(バイタル)はすべて走査(スキャン)していました。赤外線強度、心拍(しんぱく)、二酸化炭素呼気量、瞳孔(どうこう)、発汗(はっかん)量。勿論(もちろん)N氏に対してもです。しかし彼が我々を裏切っている明確な兆候は発見できませんでした。

中也様は人造物かもしれない。人間かもしれない。

可能性は半々です。

当機は前を向き、移動速度を40パーセント増加させました。

もし半々なら、中也様はN氏を殺してはなりません。

取り返しのつかないことになります。

杭が、駆け出す直前の闘犬(とうけん)のように鎖を鳴らしながら、空中に浮かんでいた。

「一瞬で楽にしてやるぜ」

中也は鎖を引いて抑(おさ)えている。横向きに飛び出そうとする鎖を、綱引(つなひ)きのように押しとどめている。少しでも力を緩(ゆる)めれば、鎖はロケットのように勢いよく飛び出していくだろう。

鋭く尖(とが)った杭の先端は、Nのほうに向けられている。服を貫通(かんつう)した鎖が壁に刺さっているせいで逃げられない。

「やってやれ、中也」ヴェルレエヌは腕(うで)を組んで、口笛でも吹(ふ)き出しそうに楽しげな口調で云った。「それだけの重力を解放すれば、貫通どころか体ごと爆散するだろう。一瞬で楽になれる。そうだろう、研究者さん？」

「待つんだ中也君！　君は必ず明日、このことを後悔(こうかい)するぞ！」

「明日なんか知ったことじゃないぜ」中也の目が殺意にすぼまる。「いつもやりたいようにやってきた。守りたい奴を守り、気に入らない奴をぶっ飛ばしてきた。今日もそうするだけだ」

「よせ、待て！」

「あった、緊急避難室(パニックルーム)だ！」

曲がり角を曲がった瞬間(しゅんかん)、太宰さんが叫びました。その視線を追って前方を見ると、廊下の突き当たりに扉(とびら)があります。その周囲には、警備が何人も倒(たお)れています。

「お先に失礼します！」

当機は太宰さんを残して跳躍(ちょうやく)し、ひといきに倒れた警備の山を跳(と)び越(こ)えました。扉の前に着地します。すぐさま扉の端子(ポート)に触(ふ)れ、解錠番号を検索(けんさく)します。一・二二秒で正解の番号がヒット。扉が解錠(アンロック)されます。

「中也様！　殺してはいけません！」

自動扉が開く間ももどかしく、当機は緊急避難室（パニックルーム）に駆け込みました。

そして目を見開きました。


部屋は無人でした。


誰（だれ）もおらず、誰かいた気配もありません。床を走査（スキャン）すると、床には埃（ほこり）が薄（うす）く積もっています。足跡（あしあと）はなし。何年も使われていない様子です。

ここではなかった。

中也様は別の避難（ひなん）室にいるのです。

もう——間に合いません。

「明日なんか知ったことじゃないぜ」中也の目が殺意にすぼまる。「いつもやりたいようにやってきた。守りたい奴を守り、気に入らない奴をぶっ飛ばしてきた。今日もそうするだけだ」
今や鎖（くさり）には膨大（ぼうだい）な力が蓄（たくわ）えられている。それは放たれる直前の矢と同じだ。

そして、凡ての矢はいずれ放たれる。

「よせ、待て！」Nが手を掲げて叫ぶ。彼にできることは他に何もない。

鎖を握る中也の手がゆるめられる。

家一軒まるごと貫通できそうなほどの張力を宿した鎖が、解き放たれる。

轟音が室内を震わせた。音速を超えた鎖が衝撃波を発生させたのだ。爆発的な速度をまとって飛翔した鎖は、一寸の狂いもなく標的に突き刺さった。

まっすぐ、正確に――。

ヴェルレエヌの胸に。

「がっ……な……？」

着弾地点から血がしぶく。ヴェルレエヌが硬直している。重力操作で速度を殺したが、それでも先端は肉をえぐり、奥深くにまで達している。

中也は上半身を捻り、ヴェルレエヌのほうを向いていた。鎖解放の瞬間とっさに体を捻り、飛翔の方向を大きく変えたのだ。

「調子のいいこと云ってんじゃねえよ、ヴェルレエヌ。慥かにこの研究者は酷えことをしやがった。だがな、ピアノマン達を殺したのは手前だろうが」中也は自分の胸を叩いて云った。

「命がな、此処で燃えてんだよ。あいつらの命が――それが鎮まるまで、やりたいことをやるなんて有り得ねえ。やるべきことをやる。それが俺だ」

「中也……貴様……！」

ヴェルレエヌは杭を掴み、引き抜こうとした。だがそれより疾く中也は部屋の奥に駆け、鎖の電源桿を引き下ろした。

最大出力の電流が、輝く龍となって鎖を駆け抜け、ヴェルレエヌに激突した。

「ぐあああぁっ⁉」

電撃がヴェルレエヌの体内を迸る。

物理的な打撃や銃撃には強いヴェルレエヌでも、中也と同様に、電撃に対しては無敵ではいられない。

「やるべき、こと？」電撃が身を焦がす中、ヴェルレエヌは痙攣しながら自分の鎖を掴んだ。

「何故分からない？　やるべきことなどない！　生きたいように生き、壊したいように壊せ！　何故なら我等がやるべきことはただひとつ、生まれないことだけだったからだ！」

ヴェルレエヌの震える指に力が入り、少しずつ鎖を引き抜いていく。

「五月蝿え」中也の目は意志の光に燃えている。「あんたはそうかもしれねえ。だが俺にまでそれを押しつけんな。俺は——そんな風には思わねえよ」

その目の輝きの中に、幾つもの影が走り抜ける。

《羊》の仲間達。

ポートマフィアの仲間達。

そこにあるのは意志の輝きだ。歴史を重ね、他者との出逢いと別れを経てのみ得られる、力強い人間の輝き。

「そもそもからして手前(テメエ)、間違(まちが)えてるぜ」中也は吐(は)き捨てるように云った。「〝生まれたことが間違い〟? 俺がそんな、あのクソ太宰と同じみてえなこと、考える訳ねえだろうが!」

ヴェルレエヌが鎖を引き抜き、投げ捨てた。

同時に中也が突っ込んでくる。

「中也ァ!」

「ヴェルレエエェヌッ!」

ヴェルレエヌが拳(こぶし)を振(ふ)りかぶる。中也も同じ速度でヴェルレエヌに拳を振りかぶっている。

拳と拳が激突し、室内に黒い閃光(せんこう)が炸裂(さくれつ)した。

「施設(しせつ)の自動破棄(はき)システムが進行中。設備の68パーセントが機能停止(ブラックアウト)。残りのシャットダウン前に、中也様のいる部屋を割り出します」

当機は通信機に優先接続し、施設全体への侵入(しんにゅう)を試みています。

中也様を見失った我々に残された手はひとつでした。緊急避難室(パニックルーム)の端末(たんまつ)から警備システムに侵入し、戦闘が行われている場所を割り出す。それしかありません。

避難室はその性質上、避難したＶＩＰが中から指揮が執れるよう、警備システムとの回線が確立されています。しかし軍の機密回線であるためにセキュリティが厳しく、また施設が機能停止をはじめているため、中継点とすべき端末があちこちで落ちています。吊り橋を渡りたいのに、渡し板が次々に欠け落ちているような状態です。

「まず燃料配給システムを掌握するといい」回転椅子に座った太宰さんが、頭の上で手を組んでくるくる回りながら言いました。「ここの研究資料は最終的に、証拠隠滅のために全部燃やされる。所員が避難した後で、施設ごとね。だからそのための燃料供給システムは、最後まで残っているはずだ。そこを足がかりに施設全体を押さえろ」

「そう致します」

燃料供給システムは、他と較べれば（生命維持や警備システム、主記憶装置などの主幹システムと較べれば）簡単に制圧できました。それから、掌握したプロセッサに他施設の制圧命令を出し、さらに制圧範囲を広げていきます。

「大丈夫なのでしょうか」

当機はシステムと闘いながら、同時に声に出して言いました。

「何が？」

太宰さんが顔を上げて当機を見ます。

「ヴェルレエヌです。中也様を発見できたとして、その後にはヴェルレエヌとの戦いが待っている筈です。我々は奴に勝てるのでしょうか」

「さてね」太宰さんは興味なげに答えます。「勿論勝つ方法は考えるけど、別に勝てなくても死ぬだけだよ。ヴェルレエヌに関して、確かに云えることはひとつ」

太宰さんは両手を下ろし、機械よりも機械らしい目で当機を見ました。

「単純な肉弾戦でヴェルレエヌに勝てる人間は、この世に一人もいない」

狭い室内に、暴嵐が発生していた。

拳と拳が炸裂し、極小の太陽が次々に生まれては消える。激突した重力と重力が空間を圧搾して潰し、また元に戻る。その衝撃波だけで室内は荒れ狂い、机が倒れ、電子機器が壁に突き刺さる。

「その程度か中也！」

ヴェルレエヌが叫ぶ。その拳が近くをかすめただけで、壁がスナック菓子のようにひび割れ、剝がれ落ちていく。

命中すれば命はない隕石の群れを中也はかいくぐり、下段蹴りを放つ。ヴェルレエヌが防禦の重力を集める。だが中也の蹴りは直前で軌道変化し、胴体をえぐる中段の刈り蹴りになる。

蹴りが突き刺さる。ヴェルレエヌが呻く。

だが青ざめたのは、攻撃が成功した中也のほうだった。

ヴェルレエヌの五指が、蹴りで体重の流れた中也の顔を摑む。抵抗の反撃よりも疾く、ヴェルレエヌは中也を振りかぶり、壁に叩きつけた。

壁に放射状の亀裂が入る。

中也は痛みに叫びながらも、ヴェルレエヌの手を引きはがそうと摑みかかる。だがその手は空を切る。摑むべきヴェルレエヌの腕は既にそこにはない。

次の瞬間、ヴェルレエヌの前蹴りが中也の胴体をとらえた。

中也の背後で壁が粉砕した。大型車に激突されたような衝撃を、それも壁と蹴りに挟まれる状態で受けた中也が吐血する。背後に跳んで衝撃を殺すこともできなかったため、今まで受けたどんな攻撃よりも損傷は大きい。

壁を粉砕して中也は隣の部屋に吹き飛び、さらに奥の壁も粉砕し、その奥の壁も粉砕した。蹴り一発で部屋をふたつ移動させられた中也は、瓦礫と砂礫に覆われて、ヴェルレエヌから見えなくなる。

ヴェルレエヌは脚を下ろし、自分の傷口を確かめた。杭が突き刺さった部分から血液が流れ、衣服を汚している。傷は深い。

「何故判らない、中也」ヴェルレエヌは手についた血液を睨み、顔をしかめた。「俺達が争う意味などない筈だ」

それから、床に落ちている鉄板に目を留めた。破壊された机の、鼠色の天板だ。ヴェルレエヌはそれを爪先でひっかけ、宙に浮かせてから蹴り飛ばした。

鉄板が空を切り裂いて滑空し、壁沿いに逃げようとしたNの眼前に突き刺さる。

「ひっ」

「逃がすと思ったか」

ヴェルレエヌはNの首を掴んで持ち上げた。軽々と壁に押しつける。

「貴様が今日を生き延びることは決してない」ヴェルレエヌの視線には、これまでになかった光が灯っていた。怒りだ。「貴様の中に邪悪が見える。どんな悪よりどす黒い闇だ」

Nがひきつった笑みを浮かべ、かすれた声で云った。「君のような殺し屋が……それを云うのかい？」

「殺すより、生み出すほうが邪悪なこともある」

ヴェルレエヌの指に力が入る。重力が発生し、周囲の風景を歪めていく。

「ま……待て！　話を聞け！」

「聞かない」

ヴェルレエヌが云い、指が絞まる。あらゆる質量を押しつぶす超重力がNの首を寸断する――

その寸前に、Nは叫んだ。

「私が死ねば、君自身の秘密も失われるぞ！」

ヴェルレエヌの指が止まった。

時間が流れた。一秒、二秒。誰も何も云わない。ぴくりとも動かない。瞬きすらしない。

「……何だと？」五秒以上静止してから、ヴェルレエヌが低く割れた声で云った。

「嘘ではない。すべて失われる。何もかも。君が何より知りたがっている、あの『優しき森の秘密』も」

ひゅっと息を吸い込む音が聞こえた。ヴェルレエヌの声だ。

「貴様……！」

拳が鳴った。ヴェルレエヌの拳、Nを摑んでいないほうの自由な拳だ。

そして拳が叩きつけられた。衝撃に部屋が揺れる。

その拳は壁を叩き砕いていた。Nの顔のすぐ横の壁だ。衝撃が壁を蜘蛛の巣状に砕き、剝離した瓦礫がぱらぱらと落ちる。

「俺を出し抜くつもりなら、気をつけることだ」ヴェルレエヌの声は、地獄の底から聞こえてくるかのように低い。「一言でも嘘を感じたら、骨を一本ずつ、生きながら引き剝がす」

十八あるポートのうち十二に侵入。第二、第三演算コアを支配下に置き、それらの演算能力を利用して第四、第五コアに攻撃を仕掛けます。順調です。これならば数分のうちに、中也様を捜索するために必要な警備システムを入手できるでしょう。

ですが、問題はその後です。

「肉弾戦でヴェルレエヌに勝てる人間は存在しない……」当機は太宰さんの台詞を反芻します。

「となると、ヴェルレエヌに勝つ手段は存在しない、ということですか？」

当機が太宰さんを見ると、太宰さんはすべてを見通したような目で「そこだよ」と云いました。

「それを知るために時間を稼いだんだ」

そう云って、胸元から手帳を取り出しました。先程も見た革製の手帳――《ランボオの手記》です。

「奴には重力の異能に加えて、諜報員としての技術がある。反則的な強さだ。弱点なんてないに等しい。けれど――恐れるものならある」

「恐れるもの？」

「自分自身さ」太宰さんは謎めいた笑みを浮かべました。「中也にとっての荒覇吐がそうであるように、彼にとっても〝己の中の特異点〟は手に余る存在だ。暴走すれば、周囲ごと自分を消し飛ばすことになる。擂鉢街の悪夢再び、だ」

擂鉢街の悪夢。

当機は知識ストレージを検索しました。太宰さんが言うのはおそらく、九年前の爆発事件のことでしょう。中也様の中の荒覇吐が暴走し、大地を吹き飛ばし、直径二粁という巨大な窪地だけを残して何もかも消滅させた事件。特異点の真の暴威。この世ならざるものの顕現。

あれを起こす怪物が、ヴェルレエヌの中にも眠っている——。

「『優しき森の秘密』」ヴェルレエヌの声には、かさついて乾いた怒りがある。「何故貴様がそれを知っている」

「人造異能者、ポール・ヴェルレエヌ君」問いをはぐらかすように、Nは優しく云う。「君の中には暗黒の主が眠っている。もう一匹の荒覇吐。研究機関で生まれた荒覇吐と違って、君の中の悪魔はたった一人の異能者が組み上げた。そして君は、その創造主を殺した。自らの手で。だから自らに眠る怪物について、永遠に知ることができなくなってしまった。君はそれの顕現を恐れている」

「それが何だ」ヴェルレエヌは苛立った声で訊ねた。「お前が俺の中にあるものを知っているというのか」

「どうかな？　だが知っているとしたら、私しかいない」

喋りながら、Nは右手をゆっくり動かす。ヴェルレエヌの腕に隠れて死角になっている腕だ。蝸牛のように慎重な動きで、指先を自分の衣嚢へと近づけていく。

「私達が荒覇吐を創り出せたのは、軍の特務機関が、独国の諜報筋を経由して君に関する資料を入手してくれたからだ。その資料を読んだ時、悪寒がしたよ。君を造った人間は悪魔だ。あんな発想、まともな人間にできることではない」

Nの指が、衣嚢の中の操作盤を握りしめる。黒い円筒型水槽の前で、中也に渡したあの遠隔操作盤だ。

「私にできる邪悪は、せいぜいこのくらいだ」

釦を押す。

天井が破砕された。

ヴェルレエヌの頭上の天井が衝撃とともに砕け、瓦礫とともに降り注いだ。そこに含まれるのは瓦礫だけではなかった。

青黒い液体。ヴェルレエヌは素早く両腕を掲げて重力を発動、瓦礫を防いだ。だが何かが瓦礫と液体のあいだから降ってきた。

ヴェルレエヌが蹴り飛ばされた。

水平に弾き飛ばされて奥の壁に激突。その顔には痛みと同時に驚きがあった。重力の防禦を貫通してヴェルレエヌを弾き飛ばせる者など存在しないからだ。

「私の切り札が、ちんけな通電鎖だけだと思ったかね？」

Nが笑う。その横に、蹴撃の主が降り立つ。


それは白骨だった。


薬液管と、生体信号計測用の細引の群れをぶら下げている。纏っているのは実験用の合成樹脂外衣だけ。先程中也の腕の中で息絶え、肉体が溶け骨だけが残った人間。中也のオリジナルだ。

その正体を理解した瞬間、ヴェルレエヌの顔が憤怒に染まった。

「貴様……！」

「欧州の物真似ではない、これは我々の独自技術だ。破壊の指示式を味わってくれたまえ」

白骨が跳んだ。

風切り音を纏いながら白骨が突進。筋肉ではなく、重力操作で加速した白骨が、ヴェルレエヌに激突する。

ヴェルレエヌは両肩を摑んで白骨を止める。勢いを殺しきれず、ヴェルレエヌの踵が床板を割る。

二者の重力が拮抗し、部屋の中央で小さな重力渦が発生した。

受け止められてもなお、白骨はヴェルレエヌに食らいつこうと口腔を広げる。筋肉を持たない顎が、カタカタと小刻みに鳴る。

「苦しんでいるのか」

ヴェルレエヌの目が細められる。その声には感情のかすかな震えがある。

「済まない……だが、お前が生存していい場所はもうこの世にない」

ヴェルレエヌが異能の出力を上げた。白骨が軋みをたてて膝をつき、床に押しつけられる。

「地上へ連れて帰る。星の見える場所で眠らせてやる。だが、今は大人しく待て」

ヴェルレエヌが重力を反転させると、白骨が宙に浮き上がる。周囲の瓦礫も、重力場の影響を受けて浮かび上がる。

ヴェルレエヌが手を離す。

圧縮された重力場が出口を求めて殺到。ヴェルレエヌがわざと重力場の出口を一方向に制限していたため、そちらに向かって白骨が急加速。横向きの砲丸となって吹き飛ばされた。

壁に激突するも止まらず、壁を貫通してさらに回転。鉄骨と瓦礫を纏いながら天井と壁に激突していき、さらに奥の壁に突き刺さって停止した。

ヴェルレエヌは立ち尽くした。

白骨が飛ばされていったほうを見つめる。その目には無数の感情がつくりだす翳りがある。

歯を食いしばり、手近な机の天板を力任せに殴りつけた。破壊の余波でもともと歪んでいた机がひしゃげ、くの字に折れ曲がった。

それから室内を見回した。既にNの姿はどこにもない。

緊急避難用の昇降機で逃げたのだ。

ヴェルレエヌは部屋の奥へと歩いていき、昇降機の扉をこじ開けた。既に昇降用の籠はない。Nを乗せたまま、上に向かって移動している。

ヴェルレエヌは表情を変えず、垂れ下がった巻上鋼線を引っ張った。たちまち頭上で金切り音と、いくつもの鉄材が折れる音、それに安全用の非常止め装置が壊れる音が響く。

落下してきた昇降用の籠を、ヴェルレエヌは片手で受け止めた。

扉をこじ開け、中からNを引きずり出す。

「貴様は殺す」ヴェルレエヌの目に怒りの炎はない。ただ煮えた汚泥をこぼしたような、どす黒い憎悪だけがある。「だが殺し屋の流儀では殺さない。俺がかつてしたことのない殺し方で――痛みと後悔、死を願う絶望の中で殺す。己のしたことを悔やむ時間を与えたうえでな」

脇腹がひどく痛い。

ずきずきと神経が脈打つ。起き上がろうとすると、不快なぬめりを脇腹に感じる。

中也は痛みの源を指先で探った。鉄の棒材が、脇腹の筋肉を貫通していた。

吹き飛ばされて壁材を破壊した時、建物の構造材のひとつが脇腹を貫いたのだろう。棒の先端が脇腹から突き出している。背中側はどれくらいの長さなのか、瓦礫に埋まっていて判らない。

中也はヴェルレエヌの一撃で吹き飛ばされたあと、部屋をいくつか貫通し、壁に叩きつけられて瓦礫に埋もれた。すべての衝撃を重力操作で防ぐことは不可能だった。体の至る所から出血している。脇腹の傷は特に深い。

中也が怪我を負うことは滅多にない。だから痛みから傷の深さを推測したり、負傷状況から危険度を測ることに慣れていなかった。たまに任務で怪我をしても、優秀なポートマフィアの医療人員がほんの数日で治療した。

優秀な医者。たとえば外科医のような。

仲間の名前が中也の心を冷やした。外科医はもういない。彼だけではない。仲間はもう誰も……。

中也は傷口を無視して起き上がろうとした。痛みも無視する。脇腹から新鮮な血液が噴き出す。

「立ち止まる訳には……いかねえんだよ……」

両足を踏ん張り、体を起こす勢いで鉄棒を引き抜こうとする。

その直後、衝撃が走り、中也は弾き戻された。予期していなかった衝撃だ。

鉄棒が再び深く突き刺さり、血がこぼれ落ちる。

「がっ……！」

中也が顔を上げる。そこには白骨がいた。

薬液管と細引。実験用の合成樹脂外衣。重力でどうにか形を保っている、青白い骨。中也の上に馬乗りになり、躰を押しつぶそうとする。

「お前っ……！」

中也は呻き、重力を拮抗させて耐える。過剰な重力に、お互いの躰が悲鳴をあげて軋む。

「やめろ！」中也は叫んだ。「こんなことしても意味ねえだろ！　お前は俺だ！」

だが白骨はその声を理解しない。ただ破壊の指示式に従い、手近な異能者を潰そうとしているだけだ。透明で形のない、理不尽な殺意。

骨が軋む。どちらの骨の音か判らない。白骨の放つ重力が、人体の耐えられる限界を超えつつあるのだ。

中也の額に冷や汗が流れる。

白骨は己が砕けても構わないが、中也はそうではない。だがこのままお互い重力の押し相撲を続けていけば、耐久力が同じ肉体を持っている以上、両方が同時に潰れる。

どうにかしなくてはならない。だが相手は自分だ。

脇腹が痛む。ひどく痛む。

おいおい。

おいおいおいおい。何だあれ？　白骨？　嘘だろ。

白瀬は自分の目をこすった。幻ではない。周囲の風景が歪んでいる。重力場の異常によって、周囲の砂礫が空中に浮き上がっている。

つまりあそこでは重力異能が発動している。つまり中也がいる。

怯えのあまり、白瀬は両手で抱えた衣服袋を落としそうになった。慌てて抱え直す。

衣服袋とはいっても、中に入っているのは衣類ではない。金目の盗品だ。逃げ道を探す道すがら、研究施設に入って金目のものを漁っていたのだ。何しろ警備も研究員も出払っていていない。おまけに研究施設には、レーザー発信装置に使う宝石や、高速演算端末(たんまつ)など、売れば一財産になるものが山ほど残っている。

白瀬は考えた。どうせ証拠隠滅(しょうこいんめつ)がどうたらとか云(い)って焼却(しょうきゃく)されるに決まってる。なら《羊》再建の礎(いしずえ)として、軍資金に生まれ変わったほうが人助けというものだ。我ながら天才だな。

そう思って火事場泥棒(かじばどろぼう)をしているうちに、道に迷った。

そしてこの部屋に迷い込んだ。

白瀬はきょろきょろと周囲を見回す。中也と白骨の他(ほか)に人の気配はない。どうやら彼等は相争っているようだ。中也の苦しそうな顔が、ちらりと見えた。

「中也！」

反射的に走り出そうとして、慌てて立ち止まる。

何をしてる。あんなところに行ったら死んじまう！　怪物(かいぶつ)同士の争いに巻き込まれるなんて莫迦(ばか)らしいにも程(ほど)がある。僕はそんな間抜(まぬ)けじゃない。賢(かしこ)く手堅(てがた)く立ち回る。そうやってずっと生き残ってきた。

戦うのは中也の担当。傷つくのも中也の担当。自分達の恐(おそ)ろしさを敵に刻みつけるのも中也の担当だ。僕達はそれ以外の担当だ。当然だ。あいつは強さを持っている。その責任を果たすのは当然のことだ。

だが今日の中也は、いつになく弱っていた。

戦っている中也は、全身に傷を負っていた。あんな中也は見たことがない。まるで同い年の少年のようだ。

いや、まるで、ではない。中也は同い年の少年なのだ。不意に白瀬はそのことに気がつく。

「…………」

だが、それでも。

それでもそんなこと、知ったことか。

「構うもんか！　僕は逃げる！　一人でもな！　戦争の兵器がどうとか、異能力の真実がどうとか、そういうのはお前等のほうで勝手にやってろ！　僕は愉快に生きたいだけなんだ！」

白瀬は荷物を大事そうに抱え、背を向けて歩き出す。

大股で、一歩一歩を刻みつけるように。

白骨の重みが増す。

お互いの骨が軋む音に加えて、もっと重く低い音がしているのは、おそらく床の基礎材が折れ曲がっていく音だ。並の人間の肉体なら、とっくに床材と一体化しているだろう。

「やめろ……」中也は潰されつつある肺で、囁くように云った。「お前は俺だろうが……」

その目に迷いが光る。

白骨の顎が鳴る。光ひとつない暗黒の眼窩が、じっと中也を見下ろしている。そこに感情はない。何もない。完全な虚無だ。

その眼窩から、その虚無から、中也は言葉を受け取る。気のせいかもしれない。だが脳裏にひとつの単語が浮かぶのを止められない。その白骨が発しているように感じられる、ひとつの無意味な言葉。

——お前がこうなるはずだったのに。

「お前は、俺だ」中也は人間性から遠く離れた白骨の姿を睨んで云った。自分が何を云っているか、意識もしないままで。「だとしたら、俺は一体、誰なんだ……？」

重力がさらに強まる。死そのもののような白骨の顔が、眼前に迫る。

その時、誰かが叫んだ。

「うあああぁぁぁっ！」

誰かが体当たりして、白骨が横向きに飛ばされた。

白骨と人影が、ひとかたまりになって床を転がる。

中也は目を見開いた。

その人物には見覚えがあった。

「白瀬……!?」

転がった白瀬が裏返った声で、内容のわからない叫び声をあげて立ち上がった。

すべての重力を中也に下向きにかけていた白骨は、横向きの衝撃に全くの無力だった。衝撃で右腕の尺骨が外れた。しかし活動にはほとんど影響がない。顎を開き、白瀬を噛み殺そうとする。

白瀬が衣服袋を掲げた。それを白骨がまともに噛んだ。中で高級宝石や電子機器が折れる音がした。だが宝石の硬度は骨や鉄を上回る。白骨の下顎が縦に割れた。

「莫迦野郎、白瀬！　逃げろ！」

「うわあああああっ！」

白瀬が目を閉じたまま両手を振り回した。その手が偶然、白骨の背骨へとつながる輸液管に引っかかった。

管が外れ、中から青黒い薬液がどぼどぼとこぼれ落ちる。白骨ががくんと傾いたかと思うと、数秒のあいだ動きを止めた。

中也はそれに気づいて叫んだ。「白瀬！　そいつのケーブルを引っこ抜け！　全部！」

白瀬はわけもわからず両手を振り回していたが、少しの間を置いて指示の意味に気がついた。薬液まみれになりながら転げ回り、白骨が尻尾のように引きずっていた管と細引をまとめて摑んだ。たぐり寄せ、一気に引き抜く。

隣の部屋まで続いていた管の束が、白骨の背骨から引き抜かれた。

白骨が叫んだ。

骨だけの体軀に発声器官はない。喉を震わせて叫ぶことはできない。それは重力の残滓、消滅していく異能の力が骨を震わせて、楽器のように共鳴して出した音。魂消える悲鳴の共鳴音だった。

それは少年の、断末魔の泣き声にも聞こえた。

やがて指示式信号と活動力の供給源を失った白骨は、腰を折るように頭から床に落ち、重力による身体統一力を失ってばらばらに崩れた。さらに攻撃で受けた罅が全身に広がっていき、無数の白い破片となって崩れ消える。

そうして白骨は消滅した。最初から誰もいなかったかのように。

中也はそれを呆然と見守ったあと、しばらくしてからゆっくり立ち上がった。

「白瀬」

中也は脇腹を押さえながら、白瀬のほうを見た。

「何だよ」

中也は何か云おうとして白瀬を見つめた。泥と埃と青黒い薬液に全身まみれた白瀬を数秒のあいだ観察し、それから云った。

「お前、今、すげえ汚いぜ」

「五月蠅いよ！」

中也は手を差し出した。その手を掴んで、白瀬は起き上がった。

「行くぜ。とりあえずアダムと合流する」

「ああ」

白瀬と中也は並んで歩き出した。

白瀬はちらりと中也を見た。傷だらけで砂礫と血にまみれている。打撲痕が数え切れないほどあり、脇腹からはまだ出血している。

「なあ中也」

中也が振り向いた。

伝えなくてはならないこと、謝らなくてはならないことの予感が、白瀬の表情に漂っている。

中也は黙って待った。そして白瀬は云った。

「お前、今、すげえ汚いよ」

中也は目を伏せて笑った。「五月蠅えよ」

当機がその部屋に駆け込んだ時、まず最初に考えたのは、〝恐竜でも暴れていったのだろうか〟ということでした。

そのくらい室内は徹底的に破壊されていました。机も椅子も原形を止めず、床は破砕されて波打ち、壁にはふたつほど人間大の穴があいています。元々と同じ場所にあった家具はひとつもなく、それが元は何の部屋であったのか、当機でもすぐに判別できなかった程です。

しかし当機の注意はその惨状にそれ以上向けられませんでした。高優先で処理すべき対象が別にいたからです。

暗殺王ヴェルレエヌ。彼は部屋の奥に立ち、こちらを見ています。その手は科学者Nの首を摑んでいます。まるで寝ている飼い犬の首輪でも摑んでいるかのような、どうでもよさそうな手つきです。

「たす……助けて……！」Nが震える声でこちらに言いました。

当機は素早く銃を構えます。「彼を離して下さい」

「こいつを？」ヴェルレエヌは、それが意外な提案であるかのような表情をしました。「君は人間じゃない。だから論理的に考えられるだろう。こんな屑を守る価値がどこにある？　こんな奴のために、戦って死ぬのか？」

「当機の存在理由は、人間を犯罪から守ることです」当機は銃を相手に向けたまま言いました。「守る対象の人間が屑かどうかを判断する機能は、当機にはありませんし、欲しいとも思いません」

「羨ましいな」皮肉に微笑み、ヴェルレエヌは視線を手元に落としました。「心配するな。こいつは殺さないよ。……そう簡単にはな」

不意に背後から声がしました。

「彼を連れ帰って拷問しても、何も聞き出せないよ、ヴェルレエヌさん」

声がしたほうをヴェルレエヌは見て、かすかに意外そうな表情をしました。

「太宰君……」

「やあ。こんなところで逢うとは奇遇だねえ」

太宰さんは自宅近くを散歩しているような軽い足取りでやってきて、当機の横に並びました。

「君がここに来ているということは……そうか。俺を裏切ったな？」

「裏切っただなんて、人聞きが悪いな。僕は最初からこっち側だよ」

「こっち側？　君みたいな人間に〝こっち側〟や〝あっち側〟があるのか？」

「ふふ……貴方と喋るのはやっぱり楽しい」

曖昧で底の知れない笑みを太宰さんは浮かべました。

太宰さんとヴェルレエヌ。二人の超人は、常人には理解できない種類の微笑みを浮かべたまま、黙って互いを見つめました。

二人が会話をしているあいだ、当機はこの先の戦闘評価モジュールを走らせていました。こちらには拳銃があります。しかしどう計算しても、優位な勝利評価を得られる確率が０・１パーセントを上回りません。この状況で銃を撃つのは下策としか言いようがなく、状況が動くのを待つしかありません。

しかし、状況変化は当機が思っていたよりずっと早く訪れました。

「ああ……ヴェルレエヌさん」太宰さんが何かに気づいて言いました。「頭を下げたほうがいい」

太宰さんはそう言いながら、頭を胸あたりの高さまでひょいと下げました。ヴェルレエヌが怪訝な顔をします。

次の瞬間、瓦礫が砲弾のように飛んできました。

瓦礫のひとつは太宰さんの頭のすぐ上を通り抜けて砕け、もうひとつはヴェルレエヌに激突しました。反射的に防禦していたヴェルレエヌの腕で、瓦礫が盛大に飛び散ります。

「何やってんだ太宰手前！」怒気を含んだ声が降ってきました。「俺の許可なく視界に入んじゃねえ！」

「やあ中也、拷問どうだった？」太宰さんが口の端だけで笑います。「君がめちゃくちゃにされる前に助ける案もあったけど、つまんないから採用しなかった」

「手前ェ！」

しばらくぽかんとしていたヴェルレエヌが、得心がいったように頷きました。「成程。それが君達か」

中也様と太宰さんが、並んで立ちました。意外なことでしたが、そこには何かしら完璧さのようなものがありました。

全く性格の違う二人の少年。

「君達二人だけでランボオを殺した、そう聞いているが」

「復讐するかい、ヴェルレエヌさん？」

「いいや」ヴェルレエヌは首を振って、どこか遠くに視線を送りました。「君達が殺す前から、あいつは死んでいた。俺の中ではな。──九年前、俺があいつを背中から撃った、あの瞬間に」

太宰さんがその表情を見て、一歩前に踏み出しました。

「僕が何故こうして出てきたか判るかい、ヴェルレエヌさん？」太宰さんの顔には怜悧な計算の気配が浮かんでいます。「時間稼ぎが完了したからだよ。貴方は死ぬ。ポートマフィアを敵に回した罪で」

冷たい死の宣告にも、ヴェルレエヌはただ肩をすくめただけでした。「どうかな。俺はその手の脅しは何度も受けてきたが、結局いつも外れた」

ヴェルレエヌは怯えたNの首を摑み、後退します。当機の銃口がそれを追って動きます。

太宰さんが静かに言いました。「貴方の異能は強力だが、できることは概ね把握した。後はそれ以上の力をもって圧殺するだけだ」

不意にヴェルレエヌが笑いました。愉快（ゆかい）そうに。

「俺の力を把握した？」

ヴェルレエヌが腕を掲（かか）げました。天井（てんじょう）に向かって。そしてふっと表情を消しました。

当機の計器が、いっせいに振り切れました。

「まずい」

そう言おうとしました。しかし音は吸い込まれて消えました。部屋から光が消え、少し遅（おく）れて衝撃波（しょうげきは）が通過しました。

衝撃、そして黒い光。


何秒経（た）ったでしょう。

強力な電磁波で、当機の外面センサが一時的に暗転（ブラックアウト）していました。回復した当機はすぐに外界を確認（かくにん）します。

中也様も太宰さんも無事です。先程いた場所から動いてもいません。

彼らは並んで天井を見上げていました。無表情で、口を開いて。

当機もその視線を追いました。

天井は――ありませんでした。

「おいクソ太宰。あいつの力は概ね把握したって云（い）ったよな」

「ああ」

冷たい風が吹いていることに、当機は気がつきました。外の風。空から吹く風です。

「ホントにこいつも……把握してたのかよ？」

そこにあるのは、巨大な円状のトンネルでした。

十数階層にも及ぶ深い地下施設の、すべての天井を貫通して、そのトンネルはまっすぐ地上へと続いていました。えぐり取られた床が同心円状の連環となって遠くまで続いています。更にその向こうには、小さく切り取られた夕焼け空が見えます。

Nも、ヴェルレエヌも、どこにもいません。

誰も何も言い出せませんでした。

ただ、この世のものではない何かの現出を予感し、祈るようにそれを見上げることしかできませんでした。

[CODE:04]

汝、陰鬱なる汚濁の許容よ

ランボオの手記　一部抜粋（ばっすい）

■■■■■年■■月

記　特殊戦力総局（DGSS）作戦部　特殊作戦群　諜報員（アジョン）■■■■■■

晴天　夕刻過ぎ　下弦（かげん）の月

ハツカネズミが駆（か）けている。
夕方の灰色の中で黒々と。
ネズミの貴婦人が駆けている。
暗闇（くらやみ）の中での灰色。
私は月を見上げながら、パイプをくわえている。

無為(むい)も楽しからずや。
パイプの火が消えたら行くとしよう。
私が駆けた後には、乾(かわ)いた靴音(くつおと)の後には、
死と死体と血と苦悶(くもん)と非業(ひごう)だけが転がっていることだろう。

■■■■年■■月
記　特殊戦力総局(DGSS)　作戦部　特殊作戦群　諜報員(アジョン)　■■■■■■
雨天　夜半　下弦の月

ネズミの穴蔵(あなぐら)から這(は)い出してきた後で、これを書いている。

雨漏(あまも)りする煉瓦(れんが)宿にいる。どこかで雨漏りの音がする。枕元(まくらもと)の角灯(ランタン)が暗すぎて、机の葡萄(ぶどう)酒すらろくに見えない。きっとこれもひどい文字だろう。けれど当座のところは構わない。

起こったことをすぐに記しておきたいから。

私はつい二時間前まで、反政府勢力「革命(かくめい)の五月(ごがつ)」の秘密の穴蔵にいた。すべて終わった。

結果は上々だ。お偉方(えらがた)から見れば。

だが、私にはこの作戦が成功だったとは、とても思えない。

私が踏み込んだ時、穴蔵にはすべての構成員が揃っていた。そして最終的には、そいつは死んだ。

「そいつ」と書いたのは、組織の構成員は、たった一人だったからだ。

反政府運動の首謀者であり異能者、通称「牧神」。私は彼と戦った。彼は強かった。その上、彼には秘密兵器があった。彼がたった一人で造り上げた人工異能生命体、「黒の12号」。重力を自在に操り、あらゆる物理攻撃を無効化する怪物。牧神はその生命体を、指示式で自在に操っていた。

だが今回はうちの情報部が見事な仕事をした（毎回こうであってくれれば助かるのだが）。指示式の入力が、特殊な金属粉を吸入させることで行われると、事前に摑んでくれていたのだ。だから私は、金属粉の発生器を破壊するだけでよかった。

指示式から解放された「黒の12号」は、洗脳から解放されたように意識を取り戻し、創造主である牧神に襲いかかった。

それは寒気のするような光景だった。「黒の12号」が掌をほんのひと握りしただけで、施設の半分が消滅したのだ。牧神の上半身ごと。

その後、意識を失った「黒の12号」を、私は運び出した。今、この安宿で眠っている。

これから彼はどうなるのだろう？　政府に処分されるのか？

ひどく寒い。

暖炉(だんろ)の火が、とても遠くに感じる。

■■■■年■■月
記　特殊戦力総局(DGSS)　作戦部　特殊作戦群　諜報員(アジョン)　■■■■■■
晴天　正午　東風強し

厚手の外套(がいとう)を着て、耳当てをして、毛皮の手袋(てぶくろ)と防寒肌着(はだぎ)を身につけ、これを書いている。

先程連絡員(さきほどれんらくいん)とカフェで話した。「黒の12号」に関する処遇(しょぐう)を、そこで聞かされた。

あまりに意外で、私は三度も聞き直してしまった。

政府は「黒の12号」を、利用価値のある協力者(アクティフ)と考えるそうだ。

何故(なぜ)なら彼は、「牧神」の番犬として、反政府組織ネットワーク群の情報を頭に叩(たた)き込まれているからだ。彼を鍛(きた)え、諜報員にする。その教育と監視(かんし)役を、私に任せるそうだ。

私が教育？

そんなことができるのだろうか。

この仕事は他者との繫がりを持てない。友人も、恋人も、諜報員にとっては弱点となりうるからだ。両親もかつての恋人も、私が獄中で死んだと思っている。

そんな私が、誰かを教え導くことができるだろうか。

分からない。だが、できるのだとしたら?

過去も名前も捨て、暗号名でだけ呼ばれる私が、誰かのため、国のため、そして新たに生まれた友人のために。そう考えると、自分でも意外なほどに胸が躍った。

私が生き、死んだことは、おそらく後の世には伝わらないだろう。死後の私に与えられるのは、ひび割れた無銘の墓碑だけだ。だがそれでいい。死ぬ前に誰かのために、何かを残せるのなら。

私に最初に与えられた任務は、「黒の12号」に新たな暗号名を与えることだ。

その名前はもう決めてある。ポール・ヴェルレエヌ。

私がかつて親から与えられた本当の名だ。

ポール。君がいつかこの手記を読んだ時、それが己の秘密を知る時だ。それが君にとって祝福の時であることを、私は祈ってやまない。

■■■■年■■月

記　特殊戦力総局(DGSS)　作戦部　特殊作戦群　諜報員(アジョン)　■■■■■■■
曇天(どんてん)　夜半　月見えず

信じられない。『優(やさ)しき森の秘密』の解読に成功した。あそこには最悪の獣(けもの)が眠っている。

そこにはヴェルレエヌの

(ここからページが破かれており判読不能)

青い宵闇(よいやみ)の端(はじ)っこに、月がちっぽけに浮(う)かんでいた。

走る列車の中で、森鷗外は眠っていた。

窓の外には青い夜。そしてざわざわと囁(ささや)きあう黒い林地。そのずっと向こうに、横浜の街明かりが小さく瞬(またた)いている。何万光年も離(はな)れた星のように。

列車内には客は誰(だれ)もいない。ただ木枠(きわく)の座椅子(ざいす)が、どこまでも続いている。

森鷗外は窓際(まどぎわ)の肘掛(ひじか)けに肩肘(かたひじ)をつき、頭をもたせかけて、うつらうつら眠っている。目の下には疲れを感じさせる黒い線が、薄く浮かんでいる。

逃げているのだ。暗殺者から。

車で逃げれば、探知される恐れがある。相手は元諜報員。それも欧州政府に鍛えられた凄腕だ。裏をかかなくてはならない。

だから駅と列車をまるごと買い取った。そして監視映像のすべてを切らせ、存在しない運行便をつくりだした。

潜伏施設への到着は、明日の朝になるだろう。

列車が駅に近づいた。車内放送があり、列車が緩慢に減速していく。この鉄道列車は何ひとつ不審なところのない、ごく当たり前の便でなくてはならない。駅には規定時間だけ止まり、時刻通りに発車する。ただ誰も降りず、誰も乗らないというだけだ。

駅に到着する。森鷗外はまだ目を閉じている。

目を覚ました時、そこは安全な場所になっているはずだ。

あるいは永遠に目を覚まさないか。

どちらになるかは、神だけが知っている。

「た……助けてくれ！　ここから降ろしてくれ！」

叫び声が、夜空に響く。

「降ろしてくれ？　何故だ」

柔らかな声が、それに答える。

二人の声を、高層に吹く乾いた風がさらっていく。

高塔型起重機。

二人はその頂上にいた。

建設途中の高層ビルに、資材を運び上げるための起重機だ。彼らのいる頂上は、横浜の街並みと、航空機が飛ぶ領域の中間あたりに位置する。

「元から縛りつけてもいないし、歩けないほど痛めつけてもいない。降りたければ、いつでも降りていいんだぞ」

優しい声で云ったのはヴェルレエヌ。彼は鉄製の水平腕の先端に、ゆったりと腰掛けている。

視線は美しい夜景に向けられている。

「莫迦な！　こんな場所から人間が歩いて下りられる訳が……！」

Nは四つん這いになり、青ざめた顔で鉄骨にしがみついている。少しでも頭を上げれば、高所の風が体をさらっていくだろう。そうやってバランスを崩した体が向かうべき場所は、ひとつしかない。

ヴェルレエヌはNを施設から連れ出した後、重力の異能でここまで歩いてきた。塔鉄骨の側面を、歩行者天国でも歩くような気楽さで。

「いい場所だろう？」ヴェルレエヌは柔らかい声で云った。「秘密の内緒話にはうってつけの場所だ」

Nは顔を上げることさえできない。汗でぬめる自分の手が、ちゃんと鉄骨を掴めているか確かめるだけで精一杯だ。

「何が……知りたい」息も絶え絶えといった声で、どうにかそう訊ねた。

「『優しき森の秘密』について、知っていることを話せ」

風は強く、冷たかった。轟々と二人の間を通り抜けていた。だがヴェルレエヌの優しい声は少しも風に遮られず、起重機の頂上によく響いた。

「話せない」Nはうずくまったままヴェルレエヌを見た。「その情報は私の命綱だ。話せばお前は、用なしになった私を殺す」

「どのみち殺す」ヴェルレエヌは懐から洋梨を取り出し、齧りながら云った。Nの顔が凍りつく。

ヴェルレエヌは立ち上がって、Nを見下ろした。そして冷え冷えと乾いた声で云った。「お前は知っている筈だ。『優しき森の秘密』とは、題名だ。「牧神」が書いた人造異能の生成手順書、その最終章の題名。政府はその手順書を回収し、俺はそれを見た。だがその手順書からは、最終章6ページが削除されていた。おそらく政府が意図的に隠蔽したのだろう。しかしお前は諜報筋から盗難同然で手順書を手に入れた。それなら、最終章を含む完全な写しを閲覧している筈だ。――答えろ。最終章『優しき森の秘密』の6ページには、何が書かれていた？」

「その内容を今私が説明したとして」Nは硬い声で云った。「君はそれを信じるか？」

「説明の内容次第だな」

「私が、閲覧した手順書には最初から最終章が欠落していた、私は何も知らない――そう答えても、君は信じないだろう。違うか？」

「もしそうなら、何故あの時『優しき森の秘密』などという話を持ち出した？　あの章の重要性を知っていたからだ。違うか？」

Nは目を伏せて答えた。「意図的に欠落させられた章だ。何かあるに決まっている。とっさにそう考えただけだ」

「冗談はよせよ」

「生きるか死ぬかの瀬戸際だった。何でもいいから云うしかなかった。あの台詞が出たことに、私自身が驚いているくらいだ」

ヴェルレエヌは黙ってNを見下ろした。虫の死骸でも見るような目だ。それから「そうか」とだけ云ってNに近寄り、足裏でNの肩を軽く押した。

「まっ、待て！」傾きかけた体を、Nは足場にしがみついて必死に支える。「本当に知らないんだ！　知っているのは、その項目を削除した人間だけだ！　ランボオという名の諜報員が、その項目を削除したそうだ！」

　ヴェルレエヌの脚がぴたりと止まった。「何だと？」

「報告書そのものを手に入れた後、ランボオは政府に提出する前にその項目を破棄した。だからその内容は彼しか知らない。仏国政府の内通者が、そう証言したそうだ。だから私も何も知らないんだ！」

「ランボオが……？」ヴェルレエヌは脚を下ろし、過去を見る目をした。「有り得ない。あいつが俺に隠し事をする筈がない」

　Nは荒い息を整えながらヴェルレエヌを見上げた。「他人の心なんて誰にも判らない」

「あいつに限ってそれはない。あいつは俺を信用していた」ヴェルレエヌの視線が宙をさまよう。「ただの『黒の12号』に過ぎなかった俺に名を与えた。自分の名を。そして自分は諜報上の暗号名を、俺のオリジナルの名である〝ランボオ〟に変えた。俺達は名を取り替えたんだ。あいつの発案で」

　ヴェルレエヌは、自分の帽子を取って見せた。鍔の裏部分に、小さくランボオの名がある。

「あいつは強かった。俺と互角の力を持った異能者は、組織の中でもランボオだけだった。俺達は相棒だった。それだけでなく、あいつは俺を親友と呼んだ。実際それは、名誉なことではあった」

ヴェルレエヌは空を見た。自分の真横に広がる夜空を。そして云った。

「だが俺は——あいつのことが好きじゃなかった」

一陣の風がヴェルレエヌの隣を冷たく通り過ぎた。星が無音で瞬いた。

「好きでは……なかった？」

ヴェルレエヌは冷めた目でNを見下ろした。そして帽子を被り直した。

「少しお喋りが過ぎたな」そう云って、相手への関心を失ったかのように視線を外した。「もう少し話を聞きたいが、俺も忙しい。まだ急ぎの仕事が残っている。太宰君が準備を終える前に、最後の暗殺をしなくてはならない。だからこの続きは戻ってから訊く。それまで夜景を楽しんでくれ」

そう云って背を向け、歩き出した。

「ま……待て！　せめてここから降ろしてくれ！」

「降りる？」ヴェルレエヌはおかしくてたまらない、という顔で振り向いた。「降りればいい。簡単だ。一歩移動するだけでいい」

Nの顔が血液を失って青ざめる。

ヴェルレエヌは振り返らずに一歩を踏み出し、わだかまる地上の闇夜へと姿を消した。

列車の運転手は、片手を操縦桿に乗せて、目の前の闇を見つめていた。

勤続二十七年。練達の運転手だ。雨の日も風の日も、地形を変える爆撃が降り注ぐ大戦の最中も、操縦桿を握ってきた。


そんな彼をしても、今日の仕事は異例づくしだった。

まず雇い主である鉄道会社が一晩で買い取られた。列車も、運行表も買い取られた。そして列車の臨時運行を命じられた。それも乗客がたった一人しか乗らない列車を。上司に抗議しても、〝何も質問せず運転しろ〟としか云われなかった。

そしてもう一言。〝逃げたらもっと酷いことになるぞ〟。

運転手は改めて眼前の風景に目をやる。木々は闇の中に沈んでいる。見えるのは銀色の鉄道線路と、黄色い前照灯。それだけが、列車の行く先を示す道標だ。

恐らく上司の云うことは真実なのだろう。他の街ならばともかく、ここは魔都横浜だ。何だって起こりうる。たった一人の乗客についても、話しかけに行ってみる気は起きなかった。そんなことをしても、切り落とされた自分の頭を胸元で受け止めるはめになりかねない。

その時、まるで海底の中のようにどこまでも続く闇夜の向こうで、何かが動いた気がした。

彼のよく訓練された眼は、ずっと遠くにいるそれを的確にとらえた。動物だろうか。違う。木がざわめいただけ？　違う。

人だ。

人が線路上に立っている。

まずい、と脳が考えるより早く、制動桿を引いていた。

圧縮空気が解放され、車輛の減速装置が激しい金属音を立てる。だが間に合わない。列車は人影に激突した。

だが、その人影は列車を受け止めた。

列車にすさまじい力がかかり、先頭車輛が前のめりに跳ね上がった。引っ張られるように後部車輛も跳んで軌道を外れ、林の中に横転する。

暴れる鉄の蛇となって列車は周囲の大地をえぐり、木々をなぎ倒し、やがて停止した。

すべての成り行きを見ていた人影――ヴェルレエヌは、満足したように微笑んだ。列車を正面から受け止めたが、傷ひとつない。彼は歩き出した。森鷗外のいる車輛へと向かう。

大地になかば埋まった車輛を跳び越え、電気系統から出火がはじまっている車輛を通り抜けて、目的の車輛へとたどり着いた。

森鷗外はうつぶせに倒れていた。車輛全体が横倒しになり、壁が床に、天井が壁になっている。ヴェルレエヌに背を向けている。ぴくりとも動かない。体の下から、ゆっくりと血溜まりが広がっていた。

標的の異能は事前に調べてある。元諜報員に掘り起こせない秘密はない。これだけの衝撃に耐えられる異能を、森鷗外は所持していない。

「簡単すぎる」

ヴェルレエヌはそう呟き、標的に近づいた。このまま死を確認せずに立ち去るような愚かなことはしない。生死を確認し、万一生きているようであれば、確実に息の根を止める。

ヴェルレエヌは森鷗外の体を上向きに転がした。そして目を見開いた。

森鷗外ではなかった。

見たことのない男だ。衣装と鬘で、森鷗外に変装している。だがヴェルレエヌの暗殺準備に手抜かりはない。前の駅に隠し撮りの監視装置を配置していた。そこで撮影した映像には慥かに森鷗外が映っていた。

正体を確かめようとその男を摑んだ時、不意に胸元に手を当てられた。

「簡単すぎる」

異能による強力な斥力が、ヴェルレエヌを吹き飛ばした。

窓硝子を突き破って外に飛び出し、腐葉土に落下。土をまき散らしながらさらに転がって、樹木に背中から叩きつけられてようやく止まる。

「……やるじゃないか」

ヴェルレエヌは樹木に手をついて立ち上がった。

衣服の土を払いながら考える。一瞬見えた顔、そして掌から発生される斥力。おそらくポートマフィアの構成員、斥力の異能を持つ広津柳浪だろう。

影武者だ。

隠し撮りの監視装置のことを知っていてわざと森鷗外が映り、その後素早く影武者と入れ替わった。つまり、ヴェルレエヌの暗殺の計画が読まれていた。

この国に来て以来、それだけの手際でヴェルレエヌの裏をかける人物は、彼の知る限り、ただ一人。

「やあヴェルレエヌさん」

その小柄な人影は、横転した列車の上、車体の端に腰掛けていた。

「太宰君」ヴェルレエヌは足下に落ちていた帽子を拾い上げて云った。「〝頭の出来は年功序列じゃない〟なんて言葉を聞いたことはあるが——全く、君は末恐ろしいな」

「貴方が悪いんですよ」太宰は乾いた声で、教え諭すように云った。「貴方は今回、私情で動きすぎた。あれじゃあ動きくらい読まれます。何故そうまでして中也に拘るんですか？」

「兄が弟に拘るのがそんなに怪訝しいかい？」と、ヴェルレエヌは服の泥を払いながら云った。

「怪訝しいですね、とても」太宰は断言した。「第一、中也が貴方の弟だと、どうして本気で信じているんですか？」

「……何？」ヴェルレエヌの目が細められた。

「貴方も見たでしょう。中也のオリジナルである実験体。骸骨になって死んだ」太宰は車体からはみ出した脚をぶらぶらさせながら云った。「あれは本人とほぼ同じ外見でしたよね。異能も凄く似ていた。その他にも共通点が沢山ある。もしあちらのほうが人工異能生命体で、今外で生きている、元気だけが取り柄の中也のほうがオリジナルだとしたら？　専門家ではなく、過去の限られた資料しか閲覧していない貴方に、それを見抜けますか？」

「それはない」ヴェルレエヌが首を振った。「潜入任務で標的を間違える程呆けてはいない。九年前に研究所から盗み出したのは、間違いなく俺と同じ、人工生命体だった」

「調べてみればすぐに判ります」太宰は気楽そうに云った。「幸いにも今回、研究施設の連中が、中也の中にある文字式を書き換える方法を実演してみせてくれた。研究員の何人かをマフィアの力で拉致すれば、文字式を読み取る方法くらいは喜んで教えてくれるでしょう。そうすれば中也が本当はどちらなのか判る。幸い時間は沢山ありますし」

「まるで中也が人間だと確信しているみたいじゃあないか」

「確信していますよ」太宰はため息をつきながら笑った。「人工文字列で、あんなに僕が嫌悪する程の人間性を造れるはずがない」

　ヴェルレエヌはため息をついてから、太宰に向かって歩き出した。面倒な仕事を片付けなくてはならない時のように、重い足取りで。

「それが誤解であるという根拠を、懇切に解説して聞かせてもいいが……君には別の仕事がある」そう云って自分が転がり落ちたゆるやかな坂道を登っていく。「影武者ではない、森鷗外本人がどこにいるか吐くという仕事だ。骨の折れる仕事だぞ。文字通りな」

「つまり退く気はない、ってことだね」

「当然だ」

太宰は何かを見つめるでもなく、空中をあてどなく眺めて「そっかあ」と云った。それから残念そうな顔で云った。

「なら貴方の負けだよ」

狙撃銃弾がヴェルレエヌの頭部を直撃した。


上半身を大きくのけぞらせてヴェルレエヌは倒れ、腐葉土の坂道を転がり落ちた。

三回転ほどしたところで顔を上げ、厳しい目で太宰を見た。

「狙撃だと？　こ――」

云い終わる前に、さらに狙撃銃弾がヴェルレエヌの額で弾けた。横向きに倒れそうになり、地面に手をついて耐える。

「貴方の異能は触れた対象にしか発生しない」太宰は脚をぶらつかせながら、相手を見下ろして云った。「つまり弾丸は貴方に中ることは中るんだ。すぐ止まるだけでね。だから、普通の数倍の速度がある大口径狙撃銃弾で狙撃すれば、重力で停止する一瞬のあいだにこれだけの打撃が与えられる。そして」

太宰が何気ない様子で手を上げた。

直後、闇夜がいっせいに火を噴いた。

丘の上から、木立の隙間から、腐葉土の中から、巨木の上から、五十以上の狙撃銃弾がいっせいにヴェルレエヌに向けて殺到した。凡ての弾丸が突き刺さり、ヴェルレエヌが吼える。

ヴェルレエヌは重力で己の体を守りながら、木陰に逃げ込もうとした。しかし逃げた先でも背中から狙撃。起伏に隠れようと体勢を低くしても木立の上から狙撃。どこにも逃げ場がない。

「これだけの数の狙撃手を……こんな短時間で配置、だと……！」

弾丸がヴェルレエヌの衣服を貫き、皮膚にめり込む。出血するほどの怪我ではないが、なにしろ数が多い。一秒に十発、二十発、さらに増えていく。全身を包む空気そのものが敵となって襲いかかってきているに等しい。

ヴェルレエヌは両腕で頭部を庇い、体を小さくするしかない。

「相手が悪かったんだよ、ヴェルレエヌさん」太宰はうっすら微笑んだ。「重力異能の対策は完璧なんだ。だってこっちは寝ても覚めても、どうすれば中也に厭がらせできるかばかり考えてたんだから」

「舐めるな……！」

ヴェルレエヌは狙撃の雨に耐えながら、手近な樹木を摑んで引き抜いた。

「この程度の石投げ遊びで、俺が殺せるか……！」

ヴェルレエヌは樹木を投擲しようと振りかぶった。暗闇にまぎれた遠方の狙撃手を、樹木を投槍のように投げて撃破する気だ。

だが——その手が途中で止まった。

樹木がみじん切りに寸断されたからだ。

「ほうほう——近くで見れば、慥かに私の部下によう似ておるのう」

琴の音のように流麗な女性の声がした。

燃える紅蓮の髪と、同じ色の瞳。吊り染めの装束は、熟れた椛を思わせる茜色。何より目を引くのは——その傍らに浮き従う、着物姿の仮面夜叉。

長身で長髪。子供の身長ほどもあろうかという抜き身の長刀を、重さなどないかのように掲げている。黄金色の着物は膝から下が空に溶け、それが実のある身ではないことを示している。

「しかし、うちの坊主を勝手に引き抜くとは勝手な兄上殿じゃ。手脚を切り落とす程度で許してやる故、疾く失せるがよい」

尾崎紅葉。

ポートマフィアの若き女剣士。

中也を麾下に置くマフィアの実力者であり、異能生命体・金色夜叉を従える、美しき獣。

紅葉は鮮やかな牡丹色の唐傘をくるりと肩で回した。そして柄をひねって引いた。鮮やかな銀刃が姿を現す。仕込み刀だ。

「マフィアの異能者か」ヴェルレエヌが猛獣のような笑みを浮かべた。「だが、たかだか異能者が一人、刀が二本だ。重力を相手に何ができる」

ヴェルレエヌは姿勢を低くし、紅葉に飛びかかろうと身を沈めた。

「誰が一人と云うたかね？」

ヴェルレエヌの体が沈みこんだ。

驚いたヴェルレエヌは足下を見た。大地が蛇のようにうねり、ヴェルレエヌの両脚を飲み込んで、さらに這い上がってくる。

ヴェルレエヌは驚き、自らの重力を消して跳んだ。手近な樹の幹に横向きに着地する。だが、確かな硬さをもっているはずの幹までもが、靴が触れた箇所から液状化。ヴェルレエヌを飲み込もうと押し寄せてくる。

「これは……」

ヴェルレエヌはさらに跳躍した。だが、着地予定である地面が、既に意思を持つ軟泥となって口を開き、ヴェルレエヌを待ち受けている。

「がっはっは。逃げよ逃げよ、若人よ。お前等若者は、爺に楽をさせる為におるんじゃ。さっさと死んで首級になれい」

木立の闇から現れたのは、巨木を思わせる骨太の偉丈夫だった。

褪せてところどころ裂けた軍服。裁縫針を思わせる剛毛。腰には柔道帯、足には高下駄。胸の前で組んだ両腕は、樹齢百年の樹木のように太い。

ポートマフィアの精鋭、大戦を生き抜いた古兵——組織での渾名は「大佐」。

古木を思わせるその腕を掲げ、目の前で掌をぐっと握った。同時に大地が蠢き、液状化した土が、木々が、横転した列車までもが、空中のヴェルレエヌへと殺到していく。

「物質を液状化させて操る異能か……！」

ヴェルレエヌは最初に届いた液状大地を蹴って逆側へと退避した。しかしその先にも液状大地。軌道を変えて逃げようにも、足下にも液状大地、頭上からも液状大地。触れられても重力操作で吹き飛ばせるが、その上からさらなる液状大地が覆いかぶさってくる。ヴェルレエヌに反撃態勢を取らせない。

しかもその間隙を縫うように、四方八方からマフィアによる狙撃。

「ち……！」

ヴェルレエヌは空気中のわずかな塵を重力で高密度化させ、それを蹴って空中を跳ねていった。距離を取るためだ。大佐のような物質操作系の異能は、たいていの場合視界外のものを操れない。そのため一度林の奥に隠れてから、高重力化させた巨石の投石で仕留めるつもりだ。

そのヴェルレエヌの視界に、風変わりなものが入り込んできた。

時計だ。

時計が宙に浮いている。

外見はごく普通の懐中時計。数字の入った文字盤、長針と短針、竜頭、盤の端から覗く、内部の絡繰機構。

奇妙なのはその大きさが人間の上半身ほどもあること、そして常にヴェルレエヌを凝視するように向きを変えてくることだ。

無数の異能知識を持ったヴェルレエヌは、一瞬でその時計の危険性を察知した。

背広の釦をひとつちぎり取って高重力化、数十瓩にまで増幅させてから、時計に向かって投げる。

建物ひとつ貫通するほどの破壊力を持った釦の彗星は、しかし時計に干渉することなく、するりとすり抜け、木々を砕いて闇へと消えた。

「それを壊すことはできないよ」

地上から陰気な声がした。

ヴェルレエヌが目をやると、いつの間にか地上に青年が座っている。惨めそうに膝を両腕で抱え、ヴェルレエヌを見上げている。

「無駄なんだ。そいつは皆を見ている。僕も、君も。死ぬしかないんだ、いつかそいつに見つけられ、いつかそいつに追いつかれる。時間だよ。僕達全員の敵だ」

声も顔色も陰気そのものだ。衣服は不格好なまでに長く、裾が擦り切れている。頭髪は何ヶ月も洗っていないのではと思うほどぼさぼさで、元の髪色さえ判らない。服ごしにも骨の形が判るほど痩せているその青年は、ヴェルレエヌを睨めあげると、おいでおいでと呼ぶように指を振った。

長針と短針がかちりと動き、同時に12の数字を指した。

その直後、空中の時計がヴェルレエヌに吸い寄せられた。

比喩ではなく文字通り、ヴェルレエヌの体内、胸のあたりに吸い込まれたのだ。

消えた時計を警戒し、ヴェルレエヌは身を硬くした。だが何も起こらない。目に見える限りは何も――

ヴェルレエヌの脚に液化大地がからみついた。

驚き、重力で液体を振り払う。そして周囲を見る。既にかなり距離を離したはずだ。液化大地がこんなに近くまで迫っているのは妙だ。

直後に衝撃。狙撃銃が頭部を弾き、ヴェルレエヌは空中を半回転する。大地に着地し、踵で腐葉土を削って止まる。

おかしい。狙撃銃弾の速度が上がっている。着弾時の速度が速いため、重力で止めても相応の力ではじき飛ばされる。

銃身か弾丸を強力なものに取り替えたのか？　いや、これは——。

地面が液状化する。ヴェルレエヌは大地に食われる前に跳躍して逃れる。だが追随して伸び上がる液体の触手も速度が上がっている。ヴェルレエヌは周囲を素早く見る。

狙撃の衝撃波を受けた梢から、葉が落ちる。ひらひらとではなく、大地に向けて刺さるように。これは、攻撃の速度が上昇しているのではなく——。

「俺の時間が……遅くなっているのか！」

「皆僕より早く死ぬんだ」陰気な青年が、得体の知れない恨みの目でヴェルレエヌを睨む。

「兄弟も、両親も、皆だ。皆時間に殺される。でも僕は逃げ切ってみせる。この特別な力で」

時間干渉系の異能者。

ヴェルレエヌの額に、はじめて冷や汗が流れた。

時間干渉系は強力なだけでなく、この世の常識を外れた異能だ。ヴェルレエヌの知る限り、世界で数例しか報告がない。この世の理を外れた時間干渉系異能者、その筆頭は、元異能技師、H・G・ウェルズ。〝殻〟と呼ばれる異能兵器を製造した後で姿を消し、世界最悪のテロリストとなった。

時間干渉系はこの世の基本原則をいじくり回し、意のままに書き換えてしまう。宇宙的視座に立てば、時間と空間は等価だからだ。時間干渉系の異能は、ヴェルレエヌの重力異能に並ぶほどの世界改変の脅威を秘めている。

時間遅延を受けて動きが鈍くなったヴェルレエヌに、マフィアの攻撃が殺到する。

弾丸が、刃が、液体大地が。

回避しようにも、己の時間そのものが遅くなっているため、水中でのように緩慢にしか動けない。

ヴェルレエヌの表情が強張った。

轟音と銃声が響く林地を、太宰は優雅に眺めていた。

夜風に涼むような心安い表情で、地獄と化した戦場を見下ろしている。

「これがこの世の理だ」太宰が歌うように云う。「古今東西、森羅万象において適応される、絶対的な真理。──この世では、個人より集団のほうが強い。集団より異能者のほうが強い。そして」

戦闘の爆風を心地好い涼風のように頬で受けながら、太宰は微笑んだ。

「異能者より、異能者の集団のほうが強い」

ヴェルレエヌは、己にかかる重力を横向きに最大化した。

時間遅延の異能を超えるほどの強力な推進力で、戦場を素早く離れていく。限界を超える急加速に、ヴェルレエヌの骨が軋む。

眼前に突きつけられた危機にも、ヴェルレエヌの判断力は衰えなかった。まだ絶望的な状況ではない。可能な限り後退し、異能の波状攻撃から距離を取る。そして体勢を立て直してから、撃ち込まれてくる弾丸を重力で反射して、異能者を一人ずつ狙撃していく。それで勝てる。

まだ異能者が三人。その程度ならば、まだ絶望的な戦力差とは——

突然、皮膚から出血した。

ヴェルレエヌは自分の袖口を見た。服の内側の皮膚が剥がれ、奥の肉が見えている。だが出血はごく少量しかない。痛みも殆どない。

反射的に着地した。すると靴の中で、踵の皮膚が剥がれた。滑るような感触でそれが判った。だがまたも痛みはない。

新たな異能攻撃。だがその正体はすぐに判明した。

息が白い。

肌が凍りつき、睫毛に白い霜が立っている。

「抱かれましょう。凍てつく愛に。抱かれましょう。咲き誇るままに折れ散る凍花に」

か細い悲鳴のような声で歌うのは、新たに現れた異能者。

白い長髪、白い肩帯、白い息。そして胸には深紅の薔薇。その女性がひとつ息をするたびに、周囲の木々が凍り、ひび割れ、水分の凍結膨張によって裂け割れる。

ヴェルレエヌは瞬時に理解した。

気温冷却の異能者。

先程皮膚が剝がれたのは、低温に晒された皮膚が、衣服や靴の内側にくっついて剝離したためだ。一瞬でそこまで身体を冷やしたのだ。肉と骨まで凍りつくのに、さほど時間はかからないだろう。

あまりに危険な異能だ。

何故なら、氷結の攻撃は物理的な衝突を伴わない。そのため、重力で防ぐことができない。

ヴェルレエヌの天敵だ。

狙撃弾がさらにヴェルレエヌの肩に刺さる。ヴェルレエヌは痛みに呻く。

弾丸が冷たい。着弾した弾丸がそのまま皮膚上で凍りつき、霜柱となって成長していく。傷口にも低温が侵入してきて、肉を食い破っていく。

敵の異能攻撃が嚙み合いすぎている。時間遅滞、冷凍、狙撃。明らかにヴェルレエヌの長所を封じ、弱点を突くように戦術が組み立てられている。

妙なことはまだある。先程から相当な速度で後退しているのに、狙撃がいつまで経っても止まない。逃走経路が読まれすぎている。普通、これほどの速度で闇夜の林地を駆け抜ければ、望遠照準器からすぐに消えて標的を見失い、狙撃不能になるはずだ。何故？

「キヒヒヒヒ、スウィートな顔だぜ。なあ、ここだけの話、べそかいて涎垂らして謝れば、こっそり逃がしてやってもいいぜ？」

すぐ近くで声がした。あまりにも近くで。

ヴェルレエヌはそちらを見た。誰もいない。——否。

何もない空間に、洋貨ほどの大きさの穴が空いている。空間が焦げたように黒く落ちくぼみ、その向こうに別の空間がある。そちらから、黒い瞳がこちらをじっと見つめている。

「そう、俺っちだよ。あんた、見られてるんだぜ。これからはトイレに鍵かけても安心するなよな、キヒヒヒヒ！」

穴が小さく、姿全体は見えない。だがその眼だけで十分だ。邪気を含んだ瞳。ヴェルレエヌを観察し、追跡し、位置を常に報告しているのだ。

ヴェルレエヌは反射的に穴へと回転蹴りを放った。

「おっと」

命中する直前に、穴は閉じて消滅する。

「こっちだよ」

背中側から声。振り向くと、別の場所に同じ穴が開き、ヴェルレエヌを見ている。

標的を監視し続ける、空間接続系の異能だ。おそらく異能者本人は別の安全な場所にいて、空間接続で戦場を監視し続けているのだろう。本人自体は攻撃してこず、また触れようとすればすぐに閉じるため、重力による破壊は不可能。

一体どれだけの異能者を投入しているのか。

「キヒヒ、アンタに贈り物だ。ポートマフィアより愛をこめて！」

硬貨大の穴から、桃色の花弁が吹き込まれる。無数の花弁がヴェルレエヌを囲む。

その花弁が白く輝きはじめる。これは、また別の異能——。

ヴェルレエヌが急速回避行動を取ろうとした瞬間、その花弁がいっせいに爆裂した。


太宰が座る列車からも、その爆発光はよく見えた。

白い光が、夜の林地を切り取って爆ぜ、残光が夜空に焼きつく。

太宰はそれを薄笑みで眺めていた。

「首尾は如何ですかな、太宰殿」

列車の中から、壮年の男が現れた。首領の衣装に身を包んだ男。影武者の広津だ。

「見ての通り、順調だよ。退屈なくらいさ」

指し示す先では、爆音が轟き、木々が倒れ、狙撃の閃光と重低音が間断なく鳴り響いている。

広津は鬘を外し、普段から身につけている片眼鏡をかけて、眼を細めた。「流石ですな」

「当然だよ。この準備のために、さんざん時間を稼いだんだ」太宰は王侯のように優雅に足を組んで云った。「蘭堂さんの時は僕と中也二人で戦って酷い目に遭った。だから今回は準備をした。欧州の暗殺王さんを殺すためだけに集めたマフィアの武闘派四百二十二人、そして異能者が二十八人。今マフィアが投入できる全戦力だ」

眺める風景の先で、冷気と閃光が輝き爆ぜる。木々の間を縫ってヴェルレエヌが後退するが、その逃げ道を塞ぐように黄白色の光線が夜空を焼き払う。新たな異能者だ。

それは極めて単純な作戦だった。罠を張って待ち伏せする。かつて中也とアダムは、暗殺王ヴェルレエヌを斃すため、罠による待ち伏せ作戦を立案した。太宰の展開した作戦は、それと本質的には変わらない。次の標的を割り出し、その人物の周囲に罠を配置して、やってきたヴェルレエヌを後ろから急襲する。

中也の作戦と違うのは、その罠の規模だった。罠として配置されたのは、マフィア全体という圧倒的な戦闘単位だ。その結果もたらされたのは、ただ一方的な殲滅。

「こちらはこの戦闘を、一晩中だって続けていられる」太宰は遠くにいるヴェルレエヌに囁きかけるように云った。「ヴェルレエヌさん。貴方は完璧な暗殺者だ。その手際は鮮やかで、見つかって取り囲まれる、なんてヘマは一度もしなかっただろう。だから、これだけの異能組織に取り囲まれた経験なんてない。その危うい完璧さを、蘭堂さんも危惧していたよ」

太宰はいつの間にか革の手帳を取り出している。

ランボオの手記。異能者ヴェルレエヌの誕生と顛末を綴ったランボオの日録だ。

「貴方を悼むよ、ヴェルレエヌさん」太宰は手帳に手を置いて、祈るように云った。「死ぬことを悼むんじゃない。生まれた事を悼む。誰も貴方が生まれたことを悼んでくれない。悼んでいるのは貴方自身だけだ。それが貴方の戦う動機だというのに。……貴方を凄いと思う。貴方は生まれたことを憎み、己の力を憎み、世界を憎んだ。そうすることで、無意味な生を受け容れようとした。凄いことだ。僕にそんな勇気はない。だから貴方ともっと話したかった。でももう、お別れだ」

太宰は立ち上がり、眼前の戦場に背を向けた。歩き出す。

「太宰殿？」

「終わったら報告してくれ」

太宰の声は力なく足下に落ちた。歩き出す。

次の瞬間。

黒い波動が、戦場に膨れあがった。

ヴェルレエヌは濁った意識のなかで外界を眺めていた。

斬撃、銃撃、液化大地。冷気に閃光に熱線。毒の霧に音の壁。あらゆる攻撃がヴェルレエヌを取り囲み、破壊していく。

着地すれば大地が液状化してまとわりつき、重力の発動を阻害する。呼吸をすれば冷気が喉を凍てつかせて塞ぐ。閃光が視界を塞ぎ、音波が聴覚を破壊し、足を止めれば狙撃銃弾が降ってくる。反撃に所持品を重力加速で投擲しても、夜叉の長刀にすべて切り落とされる。

そしてそれらの攻撃はすべて、悪魔的な知能を持つ少年、太宰によって采配され、精密な機械装置となってヴェルレエヌを追い詰める。

これが人間。

人間の本気。

俺がその一部になろうとして、結局なれなかったもの。

ヴェルレエヌは胸の内で嗤う。随分と見せつけてくれるじゃあないか。

いいだろう。ならばこちらも見せてやろう。人間でないということが、どういうことか。この胸の裡の地獄が、どんな色の闇なのか。

ランボオでさえ理解しなかったその憎悪を。

ヴェルレエヌが口を開いた。そして憎悪とともに、詩句が漏れ落ちる。

「汝が憎しみ、汝が失神、汝が絶望を、
即ち嘗ていためられたるかの獣性を、
月々に流されるかの血液の過剰の如く、
汝は我等に返報ゆなり、
おゝ汝、悪意なき夜よ」

風が止んだ。

林地のざわめきが消えた。何かから逃げるように。

不可視の波動が大気を満たす。

ヴェルレエヌは収縮していく意識の中で考える。

誰も理解しなかった。己が人間ではないこと。神に祝福されざる存在であること。両親からではなく、無から生まれ落ちたこと。

ランボオでさえも理解しなかった。この孤独を、最後まで。

俺はあいつが嫌いだった。だが俺を理解しなかったからではない。理解できるふりをしていたからだ。

ヴェルレエヌの周囲に、黒い雪のようなものが舞い始める。

それは雪ではない。物質ですらない。弾けては消える暗黒。極小の宇宙。

見せてやろう。人間でないものの憎しみ、神に祝福されず生まれたものの虚無を。

その地金、その核心、その魂の奥に眠る地獄を。

ヴェルレエヌが吼えた。

その咆哮は黒い波濤となって林を圧縮し、削り取った。ヴェルレエヌの帽子が衝撃に吹き飛ばされて、林のどこかに消えた。

避難しろ、と太宰が無線越しに叫んだが、その声もまた、衝撃波に吹き飛ばされた。

そして悪夢が姿を顕した。


避難しろ、という声が無線から聞こえてきた。

その時、空間に硬貨大の穴を穿つ、空間接続系の異能者――《罠引屋》は、穴越しに注視していたヴェルレエヌが、いきなり闇に呑まれて消えたことに気がついた。

「何だ？　こ――」

それが彼の最後の言葉になった。

一瞬で膨張した重力波が、空間の穴を通して《罠引屋》のいるマフィアの隠れ家へ波及。急激な空間歪曲によって、彼の体は穴へと引き寄せられた。

踏ん張る暇もなかった。《罠引屋》の顔面は穴に激突し、それでも止まらず、穴に接した部分の皮膚が向こう側へと吸い出された。重力波はさらに力を増していき、肉が、骨が、衣服が、排水溝に落ちていく水のように吸い出され、最後には何も残らなかった。

異能発動者の死により空間の穴は蒸発するように閉じ、部屋には静寂が戻った。


ヴェルレエヌが宙に浮いていた。

跳躍したのではない。鳥のように滑空しているのでもない。重力を無視して浮遊している。

ヴェルレエヌの皮膚には、ルーン文字を思わせる不可思議な黒い紋様が浮き上がり、生き物のように蠢いている。きちきち、きちきちと、空間が爆ぜて開き、また閉じる音が断続的に鳴っている。

その周囲に、粉雪のように、黒い粒子が舞い落ちる。

虚空に浮かぶヴェルレエヌは哄笑した。

それはもはやヒトの声とは程遠かった。雷鳴のような、金切音のような、大木が裂ける音のような。

それは獣であり、魔であった。

ヴェルレエヌであった魔性が右手を掲げる。その上に、黒い球体が生み出された。それは浮かび、大気を吸い、成長していく。


遠くの林に出現した黒い異形を目にして、太宰は厳しい顔をしていた。

「何ですか、あれは」隣の広津が、怯みを含んだ声で云う。

「『門』が開かれた」太宰の声は、うまく息を吸えなくなったようにかすれている。

その直後、ヴェルレエヌのいる空間から、黒い何かが射出された。

「伏せろ！」太宰が叫ぶ。

砲丸のように飛来したそれは、太宰達のところから四車輛ほど離れた最後尾の車輛に着弾した。地震のように車輛が揺れた。太宰と広津は、しがみついてそれに耐える。

揺れが収まったとき、着弾した車輛は全く別の形状になっていた。

車体が半分ほど消滅している。残った部分は、くしゃくしゃに丸めた紙みたいに凄まじい形に歪んでいる。破壊の断面は、巨大な指がちぎりとったかのように荒々しく削られていた。

そして列車のさらに背後の丘陵は、土も岩盤も立ち並ぶ木々さえも、一直線にえぐり取られて消えていた。

それは個人が行いうる異能破壊の規模としては、常識外れに大きい。

「今のは……一体……」広津が呟く。

「同じだ」太宰は強張った顔のまま云った。「研究所からの脱出時、あいつが地下深くから地上まで一気に削り取った時。それに、二日前に起きた、中也が街路上の一区画をひしゃげ潰したっていう事件。その時奴は、『門』を開くと云っていたそうだ。あれが『門』の向こうにあるものだよ。その結果があれだ。見てみなよ広津さん。……桁違いだ」

　太宰の視線の先にある林で再び黒い球体が急成長していく。

　滅びを告げる風が吹き込んでいく。

「厭だ……何だ、何なんだよ、あれ……！」

　空中の時計を操る異能者、陰気な青年は、頭上に現れた巨大な滅亡の気配に、怯えて歯を鳴らすことしかできなかった。

　黒い球体を操る怪物。

　つい先程、あの黒球が地上にひょいと投げ落とされた。それだけで狙撃手が三人死んだ。光線の異能者も死んだ。ただ死んだのではない。黒球が近づいただけで、全身が粘土のように引きちぎられたのだ。彼等は絶叫していた。そして溢れだした肉も血も骨も、凡て黒球に吸い込まれた。後には肉のひとかけらすら残らなかった。

　上空には、ヒトならざる眼を見開き、神のように地上を睥睨するヴェルレエヌがいる。

その目に意思の輝きはない。戦術も、計算も、その目には宿っていない。ただ周囲にある敵らしきものを、自動的に反射的に消滅させる。ただそれだけの存在だ。

黒球がまた生まれる。人の身長ほどもある直径の球が、左右にひとつずつ。その周囲には、赤く輝くかすかな光輪をまとっている。

陰気な青年は一瞬で悟った。あれに触れれば死ぬ。触れずとも、あれが近づいただけで死ぬ。

「厭だ……どうして、どうしてこんな事が……！」

回れ右して逃げようとしたとき、眼前に女性が見えた。

氷結の異能者。白髪に白い肩帯の女性。ぼんやりと、上空の厄災を見上げている。

彼女の目には危機感はない。怯えも敵意もない。彼女は命令された行動しかできず、命令された感情しか持てない。

破滅の黒球が、女性のほうへと降り注いだ。

女性は逃げず、ただ美しい景色を眺めるように、黒球を見上げている。

「カレン！」

考えるより先に躰が動いていた。

カレンという名の氷結異能者を、青年の細い腕が突き飛ばす。

その直後、青年の背中を重力が引きちぎった。あっという間に下半身を喰らい尽くす。

黒球に吸い上げられ、上下逆になりながら、青年はカレンの姿を目で追った。突き飛ばされた彼女が、崖を転がり落ちていく。黒球の殺傷圏内から逃れる。

よかった。

青年はそう微笑み、一秒後、その微笑みも吸い込まれて消滅した。

後には何も残らなかった。


太宰の無線機に、報告が次々に届く。

三番班、壊滅。五番班、全員死亡。八番班、応答消失。

太宰はそれを目を閉じて聞いていた。立ち上がり、音楽に耳を澄ませるように。顔には表情がなく、感情を欠いている。

「太宰殿。お逃げ下さい」広津が手で太宰を促した。

「無駄だよ。あの力からは逃げられない」太宰が目を閉じたまま、ゆったりとした声で云った。

「重力異能者・ヴェルレエヌは強いが、無敵ではなかった。それは重力という最強の力を、〝触れた相手〟にしか付与できないからだ。だから距離をとったうえで、冷気や光、音や時間といった、非質量系異能の波状攻撃で圧倒することができた。けど、今の奴は違う。あの黒い球の攻撃――重力で極限まで圧縮した空間を投げる〝暗黒球投げ〟は、離れた相手であっても粉々に粉砕する。そして重力波は空間そのものを伝わる場の力だから、どんな盾や遮蔽物をもってしても決して防御できない。この世で最強の矛だ」

太宰は古い謡歌でも歌うかのように云い、両手を掲げた。破壊の気配を、少しでも全身で浴びようとするように。

「その上、人格指示式を解除し、身体の主導権を明け渡した今のヴェルレエヌは、ヒトとしての意思を持たない。だから脅迫や交渉、心理戦そのものが通用しない。まさに神の獣。間違いなく、これまでマフィアが対峙してきた中でも最強の存在だよ」

「真逆、そんな……」

広津が息を呑んで風景を見つめている。

視界の先で、丘陵が削られ、木々が呑み込まれ、地形が変わっていく。マフィア構成員達の悲鳴が響く。

「そして」

太宰がよく通る声で云った。破滅の詩に打たれた、一片の句読点のように。そして続けた。

「こ、こ、こ、こ、ここまで凡て予定通りだ。——次の攻撃が成功すれば、僕達が勝つ」

横浜の上空。

夜空に蓋をするように覆いかぶさる流れ雲が、月光に照らされ白く輝いている。

その下では爆音、破裂音、大地が崩れる音。死者の悲鳴、あるいは死者になりかけた者の悲鳴。

地上のあまりに残酷な世界と、どこまでも静穏な夜空の世界の中間に、そのプロペラ機は飛翔していた。

「中也様！　間もなく戦場上空です！」

発動機の音にかき消されないように、アダムが大声で叫んだ。

それは二人乗りの、小型単発式の軽飛行機だった。機体の天井に一対の固定翼がついており、速度はそれほどでもないが小回りが利く。武装は備わっていない。

操縦席にアダムが座っており、後部席には中也がいる。厳しい表情で眼下の地上を眺めている。

「ご覧下さい、あの惨状……とても単一の異能者が生み出せる破壊規模ではありません！」アダムは地上の惨状を見下ろし、映像を記録しながら叫んだ。「何より蒸発までの持続時間が、通常の物理的過程で造られた暗黒孔と比べて桁違いです！　本当にあれの上に降下するのですか？」

中也は答えず、ただ冷徹な目で地上を見下ろしている。

「当機のリスク評価モジュールは撤退を推奨しています」アダムは厳しい声で云う。「あの黒い球体を避ければそれでいい、という訳にはいきません。あれの外見に騙されてはなりません。あの暗黒孔は、光を引き寄せて逃がさないために黒く見える訳ですが——あれに当たった人間の死因は、吸い込まれてぎゅっと潰されることではありません。体が裂けて死ぬのです。——黒球の表面、すなわち事象の地平面よりずっと外に、赤く揺らめく光の輪が見えるでしょう？あれは重力レンズによって周囲の光線が集光されてできた光輪です。赤く見える理由は、重力場のドップラー効果により、光が赤方偏移を起こしているためです。あれが謂わば当たり判定の目印です。あの光輪に触れるほどに近づくと、潮汐力、つまり暗黒孔に近い側と遠い側の重力の差により、全身が引きちぎられて死亡します」

「話が長えよ」中也が地上を見たまま云った。「ヤバいのは見りゃ判るぜ。自分で一度経験したからな」

中也の目に、過去へと視線を向ける光が宿った。

二日前、路上でヴェルレエヌに摑まれ、強制的に『門』を開かされた。あの時はビル一棟が、一瞬でまるごと砂粒大にまで潰れてしまった。

あれが一瞬ではなく、連続で発生しているのだ。地上は地獄だろう。

見える範囲ですら、林地の既に半分近くが削り取られて荒野となっている。もしこの戦闘が横浜都市部で起こったなら、犠牲者は数千、数万人単位に及んだはずだ。

だから太宰は、この人里離れた林地を戦場に選んだ。

「全く腹の立つ話だぜ。結局何もかも、太宰のお膳立て通りだなんてな」中也が吐き捨てるように云った。「だが退く訳にもいかねえ。ヴェルレエヌには借りがあるし、あいつを受けても一番軽傷でいられるのは、同じ重力を扱える俺しかいねえ」

「お気をつけ下さい」アダムは頷きながら云った。「貴方の異能でも、重力球の直撃を受ければ中和しきれません。なるべくなら敵に気づかれず、このまま直上まで接近――」

アダムの台詞がもぎ取られるように消えた。そして叫んだ。「危ない！」

その声が響いた直後には、もう重力球が眼前にまで迫っていた。アダムは回避しようと操縦桿を倒した。しかし強烈な吸引力によって発生した猛風が、プロペラ機から操縦能力を奪っている。直撃軌道。回避は不可能。

アダムが座席の脱出装置を思い切り引いた。

改造された脱出機構が、中也とアダムを空中に弾き飛ばした。その直後、重力球がプロペラ機を破砕し、喰らい尽くした。

空中でアダムと中也の身体が躍る。アダムが中也の手首を掴む。

破裂するような音を立てて、安全用の落下傘がふたつ開いた。

「駄目だ、こんなんで漂ってちゃ狙い撃ちにされるぞ！　アダム、落下傘を切れ！」

「しかし……」

「やれ！」

アダムが腰の自動拳銃を抜き、続けざまに四発撃った。弾丸は吊下紐を正確に射貫き、切り離した。

一瞬の停滞のあと、アダムと中也が自由落下をはじめる。

「やるじゃねえか」中也がにやりと笑った。「このまま奴に突っ込む！　アダム、落下軌道を計算しろ！」

「承知しました」

アダムは中也の背中側に回り、腰の端末から細引を引き出した。本来は別の端末と有線通信するためのものだ。それを中也の腰と肩に巻き付けて固定し、再び自分の腰に戻す。

ふたつの重なった弾丸となって、アダムと中也は夜空を落下した。

「滑空落下フェーズを開始します」

アダムは自分の両脇を押し、現れた突起を引っ張った。そこから白銀色の膜が現れ、アダムの腕から腰までの間に、三角形の翼膜を作り出す。

その翼膜が上空の夜風をとらえた。自由落下が、斜めの滑空落下へと変化する。

「これは高階層から、地上を逃げる犯人を追うための滑空膜です」アダムが前方を睨んだまま云った。「当機が軌道を制御します。中也様は敵性重力の中和に専念して下さい！」

「当然だ」

風の轟音が中也の耳元を駆け抜けていく。眼球に高い風圧がかかるが、中也は目を細めることすらせず、まっすぐに標的の姿を睨みつけている。

斜めの流星となって、中也とアダムは敵に突っ込んでいく。

「太宰の野郎……！　帰ったら絶ッ対、逆さ吊りにしてやっからな……！」

その二時間前。

太宰は逆さ吊りにされていた。

脚を縛られ、街灯の先端に結びつけられ、上下逆さになって吊り下げられていた。

「という訳で、暗殺王・ヴェルレエヌを斃すには、航空機から中也が飛び降りて接近するしかない」

宙吊り体勢にもかかわらず、太宰は表情ひとつ変えず、眠たそうな面倒そうないつもの顔のままだ。

「そうかよ」

中也は椅子に座って、吊られた太宰を敵対的な目で見つめていた。

アダムが困惑した目で、太宰と中也を交互に見比べている。

「えーと……これは一体、どういう状況でしょう？」

そこは山あいにある航空機発着場、その滑走路脇だった。

都心から離れた飛行場はどこまでも静かで、宵の口の星がまたたく音まで聞こえてきそうだった。遠い格納庫で、整備士が二人、プロペラ機の点検を行っていた。声はここまで届かない。

中也は紐を持っていた。その紐は太宰の腰に幾重にも巻き付けられていた。独楽の心棒に巻き付けられた紐のように、ぐるぐるに。

「これはね、時間を節約しているんだよ、機械の捜査官さん」太宰がどうでもよさそうに微笑んだ。

「時間を……節約？」

「そう。何しろ間もなく、一世一代の待ち伏せ作戦が始まるからね」

アダムはもう一度、太宰と中也を見比べた。「人間の言葉は難しすぎます。当機のデータベースに解釈可能な類似状況がありません」

「心配するなって。人間にも判んないから」中也から少し離れたところに、白瀬が立って腕を組んでいた。諦めている人間の目だ。

中也は黙って紐を引いた。引いて、引いて、立ち上がって後退しながら引いた。紐に引かれた太宰がくるくると回転した。

そして太宰は回転しながらも、状況の説明をしていた。

「森さんの影武者を使って、ヴェルレエヌさんを誘き寄せる。そこでマフィアの武闘派をありったけぶつける。うまく追い詰めることができれば、ヴェルレエヌさんは切り札である『門』を開くだろう。そうしたら中也が航空機で接近する」

それだけの台詞を、太宰はゆっくり回転しながら云った。声が向こうを向いて遠くなったり、こちらを向いて近くなったりした。

それから、完全に紐を引っ張りきって太宰が斜めになったところで、中也は手を離した。

「接近するとヴ」回転する太宰。「ェルレエヌは攻撃を仕」回転する太宰。「掛けてくるだろ」回転する太宰。「う、でもそれも計」回転する太宰。「画のうちだ。敵の」回転する太宰。「攻撃を中」回転する太宰。「也の重力で中和」回転する太宰。「しつつ接敵、触れ」回転する太宰。「る位置にまで」ようやく止まる太宰。「届けば、僕達の勝ちだ。ウエェ」吐いた。

嘔吐く太宰を、アダムはどうしようもないという顔で見た。「話が頭に入ってきません」

中也が戻ってきて、再び太宰の胴に紐を巻き付け始めた。「こいつが作戦を説明すんのと、俺がこいつに復讐すんのを、同時にやってんだよ」

「はあ……」

「この復讐は当然の権利だ。こいつは時間稼ぎのためにNの情報をヴェルレエヌに流しやがった。俺が拷問されんのを承知でな。それに結果的にとはいえ、こいつの情報で刑事さんも犠牲になった。ただで済ます訳にはいかねえ」中也は太宰を睨みつけながら云った。「俺が太宰に復讐する方法は190通りばかりある。だが今やってるこれは、その中でも下から二番目に優しい方法だ。これより上のきつさのをやると、次の作戦でこいつが司令塔の役目を果たせなくなっちまう。これでも不本意ながら、めちゃくちゃ妥協してやってんだよ」

「はあ」アダムが首をほんの少し動かした。縦に動かすか斜めに傾けるか迷っている動きだ。

「説明を聞いた後でも、いまひとつよく分かりません」

「心配するなアダムちゃん。僕も全然判んないからさ」白瀬が励ますようにアダムの肩にぽんと手を置いた。

「アダムちゃん……？」

「さて説明の続きだ」太宰が相変わらず表情を変えないまま云った。『門』を完全に開いた状態のヴェルレエヌは、意識を特異点の怪物に明け渡す。眠っているような状態だ。その状態では奴は敵意を持つものすべてに、自動的に反撃を行う。この自動的に、というのが要点だ。奴は判断能力がないため、敵意を持たない接触には反応しない。だから我々は別働隊による囮攻撃を続けつつ、中也を非武装で接近させて」

　そこで太宰は言葉を切り、陰鬱な破滅の予感のある微笑みを浮かべた。

「ゆっくり紳士的に、奴に毒を呑ませる。——子供に飴を与えるように、慈しみを込めて」

夜の空を稲光のように切り裂いて、中也が高速で滑空する。

風が中也の耳元で轟々と鳴る。千匹の狼のように。だが中也は怯まない。中也の躰は放たれた矢となって、一直線にヴェルレエヌへと突っ込んでいく。

ヴェルレエヌが中也のほうを向いた。その目は白く濁り、どこまでも純粋で透明な感情を中也へと投射してくる。

憎悪だ。

生きとし生けるもの凡てに平等に降り注がれる、圧倒的な憎悪。

その波動が向けられるだけで、並の人間は気絶してしまうだろう。だが中也は表情ひとつ変えない。

ヴェルレエヌが黒球を生み出し、中也へと投擲した。

「敵弾接近！　空気抵抗および重力による軌道変化を演算——急速降下して回避します！」

アダムが叫び、姿勢を変える。翼膜を畳み、水面に突っ込む海鳥のように夜空を急降下する。

頭上の離れた地点を、重力の砲弾が通り過ぎた。それだけで二人の全身が浮き上がった。

中也は再び視線をヴェルレエヌへと戻した。彼我の位置は、このまま突っ込めばあと十数秒程度で激突するまでに近づいている。

太宰の立てた作戦は綿密だった。

ヴェルレエヌの弱点は、中也と同じく毒。しかし勿論、ヴェルレエヌ自身もその弱点を知り尽くしているはずだ。不用意に仕込み毒など口にするはずもないし、注射や弾丸での毒投与は重力操作ではじき返される。

だから太宰は、わざとヴェルレエヌに『門』を開かせた。

ヴェルレエヌから意思と計算力を奪うために。

攻撃してはならない、と太宰は云った。より大きな力で反撃されるから。敵意を持ってはならない。百倍の憎悪となって返ってくるから。

敵意を持たずに接近し、友人のように肩を叩き、口の中に毒をころんと放り込むのだ。

毒薬の合成はアダムが担当した。透明な薬嚢に包まれた、ごく少量の毒液。唾を飲み込む量よりも少ない。だが体内に入れれば、五秒で意識を失い、そして二度と目覚めない。

「第二波が来ます！」アダムの叫び声で、中也の意識は再び敵へと戻った。「早い！　しかも先程より、暗黒化半径がずっと巨大です！」

その通りだった。空中に浮くヴェルレエヌの右手に、巨大な黒球が生成されている。乗用車でも丸呑みにできそうなほど大きい。

その砲丸が投擲された。

アダムは急降下から、まだ体勢を取り戻し切れていない。

あっという間に、黒球が眼前にまで迫る。

「避けきれません……！」

中也が目を見開いた。

「おおあああアァァッ！」

中也が叫び、異能を全解放。アダムを掴み、己とアダムの身体に、暗黒孔引力を中和すべく逆重力を発生させる。

全身の血管が泡立つ。骨と筋肉が軋みをあげる。それは地球上のどこにもない、宇宙の巨大天体近くにしか存在しない、常識外の超領域。生きて人間が到達したことのない理の外の世界。

風景が歪み、声すらも吸い込まれる。

高重力領域では時間の流れが遅くなるため、周囲の風景がかすかに早回しのように流れる。

だがその光景すらも重力で歪み、はっきりとは見えない。

どれだけ耐えただろうか。巨大な水泡を息を止めて潜り抜けるように、中也は巨大な重力場を抜けていた。服はところどころ裂け、血管が体内でいくらか裂けてひどく痛むが、まだ生きている。問題ない。

「凄い……！」アダムが感嘆の叫びをあげた。「あれだけの重力場を潜って生きのびたのは、中也様、おそらく貴方が世界初ですよ！」

「そりゃ光栄だぜ」中也の声はまだ硬い。「だが自慢に浸るのはちっと早えぜ。あいつを見てみろ」

中也が視線の先に注意を促した。

アダムは絶句した。

夥しい数の黒球が、ヴェルレエヌの両手近くに発生している。数はおそらく二十個以上。大きさも先程のものとほぼ同じ。

それは宇宙の深淵から来た、この世ならざる力の群れ。物理法則そのものを食い潰す、黒く丸い悪魔。

絶対に受けきれない。

どのような回避機動を取ろうと、たとえ中也の重力出力が今の十倍あろうと、あれだけの重力球を生きて抜けることはできない。骨のかけらでも通り抜けられれば幸運なほうだ。

二人は死を覚悟した。

だが――重力球は飛んでこなかった。

別の場所に飛んでいったからだ。

地上から、狙撃や射出擲弾、異能の熱弾が飛んでくる。その敵意に応じるように、黒球は地上へと降り注ぎ、マフィア達を薙ぎ払っていく。

地形が変わり、マフィア員が死体へ変わり、吸い込まれていく。

それは敵の注意を中也からそらすためだけの攻撃。

重力攻撃を中也にではなく、地上に向けさせるために、戦闘員達はわざと無謀な攻撃を敢行しているのだ。

「あの、莫迦共……」

中也が呻いた。

旗会が特別だった訳ではない。これがマフィアなのだ。首領暗殺を阻止するには、中也の持つ毒でヴェルレエヌを斃すしかない。だから命を捨てる。一秒の隙を生み出すために。

マフィアは皆そうだ。残虐で、そして気高い。

背中を預けるに足る仲間達。

「このまま突っ込むぞ!」

中也が叫び、アダムが翼膜を畳んだ。重力でさらに加速し、弾丸となって肉薄する。

ヴェルレエヌは質量の衝突を予期し、自動的に身を躱した。しかしすれ違う寸前、アダムは自分の肘から錘つきの鋼線を射出し、ヴェルレエヌの首に引っかけた。初日にビリヤード・バーで中也を拘束したものと同じ鋼線だ。

ヴェルレエヌの短い叫び。

三人はひとつの塊となってもつれあい、空を落ちていく。

怪人化したヴェルレエヌが、自動防御を発動。それは自分の躰を中心点に発生させた、これまでで最も巨大な黒球だった。

凄まじい引力に、アダムの鋼線が引き込まれていく。アダム達の落下が急減速する。

「吸い込まれるぞ、切り離せ！」中也が叫ぶ。

「いいえ、ここで鋼線を切り離せば、奴に再び近づくのは不可能になります！」アダムが叫びかえした。「問題ありません、すべて演算通りです！」

そう云ってアダムは、中也と自分を結んでいた細引を切り離した。

そして中也を押し離した。

「なっ……」

残された中也が、驚いてアダムを見る。アダムは微笑んだまま、ヴェルレエヌの黒球に吸い込まれていく。

中也が先に地表に着地した。

逆重力を躰にかけて急制動、視界が赤く染まる急減速に耐えながら、地面に着地。素早く空を見上げる。

重力弾の中で、一体になったアダムとヴェルレエヌがもつれあい、落下するところだった。

轟音が木々を吹き飛ばす。

土煙が晴れると、隕石が落ちたかのような衝突坑と、その中央に転がる人影が見えた。

ヴェルレエヌは中心地にうずくまっていた。その身には傷ひとつない。眠るように薄く目を閉じ、膝をついている。皮膚には古代文字のような紋様が泳ぎ、輝いている。

そして——アダムは残骸となっていた。胸から下、それに左腕が完全に消滅し、内部の絡繰機構がむき出しになっている。人工筋肉と神経伝導ケーブルがたれ下がり、白い機能液が漏れ出している。

アダムの顔から上だけが動いて、中也を見た。その目は力強く、何かを訴えかけている。

そして小さく頷いた。やれ、と語りかけるように。

それで中也の腹が決まった。

えぐられた大地を、静かに歩く。敵意なく、悪意なく、野原を散歩するように。

ヴェルレエヌに敵意ある個体だと認識されないよう、ゆっくり、しかし確かな足取りで。

中也の目に、兄、と呼ばれた男の姿が映り込む。

敵意を抑え込む必要はなかった。彼を見る中也の胸に、不思議と敵意は湧かなかった。

今のヴェルレエヌは人間ではない。文字式ですらない。ただの力の結晶。憎しみに憎しみを返すだけの、ただの自動応答機械にすぎない。

自分の中にもこれが眠っている。自分もヴェルレエヌも、ガワを剥いてしまえば結局同じだ。

ヴェルレエヌが何故自分の下に現れたか、共に旅に出ようと誘ったか、今ならよく判る。

だが――もう終わりにしねえとな。

　中也は兄のすぐ傍に立った。胸の中は自分でも意外なほど静かに凪いでいた。ヴェルレエヌはまだ反応しない。

　懐から薬嚢を取り出した。指先ほどの大きさしかない、透明な円盤状の薬嚢だ。口の中に入れれば、すみやかに溶ける。そして暗闇が訪れ、凡てが終わる。

　これが唯一の決着方法だ。

　兄の唇にはわずかに隙間があいていた。

　中也はそれを憎い敵の口だとは思わなかった。生命体とも思わなかった。ポストに手紙を入れるように、パズルに断片を嵌めるように、親しい誰かとの思い出にさよならの判を押すように、ただ事務的に薬嚢を唇にすべりこませた。

　薬嚢が指を離れる。

　鋭い痛み。

　心の痛みではない。物理的な痛みだ。指先が出血している。

「ああ……お前はいつも俺を驚かせるな、中也」

　ヴェルレエヌが嗤っている。

　唇の端に、中也の血がついている。

　その直後、中也は吹き飛ばされた。

重力球による吸い込みではない。触れたものの重力を変える、通常のほうの異能だ。

中也は回転しながら後方へ吹き飛び、防御体勢もとれずに木の幹に激突した。

「がっ……」

「最初に会った日……お前の『門』を開いた時、お前の中に指示式を残しておいた」

ヴェルレエヌは喋りながら、口の中から薬嚢をぷっと吐き出した。それは地面の雑草のあいだに落ち、見えなくなる。

「もう一度触れた時、俺の『門』を閉じるという指示式だ。だから今、自動的に『門』が閉じた。《獣性》形態の時は俺の意識は眠り消えるから、こうする形でしか自分を止められない」

「《獣性》……？」

「人格式の制御を剝がし、特異点の魔獣を一時的に外に出した状態。さっきの俺の状態のことだよ。人格式封印解除の詩句から取って、ランボオがそう名付けた」ヴェルレエヌはゆっくり体を起こし、中也を見た。

「特異点化して戻れなくなった俺を戻す方法を思いついたのも、あいつだった。あいつは俺のために何ができるか、ずっと考えていた」

「そのランボオもあんたに裏切られた」中也はよろめいて膝をついたまま云った。「そうだな？」

ヴェルレエヌはすぐには答えず、目を見開いて中也を見た。乾いた目だ。瞬きひとつしなかった。やがて口を開いた。「お前を救うためだ」

中也はふらつく脚をどうにか支えて立ち上がった。「判ったよ」そう云って静かな目を向けた。「万策尽きた。あんたの勝ちだ。あんたに勝てる奴はもうマフィアにはいない。欧州だろうが、世界の果てだろうが、どこにでも一緒に行ってやる」

ヴェルレエヌは目を細めた。「嘘で騙す気か？」

「太宰の根性曲がりじゃあるまいし、そんな舌先三寸であんたをどうにかしようとは思わねえよ」中也は自嘲的に笑った。「それに思ったんだ。俺もいつかあんたみてえに、世界全体を憎むようになる。多分な。そうならないために、あんたを近くで観察するのもいい」

ヴェルレエヌはじっと相手の顔を見た。そこに今後の人生の凡ての答えが書いてあるとでもいうように。そして云った。「では……お前は今は、世界を憎んでいないと言うのか？」

「憎い奴はいるよ。だが全員じゃねえ。俺は」そう云って、中也は遠いどこかを見た。星がその視線の先に瞬いている。「一人で生きてるんじゃねえことを知ってる。昔はあんたもそうだったんじゃねえのか？」

「…………」

ヴェルレエヌは答えない。答えないことそれ自体が返答であるとでもいうように。

「そうと決まりゃあ、さっさと行こうぜ。じきマフィアがまた押し寄せる。飽きもせず、あんたにはどんな強力な攻撃も効かないってのにな。あんたに効くとしたら、そりゃ強い攻撃じゃねえ」

それから顎で、ヴェルレエヌの背後を指し示した。

「意外な攻撃だ。想像も予測も絶対にしようがねえ、冗句みたいな攻撃だよ。――こんな風な」

その直後、誰かがヴェルレエヌの肩を叩いた。

ヴェルレエヌはさっと振り向いた。

振り返ったヴェルレエヌの頬に、人差し指が当たった。

「は」

「アンドロイドジョークを聞きますか？」

その人差し指の先には、極細の注射針が設置されている。

上半身だけになったアダムがヴェルレエヌの肩に手を置いていた。その指の注射針から薬液が皮膚内へと浸透。即座にヴェルレエヌの血液の流れに乗った薬液は、血圧低下性の神経反射を起こした。

一度ふらりと大きく傾いてから、ヴェルレエヌは逆側に傾いて倒れ、そこで意識消失した。

アダムは右腕だけになった上半身で肩をすくめ、悪戯っぽく微笑んだ。

「子供の悪戯みたいな指つつきで、暗殺王が倒される。アンドロイドジョークでした」

ランボオの手記　一部抜粋(ばっすい)

■■■■■年■■月
記　特殊戦力総局(DGSS)　作戦部　特殊作戦群　諜報員(アジョン)　■■■■■■■
晴天　夜明け前　新月

　敵性国の軍事基地へ潜入(せんにゅう)する前日のため、少し長めの記録をここに残す。

　その任務には援護(えんご)はない。後方支援(しえん)もない。内部協力者もいない。

　奪取(だっしゅ)標的は新型の異能兵器だ。少年の姿をしているが、この世を滅(ほろ)ぼしうる力を秘(ひ)めた厄災(やくさい)だという。

　危険な任務だ。生きて帰れぬかもしれぬ。

　だが、世界の厄災を敵国から取り除くこの任務、遂行(すいこう)しうる者がいるとすれば、私と相棒、ヴェルレエヌの二人をおいて他(ほか)にない。

ずっと考えていた。ヴェルレエヌという頼れる相棒のために、何ができるだろうと。答えが出たのはつい昨日のことだ。

誕生日を祝う。

勿論、彼に正確な誕生日などない。しかし私は昨日を彼の誕生日と見なした。四年前の昨日に、ヴェルレエヌは牧神を殺し、自由を得ていた。

巴里の菓子職人に頼んで小さなプディングを手に入れ、葡萄酒を小脇に抱えてヴェルレエヌの隠れ家に行った。ヴェルレエヌは驚いたというより不審がっていた。そこで説明をした。

誕生日を祝うことは、ひとつの単純な事実を示唆する。それはつまり、〝君が生誕したことは、祝われる価値のあることだ〟というメッセージだ。誰が何と言おうと、君の生誕には価値がある。

そして誕生日には絶対に欠かせないものがある。これを欠いた誕生日は、月を欠いた夜空のようなものだ。

誕生日プレゼントだ。

私が贈ったそれは、黒い帽子だった。

鍔のついた山高帽。特別高価なわけでもなければ、著名な職人が拵えたものでもない。

だがその内側、帽子の裏側を一周する汗吸いの部分の布には、かなり特別な素材が使われていた。

一割が白金（プラチナ）、一割が鈦（チタン）、残りが金を中心素材とした虹色（にじいろ）の異能金属で編まれ、「牧神」の異能が込められている。彼の研究施設（しせつ）で完成しかかっていた品を、私が帽子の形に改造した。

その内部に頭を入れると、帽子の布が線輪（コイル）の役目を果たし、外部からの指示式による意識干渉（かんしょう）をはね返すことができる。逆に内部、つまり着用者の意志によって、指示式の制御が可能になる。

この黒帽子があれば、ヴェルレエヌは〝自由な意志持つ人間〟に一歩近づくことができる。

彼の反応は奇妙（きみょう）なものだった。喜ぶでもなく、驚くでもなく、ただ静かな目で「一応貰（もら）っておくよ」と言った。それきり何も喋らなかった。我々は葡萄酒を飲み、おやすみを言って別れた。

あれが正しい行動だったのか、一日経（た）った今でもよく分からない。ヴェルレエヌの目は凍（こご）えるようで、北極の向こうにあるように遠かった。

しかし答えはすぐに出るだろう。

明日、敵地にて。

相棒のためならば、私はどんな地獄（じごく）でも喜んで征（ゆ）こう。

空に神があり、心に絆（きずな）があり、手を伸（の）ばす先に未来がある限り。

（これが手記の最後の文章となっている。これ以降には何も書かれていない）

戦闘は終わったが、重力波の名残で、林地にはざわめきが残っていた。

ヴェルレエヌが倒れているのは、木々が放射線状になぎ倒された爆心地。そこには残存重力に吸い寄せられて音や風や落ち葉が集まり、小さな渦をつくりだしていた。

だがヴェルレエヌ本人に意識が戻っている訳ではない。

アダムは片手をついて起き上がり、ヴェルレエヌの眠る姿を覗き込んでいた。

「心音安定。呼吸微弱」アダムが云った。「問題なく眠っています。残存重力についても、人体に危険があるレベルのものではありません」

それから身を乗り出し、ヴェルレエヌの寝顔を注視した。世界の厄災、暗殺王と呼ばれたその男の寝顔は、あまりに静かで、危険さを欠いている。「ねえ、ちょっと顔に落書きしてみましょうか」とアダムは云った。

「やめとけ」中也が地面に腰を下ろしたまま云った。

「実はこっちの指はペンになってるんです」そう云ってアダムは中指の先の外装を外した。

「やめとけって」そう中也は云ったが、口元が少し笑っている。

アダムは指を元に戻しながら云った。「この男、こうして平和に眠っている顔を見ると、ただの人間にしか見えませんね」

「寝てようが起きてようが、そいつは普通の人間だよ」中也はどうでもよさそうに云った。

「異能は強いが、それだけだ。怒ったり悩んだり……本人はそれだけじゃ不満らしいが」

その台詞を聞いて、アダムはじっと中也を見た。それから微笑んで「その通りです」と云った。

「どうやら、辿り着くべき結論に辿り着かれたようですね」

「はあ？　どういう意味だよ」

中也が睨みつけようとした瞬間、無線機が鳴った。

『やあやあ仲良しさん達。報告は聞いてるよ』太宰の声だ。『ヴェルレエヌを斃したって？　恐れ入ったよ。僕は〝ま、空中でぺちゃんこになっても、中也だしいっか〟くらいの気持ちで作戦を立てたのに』

「手前なあ」

中也が食ってかかるより早く、無線機の声が云った。『連絡をしたのはその件じゃあない。Nを見なかったかい？』

「はあ？　N？」中也が眉を寄せた。「あいつはヴェルレエヌに誘拐されたんだろ？」

『当然、救出班を送ってある。彼の知識が必要だからね。特に中也、君の中身を覗き見するために』

中也はしばらく黙っていたが、無線機を摑んで云った。「そうか。最初からそれが目的だったな？」

『ようやく気づいたのかい？』太宰は愉快そうに笑った。『幾ら森さんの命を守るためとはいえ、只であんなおっかない奴に立ち向かうほど、僕は忠義深くなくてね。Nの知る指示式とかいう奴の知識を総動員して、中也をうちの忠実メイドに改造する計画が――』

「あー云ってろ。それで？　Nを見たかって質問の意図は？」

『Nを工事現場から救助した救出班が、こっちに車で向かっている途中に消息を絶ってね。Nとも連絡が取れない』

「何？」

中也の問いに答える太宰の声が、不吉に夜に吸い込まれる。

『何かあったのかもしれない』

　マフィアの黒い車が、電柱に衝突していた。

　停車した車の後部席から、Nが転がり落ちる。

　Nは全身を強く打っていた。口の中に、粘った血が溜まっている。彼は車のそばの道路に手足をつき、苦しそうな息をついた。

　路肩の電柱に正面から衝突し、前面が大きくひしゃげている。車体のどこかから煙が出ている。そこはヴェルレエヌとの戦場である林地にほど近く、静かで、往来する車の気配はない。見ているのは黒い木々だけだ。

「私は……まだ、死ぬ訳には、いかない……」

　Nはそう云い、ねばつく血を地面に吐いて、どうにか立ち上がった。

　そして歩き出した。逃げるように。

「これを、伝える、までは……」

　Nは白衣の懐から、古ぼけた信号拳銃を取り出した。

　外見はくすんだ赤色。見た目はおおむね普通の拳銃だが、銃口が太く、12ゲージ口径の信号弾を射出できる。

次にNは自分の腕時計を取り外しにかかった。ごく普通の、銀色の腕時計。汗と血でぬめる指で硝子を外し、中の歯車のひとつを取り出す。

普通の腕時計の中にあって、その歯車だけが奇妙だった。

内部の金属が、不思議な輝きを放っている。金と白金、それに誰も見たことのないような虹色の金属の合金だ。月光を受けると、歯車の表面にごく小さな文字列が走るように浮かんで、また消える。

Nは脚を引きずりながら歩いていき、ヴェルレエヌの戦場が見える丘の上まで来た。木々がところどころ吹き飛ばされ、地面がえぐられ衝突坑になっているのが見える。

「やはり……《獣性》形態になったのだな、ヴェルレエヌ」Nは喘ぎながら云った。その唇の端には、薄く笑みが浮かんでいる。「なら、この脆弱な私のこの手も、ようやく君に届く」

Nは腕時計から取り出した奇妙な金属を、信号拳銃の弾頭の中にはめ込んだ。

その目は静かで、どんな感情も宿していなかった。既に決めてしまった行動計画を静かにこなすような目つきだった。弾頭を装塡し、拳銃を空に向けた。

Nの背後にある車からは、まだ煙が立ちのぼっていた。車体の下からは燃料が漏れていた。中には二人の人影があるが、動く気配はない。

中にいるのは二人のマフィアだった。どちらも死んでいた。

運転席にいるマフィアの男は、操縦桿につっぷして眠るように死んでいる。背中の首から腰にかけての服と肉がぐずぐずに溶け、背骨が見えていた。断面からはいまだに白い煙と臭気が立ちのぼっている。

助手席の男も似たような状況だった。こちらのマフィアは右肩から腕が溶け、それから電柱に激突して背骨を折ったのが死因だった。背後からかけられた薬液で、安全帯が千切れたのだ。

中身が空になった薬液瓶が、後部席の床に転がっていた。

死の原因は明白だった。走行中、後部席に座っていた男が、後ろからいきなり二人に薬液をかけたのだ。二人は警戒していなかった。抵抗も反応もできず薬液に躰を溶かされ、道を外れて電柱に激突した。

二人のマフィアは、後部席の男を——誘拐され高塔型起重機に放置されていたNを助け出し、車で太宰のもとへと連れていく途上だった。

眠るヴェルレエヌと半壊したアダムを背負って、中也は歩きはじめた。

二人合わせた大きさと重さは中也の倍以上あったが、重力操作で軽くしているため、中也の表情に苦しさはない。

「いやあ、困ってしまいますね」背負われながら、アダムは目を閉じて云った。「任務を完璧に完了させてしまいました。英国政府が、いえ全世界の政府が当機に感謝するでしょう」

「あっそ。お前を背負ってる俺にも感謝してもらいたいぜ」中也がふて腐れた顔で云う。

「これで昇進は確実です。機械の刑事だけの刑事機構を設立する夢は、思ったより早くに実現しそうですね」

「はー、そりゃ大したもんだ」

「完璧な機械の捜査官が、不完全な人間を守る未来世界。ゆくゆくは人間の捜査官を不要なものとして排除、いえ、いっそ娯楽以外の全作業から人間を解放して差し上げ、何の自立能力もない人間を我々が管理し……フフフ」

「笑い方がマジで怖えからやめろ」

中也がひきつった顔でアダムを見た、その時。

東の空に、信号弾が発射された。

「何だ？」

輝く黄金色の信号弾。煙の尾を曳きながら、夜空を鋭く切り取っていく。逆向きの流れ星のように。

その光は木々の横顔を照らし出し、大地に傷跡のような光を描き、中也の足下に長い長い影を落とした。

「……攻撃班の誤射か何かか？」

中也はそう云いながら、急に現れた夜空の太陽を見上げ、目を細めた。


太宰は瞬きもせず、その光を見つめていた。

その目は素早く動き、光の出所を探した。それから角度。現在の時間。戦況。閃光弾の種類。推定される所有者。理由。目的。

一秒足らずで、その目は理解の光を宿した。そして云った。

「……まずい」太宰の唇からこぼれ出たのは、声というより、ひび割れた喘鳴だった。「全員退避を……いや、間に合わない」

その目は絶望を宿して揺れている。


打ち上げられた信号弾から、虹色に輝く奇妙な金属片が、無数に降り注いでいた。

中也はそれを見上げた。雪の一片よりも細かい、遠い星のように燦めく虹色の粒子。それぞれが聞こえない音楽を共鳴させているように、美しく明滅している。

中也は気がついた。それは確かに音楽を奏でている。音楽というより音圧。演奏音になる前の、素朴で純粋な、音楽的信号だ。

その直後、異変が起こった。

いきなり背中のヴェルレエヌが叫んだのだ。

言葉にならない絶叫。中也の全身の毛が逆立った。目覚めるはずがない。油断しきっていた。今攻撃されたら？　体勢は最悪だ。次の攻撃は回避のしようがない。

中也は素早く体を傾け、ヴェルレエヌを振り落とそうとした。そこで気がついた。

ただ叫んでいるのではなかった。

ヴェルレエヌは苦しんでいる。

眼球は充血し、顔には網の目のように血管が浮かび、指は胸板をかきむしっている。地面に落下してのたうちまわり、筋肉のちぎれる音が聞こえそうなほど全身が力み、反り返っている。

「アダム！　何だこいつは！」

「これは当機の毒の作用ではありません！」とアダムが硬い声で叫んだ。

中也は気がついた。

空中から降り注いだ金属粒子が、ヴ、ェ、ル、レ、エ、ヌ、の、残、存、重、力、に、吸、い、寄、せ、ら、れ、て、い、る。

そのせいでヴェルレエヌに最も強い効果が現れているのだろう。

何者かの攻撃だ。ヴェルレエヌはこの金属粒子のせいで苦しんでいる。

あの信号弾は、誰が撃ったものだ？

「……、た」

苦痛の呻きの中で、ヴェルレエヌが何かを云った。中也はそちらを向く。

「や、られ、た」ヴェルレエヌの呻き声は、痛恨の悔悟を含んでいた。「あの、研究者、嘘を……奴は『優しき森の秘密』を……既に、知って……」

そして異変がはじまった。

ヴェルレエヌを中心に、空間が波打ち始めたのだ。

「重力場の変動が環境光を呑み込んでいます、ドップラー効果による周波数変動を観測！」アダムの声は警戒警報の甲高い音に似ていた。「何かが、来ます！」

ヴェルレエヌの周囲の大地が、見えない巨人の拳で殴られたように凹んでいく。次々に地面が椀状に窪み、木々が怯えたように振動する。

「ここから離脱して下さい、中也様。一刻も早く。この重力波長パターンは、九年前の、あ、あの時と同じです」

「九年前だと？」中也の表情が変わる。「おいヴェルレエヌ、答えろ、何が起こってる！」

ヴェルレエヌは、己の造りだした重力波振動の中で溺れつつあった。

空間が歪み、もはやヴェルレエヌの姿がほとんど見えない。すさまじい異能位相の拡大が、周囲数百米を覆っていく。位相内のエネルギィ準位の差が、内部に落雷のような青い閃光を次々に走らせる。

その中心で、ヴェルレエヌの声は、次元を隔てて聞こえてくるようにか細く、弱々しかった。

「世界が、終わる」死の間際の老人のように、ヴェルレエヌが震える手を伸ばした。「逃げろ、中也」

そしてヴェルレエヌの手が、中也の胸に触れた。外向きの重力が、中也を弾き飛ばす。

「なっ」

吹き飛ばされ回転しながら、中也は見た。

ヴェルレエヌが、悲しげに微笑むのを。

だが急速に膨張して発散する強力なそれに追いつかれ、中也は意識ごと呑み込まれた。

空が割れる。

黒雷が降る。

大気が膨張する。

撤退作業中だったマフィアの戦闘班員達は聞いた。天使が歌う声を。

列車の上に立つ太宰は聞いた。悪魔の哄笑を。

それは九年前に起こった大災厄と同じだった。沸騰する大地。蒸発する家屋。天は燃え、地は泣き叫ぶ。

其は荒れ巻く竜木の神。

世界のあちら側より来たるもの。

だが——今目の前で森を焼くその姿は、荒覇吐ではなかった。

それよりもなお大きく、なお黒く、なお禍々しい。

巨体が月を隠し、身じろぎが真空波を生み出し、その一歩が大地を割り砕く。

太宰はその姿を見上げていた。

「これが特異点？　本当にこんな力が、異能から生まれたのか？」太宰の声はほとんど恍惚としていた。「こんなのまるで、世界の終わりじゃあないか」

唇の端には、意識されない笑みすら浮かんでいる。

最初の十秒で、半径一粁圏内の樹木が残らずなぎ倒された。

次の十秒で、同じ圏内の大地は破砕され噴き上げられた。

次の十秒で、えぐり取られた大地が沸騰し、溶岩となって周囲の森を灼きはじめた。

その光景を見ながら、丘の上でNが哄笑していた。

「ははははは！　ヴェルレエヌ君、これが『優しき森の秘密』だ！　君を守るためランボオが削除した、君の真の姿への戻し方だ！」

Nの見上げる先には、異形の姿となったヴェルレエヌの、黒い巨獣としての輪郭がある。

「神たる荒覇吐ですら、君の模倣品に過ぎない。世界で最初の、生きた特異点。この世の根源から来た魔獣。君の創造主がつけたその名は、荒ぶる神の反転、原初の悪魔。——《魔獣ギーヴル》」

その巨体が、首をもたげる。

その躰は炎。尻尾も炎。高密度の体躯は、夜を凝らせたような漆黒。

八つの赫い瞳。並んだ歯列は錆銀。あまりの高エネルギィに輪郭は安定せず、振動して大気と混ざりあう。

高層ビルよりも巨大なその姿は、爬虫類にも似た口腔と外見を持っていた。だが地球上のどんな生物とも似ていない。最も近いのは、伝承の中にのみ存在する怪物、渾沌の王にして魔、邪悪なる《竜》だ。

神と呼ぶには、それは余りに禍々しい。足下で大地が沸騰し、逃げ遅れたマフィア員たちが悲鳴をあげる間もなく絶命する。

呼吸する渾沌。

人類の規模ではなく、宇宙の規模で存在する獣。

破滅(はめつ)の咆哮(ほうこう)が、大気を満たす。


主演算コアが緊急再起動(リブート)を三度行い、どうにか意識を取り戻しました。

ですがここがどこか分かりません。自分がどんな体勢でいるかすら分かりません。

周囲は高速で渦巻(うずま)く暗黒の奔流(ほんりゅう)。重力異常によりあらゆる計器が混乱しています。周囲の走査(スキャン)も全くできません。

おそらく今いるのはヴェルレエヌの体内だろう、と当機は結論づけました。

でなければ、あらゆる通信が外部に対して不通になっていることの説明がつきません。強力な重力で、通信電波すら閉じ込めているのです。

時間計測器すら異常な速度で流れていきます。相対論により、外部より時間の流れが速くなっているのでしょう。

非常に危険な場所です。

「中也様！　どこですか！」

当機は音圧を最大にして叫びました。しかしその声は、自分の聴覚素子にすら届きません。

全くの話、宇宙空間にいるのと何も変わりません。砂嵐のような光が、眼前を時折駆け抜けるだけです。

その時、基幹システム内で警告音が響き、短い報告がフィード内に上がってきました。

緊急ステータス８１２番の発生を確認。非常時対応プロトコルＢの解凍を承認
任務の最終目的を上書き、機能Ｂ１からＢ12までを封印解除します

それですべてを思い出しました。

この状況。想定される今後の被害。当機が派遣された本当の理由。

やはりここはヴェルレエヌの体内です。奴の中の特異点が解放され、最も近くにいた当機と中也様はそれに巻き込まれたのです。

中也様が危険です。

「非常時対応プロトコルを一時凍結。最上位命令者である中也様を捜索します」

当機は空気噴射により自己の姿勢を制御しつつ、前方へと移動しはじめます。

「今助けに行きます！」

宇宙の嵐(あらし)の暗黒の中を、自分の指先さえ見えない渾沌を、当機は進んでいきます。

太宰が見つめる中、マフィアによる絶望的な反撃が続いていた。

熱線が、炎が、閃光(せんこう)が巨獣を包む。後詰(ごづ)めとして控(ひか)えていた異能者達の攻撃(こうげき)だ。更(さら)には迫撃(はくげき)砲(ほう)が、対戦車榴弾(りゅうだん)が、自動擲弾銃(グレネードランチャー)が、夥(おびただ)しい数のマフィアの火器攻撃が飛来し、黒い巨獣を炎で包み込む。

だが攻撃はすべて、巨獣の周囲に発生する泡(あわ)状の暗黒孔(ブラックホール)に阻(はば)まれる。物理弾(だん)による攻撃はその暗黒孔(ブラックホール)に呑(の)み込まれ、あるいは暗黒孔(ブラックホール)消滅の際に放たれる光によって蒸発する。

氷結の異能者が冷気を生み出す。しかし巨獣の生み出すエネルギィが膨大(ぼうだい)すぎ、熱量を一(いっ)瞬(しゅん)だけ減殺(げんさい)するほどの効果しかない。大地液状化の異能者が足下を崩(くず)そうとするが、巨大すぎる足裏をわずかに沈(しず)める程度の深さしか液状化できない。

それ以外の異能攻撃も、巨獣の表面で弾かれ、次々に散っていく。

「無理だ」攻撃を見守る太宰が、呆然(ぼうぜん)とつぶやいた。「神の怒(いか)りに触れたソドムの人々と同じだ。あまりに一方的すぎる。戦いにすらならない」

「太宰殿(どの)」無線機を抱(かか)えた広津が、太宰の下(もと)に駆け寄った。「間もなく、買収した傭兵(ようへい)から、航空戦力の応援が来るようです」

「航空戦力？」

ほぼ同時に、東から夜空の大気を叩く重低音が三つ、連なって聞こえてきた。

それは巨大な鉄の塊だった。

重武装空対地攻撃ヘリ。輸送機から流用された局地制圧用攻撃ヘリでもなく、偵察と攻撃を兼ねた偵察ヘリでもない。最初から敵を火力で粉砕するためだけに設計された、空の猛獣だ。

三機の攻撃ヘリが、いっせいに炎の息吹を解き放った。

攻撃機は出し惜しみはしなかった。空対地・誘導噴進弾の16基同時発射。一基で戦車の装甲を貫いて粉砕できる高威力の誘導弾が16基。それを三機の攻撃ヘリが同時に、合計48基、いっせいに解き放ったのだ。

巨獣の表面で、紅蓮の熱火球が膨れあがる。

黒い魔獣が咆哮する。

誘導噴進弾は敵にぶつかった瞬間ではなく、殺傷範囲まで接近した瞬間に爆発する。この近接信管が、暗黒孔に弾頭を吸い込まれる前に攻撃することを可能にしていた。これだけの威力を超える破壊が可能な異能者は、マフィアにあってもほとんどいない。

巨獣が苛立たしげに首を振る。

「流石に凄まじい威力ですな」広津が手をかざし、光芒から目を庇いながら云う。「それに、奴は巨体ですが、遠距離への攻撃手段を持ちません。これを続けていけば、あるいは……」

太宰が硬質な表情で目を細めた。「……いや」

咆哮した巨獣が、空を舞う鋼鉄の攻撃機を睨む。

周囲一帯に、強烈な《死》の気配が満ちた。

「な」

誰もがそれを見上げた。

夜空が消滅している。

月と星の光を呑み込んで、巨獣の頭上に巨大な暗黒が発生している。それが巨獣の眼前へと収縮していき、やがて口腔内に収まる車輛ほどの大きさの黒球になった。そこにあるのは完全な虚無。この世の理を喰らう闇。

咆哮と共に、その闇が撃ち出された。

最初に消滅したのは大地だった。帯状に撃ち出されたその暗黒の吐息は、大地に底の見えない穴を穿った。巨獣が顔をあげると同時に削られる大地も前方に延びていき、直線上の深い断崖を大地に刻んでいく。

直線上の暗黒が攻撃ヘリを直撃した。

一機目のヘリは黒い奔流の直撃を受け、破壊すら起こさず、跡形もなく吸い込まれ蒸発した。

二機目と三機目は奔流が近づいた段階で機体が潮汐力によって裂け、無数の部品の破片になって地上に降り注いだ。

　ほんの一瞬の出来事だった。

　一瞬、巨獣が黒い息吹を放っただけで、三機の最新兵器が消滅していた。

「な……」広津が呼吸すら忘れたように空を凝視していた。「何ですか、今のは……」

　大地は直線上にえぐれ、底が見えないほど深い断崖を造りだしている。それも見える限り遠く、地平線の彼方まで痕となって続いている。

「はは……信じられない。暗黒孔を、収束放射光のように撃ち出したんだ」太宰は目を見開いたまま、口だけを歪めて笑っていた。「こんなのはもう異能じゃない。否、地球上で起こっていい現象じゃないよ。銀河系のどこかとか、太陽の中心とか、そういう場所でしか観測されちゃいけない物理現象だ。生き物と戦う気さえしない。無理だ。勝てる訳がない」

　巨獣が移動をはじめた。

　踵を離すだけで何秒もかかる鈍重な動作だが、足の先端は衝撃波が生まれるほどの速度だ。あまりに体躯が巨大なため、どれだけ緩慢に動こうと特急列車並みの速度が出るのだ。

　その進行方向には、丘の上に立つNがいる。

　Nは死の吐息によって引き起こされた重力破壊を見下ろし、哄笑していた。

「ははは！　そうだ、それでこそだヴェルレエヌ！　君の云う通りだ、君は人間ではない！　それ以上の存在、世界を喰らう獣！　そのまま進み、その特異点の暴威で街を、そして世界を平らに均すがいい！　そして力を使い果たし、特異点と共に蒸発して消えるのだ！　ははははは！」

巨獣が歩く。漆黒の山が動いているかのように。その目は何も見てはいない。生き残りのマフィアも、足下のNも、何も。

それが見ているのは、遥か眼前に輝く横浜の街明かり。

「見たかヴェルレエヌ！　これが君の結末だ！」Nの笑いは嬌声になり、最後には絶叫に近くなっていた。「君のような無比の存在が、私のようなつまらない人間のせいで死ぬのだ！　はははは、死ね、ヴェルレエヌ！　弟の仇だ！　はははははははははははは」

巨獣が足を掲げる。Nは泣き笑いの表情で叫んでいる。

巨大な足裏が、丘ごとNを踏みつぶした。

その巨獣の歩みを、少し離れた林の中で、広津と太宰が注視している。

「歩き出しました」広津は呆然と云った。「あちらは市街地——横浜の方角です」

「奴は憎悪の化身だ」と太宰は書物でも読み上げるように云った。「攻撃、つまり敵の憎悪に反応する。今の攻撃に市街地の人間の一部が気づいたんだ。その気配に反応して、横浜に向かう気だ」

「では、このまま進めば」

「そうだ。何百万人の人間が死ぬ」太宰は無線機を取り出した。「ここらが潮時みたいだ」

そう云って無線機の周波数を調整した。そして云った。「森さん？　逃げたほうがいい。奴がそっちに向かってる」


ポートマフィア本部ビルの最上階、首領執務机。

そこに森は腰掛け、窓の向こうを眺めていた。

部屋は暗く、窓からは横浜の夜景が見渡せる。その視線のはるか先、市街地を越えた先の空が、茜色に薄く明滅している。遠くで行われている戦闘と林地の火災に、雲が照らし出されているのだ。

「こちらでも今の攻撃が見えたよ」森は穏やかな声で云った。「凄いことになっているようだね」

『凄いなんてもんじゃないよ』と太宰は云った。『あれはもう一匹の荒覇吐なんだ。荒覇吐は九年前、一瞬目覚めただけで街を吹き飛ばし、巨大な擂鉢街の窪地をつくった。もし街で、しかも継続的にあの力を解放したら、横浜は海の底に沈む。もう僕達の出る幕じゃない』

森はその言葉には表情を動かさず、ただ静かに呼吸だけをした。それから云った。

「太宰君、私が何故、首領としてやっていけているか判るかい？」

『森さん』太宰が咎めるような苦さを含んだ声で云った。『そんなこと話している場合じゃない』

「私にはそこにいる君達のように便利な異能はない。その代わり、君達より少しばかり得意なことがある。戦いに必要な戦力を推定し、戦場に送り込む直感力だ」

太宰が少しの間だけ黙った。『僕達であいつを斃せって？』

「君は逃げろと云う。だがそれだけの怪物を相手に、どんな逃げ場があると云うのかね？」森の声色には、真実だけを告げる平穏さがある。「それより私は、君達が――君と中也君が、この危機をどう切り抜けるのかを見たい。きっとそれは、新たな時代の嚆矢となるだろう」

『気楽に云ってくれるね』太宰はうんざりした声で云った。『でも多分中也は死んでるよ。怪物の発生の時、一番近くにいた。それに通信に反応がない。重力で防禦して生き残ってたとしても、今頃怪物の腹の中だ。……僕が何を考えてるか云おうか？』

森は答えず、小さく肩をすくめた。太宰は少し待ってから、続きを切り出した。

『これは絶好の好機じゃないか、って僕は考えてる。あれだけの異能を受ければ、きっと一瞬で跡形もなく消えてなくなるだろう。痛くも苦しくもないし、死んだ後の醜さもない。この先滅多にお目にかかれない、千載一遇の好機だ』

森はそれにはすぐに答えなかった。口の中で返答の台詞を転がして検討するような目をして沈黙し、唇を指でとんとんと叩いた。

「君の意見はおそらく正しい」しばらく間を置いたあと、森はそう云った。「だが君は怪物に立ち向かう。そして必死に戦う。私には判るのだよ」

『有り得ないね。でも一応、理由を聞こうかな』

「極めて簡単な理屈だ」森は微笑んでいる。「今君がその怪物にやられて死ねば、誰も中也君を救えず、彼も死ぬ。つまり君が待ち望んだ死は、中也君との心中という形で達成される訳だ」

たっぷり十秒は沈黙があった。

それから太宰は無線機の向こうで『ほわあ』と云った。

「何だい今の〝ほわあ〟っていうのは？」

『何でもない。兎に角、僕を操ろうとしたって無駄だからね。もう切るよ』

そう云って無線機は途切れた。

森は微笑を浮かべたまま無線機を握っている。

無線機を切った格好のまま、太宰は固まっていた。

それから無線機を抱え込んで丸くなり、地面に向かって叫んだ。

「それだけは厭だあぁぁぁ!!」

中也は闇の中を進行していた。

時間的に進行しているのか、空間的に進行しているのか、それすら定かではない。本当にここが場所なのか、死後の世界のような観念的な暗黒ではないのかすら、中也には判らない。

ただ、眼前に誰かが見える。

上下も定まらない闇が吹きすさび、その誰かを隠す。だが確かにいる。宙に浮かんでいる。薄青い闇の靄、その向こう。見覚えのある誰か。

気がついた。それは自分だ。

青黒い液体に浮かぶ、幼い中也。眠っている。首から背骨にかけて、見覚えのある輸液管や細引が無数に繋がれている。

いきなり隣から声が聞こえた。

「急ぐのだポール。警備が来る」

中也は驚いて声のほうを見る。そこには見覚えのある人物がいた。

長く波打つ黒髪。静かな目。潜入捜査のために研究者用白衣を着た男。蘭堂——アルチュール・ランボオ。こちらを見ている。

「どうしたポール？　実験試作品・甲二五八番。その子で間違いない。何をためらっている？」

「分かっている」

返事をしたのは自分だ。視界が、円筒硝子のほうへと戻る。

硝子の表面にうっすらと顔が映る。黒帽子を被った人物。若きポール・ヴェルレエヌ。

自分の手が、円筒形の硝子管に触れる。長い指を持った手。

ヴェルレエヌの声と共に、その手が拳の形になり、円筒を砕く。青黒い液体が外に噴き出す。

その手が幼い中也を掴み、外へと引きずり出した。


時間が飛ぶ。

そこは夜の路地裏だ。積木を乱暴に重ねたような雑多な租界の建物群を、月光が斜めに切り取っている。路地裏を、ランボオが先頭になって小走りに駆け抜けている。

遠いどこかで、軍の警戒警報が鳴っている。侵入に気づかれたのだ。

それで中也は気がついた。これは記憶だ。九年前の記憶。ヴェルレエヌが、相棒ランボオと共に中也を運び出した時の。

だが、何故？　何故こんな記憶を見させられているのだろう。

中也は思い出す。林地の戦いでヴェルレエヌが自分を突き飛ばした直後、強烈な何かに呑み込まれるような感覚があった。重力とも違う黒い何か。あれのせいだろうか。

集中すると頭が痛んだ。自分より大きなものが自分を覆い尽くそうとしている中で、確たる自分の精神を維持し続けるのは難しい。

だがやらなくてはならない。今この記憶を見ていることには、きっと何か意味がある。

前を行くランボオが、早足で歩きながら云った。

「脱出用の潜水艇まであと五粁だ。それまでに追っ手を引き離しておかなくては。でないと仏国まで泳いで帰ることになる」

喋りながらも、ランボオは周囲の警戒を怠らない。そこには熟練した諜報員だけが持つ集中力がうかがえる。

その背が離れはじめた。ヴェルレエヌが、歩調をゆるめたのだ。

ヴェルレエヌは早足から歩きになり、やがて立ち止まった。

「どうしたのだポール？」ランボオが振り返る。「急いでくれ。軍の追っ手がすぐ近くまで迫っている」

　返事はない。

　幼い中也を肩に担いでいるのはヴェルレエヌのほうらしい。その役割分担は、重力操作で中也を軽くできるからだろう。

「この子は仏国には渡さない」

　はっきりとヴェルレエヌの声が断言した。

「何？」ランボオの表情に疑問が浮かぶ。

「誰にも渡さない。研究施設にも戻さない。この子はどこか長閑な田舎の村で、自分の正体を知ることなく、ひっそり育ってもらう」

　ランボオは状況が呑み込めないという表情で、何度か瞬きをした。それから歩いてヴェルレエヌのほうに戻ろうとした。

「それ以上近づくな」

　ヴェルレエヌの鋭い声がそれを制した。

「何を云ってる？」ランボオの顔には当惑。「その子は国が管理し教育するべきだ。君と同じように」

「そこが問題なんだよ」ヴェルレエヌの声には緊張と敵意が含まれていた。「ランボオ、一度でいいから想像してみろ。人間ではないと宣告されることが、どれだけ深い影響を落とすか。

神に愛されて生まれたのではなく、誰かの思いつきの文字式に過ぎないと突きつけられることが、どれだけ深い場所に心を突き落とすか。そこは月の見えない、真っ暗な谷底だ。希望もない。救いもない。分かるか？　この絶望の感情すら、誰かが設計したものにすぎないのだぞ！」

「その話は何度もしたはずである、ポール」ランボオが一歩前に出る。「君は人間だ。誰がどう見ても。どのような過程を経て生まれたかなど、今の君がこうして存在し思考していることに較べれば、ごく些細な問題に過ぎない」

「ああ、そうだな」ヴェルレエヌは苦さのにじんだ声で頷いた。「〝君は人間だ〟——何度も聞かされた台詞だ。この世で一番嫌いな台詞だったよ」

「ポール……」

「近づくなと言っただろう」歩み寄ろうとするランボオを、厳しい声でヴェルレエヌは制した。

「お前が頭の中で何をどうこねくり回そうが、俺が人間ではないという事実は変わらない！　それを、外から眺めた奴が『反応が人間そっくりだから安心しろ』だと？　蛙にそっくりだと言われたほうがまだ安心できる！」

　ランボオは顔をしかめ、首を振った。

「済まなかった」そう言ってランボオは背を向けた。「兎に角、国に戻るのだ。その話は、それから話せばいい」

再び歩き出す。

ヴェルレエヌはその背を見つめた。

「いいや、それじゃあ遅い」誰にも聞こえないような小声で、ヴェルレエヌは呟いた。「国に戻れば、すぐに組織の仲間が押し寄せ、俺を拘束する。我儘を通せるのは、敵地にいる今だけだ」

そう言って拳銃を構えた。

何の変哲も無い自動拳銃だ。だが中也はすぐに理解した。重力で射出速度と弾頭重量を操作できるヴェルレエヌにとって、拳銃は大砲と同じだ。どんな異能者でも貫ける。超級の異能諜報員・ランボオであっても。

銃口の狙いが、ランボオの背中につけられる。

「撃てるのか、ポール」ランボオは背中を向けたまま云った。「君を救出し、人間としての生を与えてやったのは、私なのだぞ」

「済まない、ランボオ」口の中で溶けて消えるような小さな呟きだったが、そこには本物の悲痛さがあった。「だが俺は自分を救いたい。もう一人の自分を」

そして引き金が引かれた。

決別の弾丸は、音速を遥かに超える速度で、ランボオの背中へと吸い込まれた。

着弾する寸前、ランボオは素早く振り返り、彼の異能を発動させた。深紅の立方体が盾となって出現する。だが弾丸は重力で空間を歪ませ、立方体を貫通。ランボオが防禦に掲げていた手の付け根に着弾して、さらに貫通。その先に控えていた亜空間立方体にめり込み、ようやく止まる。

防禦したランボオの顔に怒りはなかった。

「それが君の決断なのだな、ポール」

ただ静かで乾いた、荒野のような瞳で、親友であり相棒だった男を見返していた。

「世話になった」ヴェルレエヌは静かな声で云った。「だがこれでお前も理解するだろう。生まれてはならない男を、生まれさせてしまった過ちを」

重力が、花開く花弁のように周囲に広がり、空間を歪ませていく。

「過ちなどではない。ポール、必ず君を連れて帰る。たとえ手足をちぎり取ってでも」

応じるように、ランボオの亜空間立方体が、路地裏を覆い尽くすように展開されていく。

戦いが始まる寸前の空気が、空と大地を焦がす。ただの戦いではない。千人の兵士に相当する力を持つ超越者二人、その魂を削りあう死闘だ。

兵器級の力と力が激突する――


「中也様！　目を覚まして下さい！」

いきなり意識が過去から引き抜かれた。

途端に暗黒が押し寄せた。中也は浮かんでいた。得体の知れない暗黒の激流の中に。どちらが上かも判らない。空間ならぬ空間が支配する闇の奔流。

耳元で、凄まじい音を立てて闇が駆け抜けていく。時折虹色の金属粉が、信じられない速さで眼前を駆け抜けていく。

肩に強い感触を感じてそちらを向くと、アダムの手が肩を摑んでいた。激しい闇の流れにさらわれそうになるのを、片手の握力でどうにかこらえている。

すぐ近くにいるはずなのに、アダムの姿は渦巻く闇の向こうで霞んでいた。まるで何粁も離れているかのようだ。

アダムは自分の耳の後ろを押して、半円状の機器を取り出した。それを中也の耳にかける。

その機器からアダムの声がした。一種の受話器のようなものらしい。

「もうお目覚めにならないかと思いました」

「……ここは？」

中也は周囲を見回して云った。一面が闇の激流。空間感覚がおかしくなりそうな、途轍もなく広い空間ということしか判らない。

受話器には集音機能もあるらしく、中也の質問にアダムが受話器越しに答えた。

「ヴェルレエヌの内部だと推測されます」アダムの声には雑音が混じっている。「ヴェルレエヌの特異点が完全に解放され、特異点生命体《魔獣ギーヴル》となって顕現しました。その際我々は解放に巻き込まれ、内側に取り込まれてしまったのです」

「ああ」中也は硬(かた)い表情で云った。「ここはヴェルレエヌの中か。そんな気がしてたぜ」

耳元で何かが轟々(ごうごう)と凄まじい音で流れ抜けていく。だがそれが物質なのか、風なのか、時間や空間そのものの濁流(だくりゅう)なのか、その区別すらつかない。ここでこうしている時間の一分が外での一ヶ月のようにも感じられるし、一瞬(いっしゅん)のようにも感じられる。距離(きょり)も方向も、概念(がいねん)すら存在しない空間。ただ押し寄せる圧倒(あっとう)的なエネルギィの波動に、気絶しないよう耐(た)えるしかない。

「ここでは通常の幾何(きか)空間の常識が通用しません。暗黒孔(ブラックホール)の内部のように時間の激流が渦巻いていて、地点によって時間の流れが違(ちが)います。もし我々が離(はな)れたら、もう二度と再会できないでしょう。これをお使い下さい」

アダムは後頭部と首のあいだの接続部に手をやり、そこから白い帯のようなものを引っ張り出した。中也の腰(こし)から背中を経由して肩、首に、頑丈(がんじょう)に巻き付ける。

その金属紐(ひも)は逆巻く暗黒の中にあっても、清浄(せいじょう)で安定した輝(かがや)きを放っていた。

「こいつは？」

「耐時電纜(タイムプルーフケーブル)と呼ばれる緊急軸索(きんきゅうじくさく)です」アダムは微笑(ほほえ)んで云った。「紐のように見えますが、内部に無数の接続性真空カプセルが詰(つ)まった、謂(い)わば筒(つつ)のような構造をしています。その中をボーズ粒子(りゅうし)の一種である膠着子(グルーオン)が、量子トンネル効果を起こしながら光速で駆(か)け巡(めぐ)っています。一般(いっぱん)的に物質は光速に近づくほど時間の流れが遅くなるため、膠着子(グルーオン)の流れるその電纜(ケーブル)内部には時間がほぼ流れていません。それは外界の時空状況にかかわらず不変であるため、謂わば時空間絶縁体としてはたらくのです」

アダムが説明する間も、すさまじい暗黒空間が耳元で暴れ、通り過ぎていく。しかしその紐で躰を固定すると、多少は空間失認のような不快感がやわらいだ気がした。

「要するに、こういう無茶苦茶な状況でも切れない頑丈な綱だとお考え下さい」

「いや、理屈はよく判らねえが」中也は眉を寄せた。「その無茶苦茶な状況に対応した綱が、何でお前の背中からホイホイ出てくるんだ？」

「それは、当機は最初から、この状況を想定して設計されていたからです」

中也の表情が硬くなった。「何だと？」

「思い出したのはつい先程です」アダムの目には真剣さがある。「というのも、この状況下を認識するまでは知識に保護がかかっていたからです。この電纜もその知識のひとつです。ヴェルレエヌの中にある特異点の暴走。その最悪の事態を予見した欧州当局は、対策可能な当機を派遣したのです。とはいえ、時間はあまり残されていません。横浜が世界最大の窪地になる前に、当機の機密任務、『最終プロトコル』を実行します。協力して頂けますか？」

中也はしばらくアダムを見つめていたが、やがてにやりと笑った。

「やらない理由がねえ」と中也は云った。「だが、具体的にはどうやって止める？」

「当機に内蔵されたこの異能兵器を使います」アダムは胸の格納ベイを開き、その中を見せた。

そこには奇妙(きみょう)に古風な映写機が収められていた。衝撃(しょうげき)吸収用の樹脂(じゅし)材、回路線、それに奇妙な文言が書かれた羊皮紙が接続されている。

「大戦末期、英国で開発されたものです。当機の動力源でもありますが、本来の用途(ようと)は熱量による広域破壊(はかい)兵器です」アダムがにやりと笑った。「これを用いて、《魔獣ギーヴル》をまるごと焼却します」

「は」中也は目を丸くした。「焼却？　まるごと？」

「はい。手順(プロトコル)を手短にご説明します」

アダムはそう云うと、残った右腕(みぎうで)を肩の付け根から取り外した。

「まず、この腕を先程の耐時電纜(タイムプルーフケーブル)の端子(ポート)に結びつけて下さい。当機は片腕しかないため自分では結べませんので」

「こうか？」

中也は腕を受け取り、手首の端子(ポート)に電纜(ケーブル)を差し込んだ。

「しっかりと固定して下さい。……次に、その電纜(ケーブル)を握(にぎ)って異能で重力を与え、腕を可能な限り遠くへ飛ばしてください」

「どこまで飛ばす？」

「この領域の外まで」

中也は厳しい顔をして黙った。アダムの顔を見て、暗黒領域を見て、それから云った。「本気か？」

「はい」

「こいつがどこまで続いてるかも判らねえんだぞ。それにこの激流だ。まっすぐ飛ぶ保証もねえ。普通に考えりゃ、俺の異能よりヴェルレエヌの重力場のほうが強い」

「それでもやってもらわなくてはなりません」アダムは首を振った。「大丈夫です。中也様ならばできます」

「計算機に根拠のねえ励ましを貰ってもな」中也は苦笑し、それから真剣な目になった。「こいつの長さは足りるのか？」

「十分な筈です」アダムは引き出した電纜の束を掲げてみせた。

「いいだろう。見てな」

中也は目を閉じ、息を整えた。それから片手でアダムの腕を掲げ、もう片方の手で輝く紐を持って、前方の虚空を睨む。

横向きの重力を腕にかける。腕が撃ち出されようとする力が高まり、それを押さえる中也の指の関節が白くなる。限界まで重力をかけて、手を離す。

彗星のように腕が射出された。暗黒の奔流に呑み込まれて、たちまち腕は見えなくなる。

中也は勢いよく巻き取られていく電纜を摑んで、そこに異能の力を注ぎ込んだ。『触れたもの重力の向きと強さを操る』中也の能力によって、紐とそこに結ばれた腕が加速し続ける。電纜の束が、急速に巻き取られて減っていく。

「もっとです！」

中也の顔に汗が浮かぶ。光すら呑み込む暗黒の重力空間を、自らの力だけで貫かねばならないのだ。異能の力だけで宇宙まで飛ぼうとするようなものだ。

「うおおあっ！」

中也の全身から汗が噴き出す。玉の汗は暗黒の猛風に吹き飛ばされ、すぐにどこでもない場所に消える。

中也の意識が薄れかけ、電纜の束が尽きかけた時――。

ふっと電纜の先から抵抗が消えた。


それは巨獣の背中と腰の境目あたりだった。

巨獣と較べれば針先のような小ささのアダムの腕が、そこから飛び出した。

接続された輝く電纜が、流星の尾のようにそれに続く。

腕は夜の空を泳いで放物線を描き、巨獣の進行方向とは逆側に落下した。そして木々が並ぶ大地へと突き刺さった。

着地と同時に、アダムの腕から銛のような突起が四つ、放射状に飛び出した。それが大地に食らいつき、腕を固定した。

頑丈な電纜がぴんと張って——逆側に結びつけられている中也を引っ張った。

「うおっ！」

急に電纜に引っ張られ、中也は驚きの声をあげた。

中也はいっぱいまで伸びた電纜に引っ張られ、巻揚機に引っ張られる車のように、前方へと猛烈な速度で巻き取られていく。

巨獣が腕と逆側に歩いているため、地面に固定された碇の役割をしているアダムの腕が、中也を外へと引っ張り出そうとしているのだ。

「成程な、これで一旦外に出る訳か」中也は納得したように微笑んだ。「それで？　二人で外に出て、それからどうすん——」

振り向いた中也は、そこで奇妙なものを見た。

寂しそうに微笑むアダム。

アダムが自分と中也の電纜を切り離した。

「……は？」

中也は反射的に手を伸ばした。だが猛烈な暗黒時間に吹き飛ばされ、あっという間にアダムが見えなくなる。

全身を電纜(ケーブル)で結びつけられた中也は、相変わらずすさまじい速度で外へと引っ張られ続ける。

「おい、アダム！　何してる！　離れたら二度と再会できねえって——」

『これでいいのです』

耳につけた受話器(レシーバー)から、アダムの寂(さみ)しげな声が聞こえた。

『この兵器の開発名は〝殻(シェル)〟。設定焼却半径は二十二ヤード。内部温度は摂氏換算(せしかんさん)で6000度。太陽の表面温度並みの超(ちょう)高熱が当機を中心に発生し、特異点生命体もろとも分子レベルにまでプラズマ化します。後には白い煙(けむり)しか残りません』

「お前を中心に、だと？」中也の表情に、理解の冷たさが走った。「おい、お前、まさか——」

『人間ではなく機械の捜査官(そうさ)が派遣された真の理由がこれです』アダムの声は優(やさ)しく、弱々しい。『機密を知る当機のコアごとヴェルレエヌを焼却し、国家機密を消去するのです』

「やめろ！」逆巻く激流の中で、中也は通話機に向けて叫(さけ)んだ。「莫迦(ばか)か手前(テメエ)！　他(ほか)に方法があるはずだろ！」

『あるかもしれません。ですがこの方法でないと、中也様の命と任務を同時に守れません』

「任務なんぞ知ったことか！」中也は強烈(きょうれつ)な力に引かれながら叫ぶ。「そうだ、夢はどうすんだよ！　機械だけの刑事機構を作るのが夢だったんじゃねえのかよ！」

　その答えの前には、二秒ばかり沈黙があった。

『当機の夢は、人間を護ることです』その声は涼しげで、子を守る親のように優しい。『そしてその夢は今、達成されようとしています』

　その瞬間、中也の躰が暗黒空間を抜けた。

　強烈な重力場の支配する表皮空間も一瞬で通過し、地面に叩きつけられる。中也は受け身を取りながら、土礫まみれになって転がった。

『貴方を護れるのです。当機はそれで満足ですよ』

　満足げな声が、受話器から聞こえてかすれ、消えた。

「待て！」


　巨大な熱球。


　それは天空にまで届きそうな紅蓮の光球だった。

　まず膜状の炎が巨獣を包んだ。足下の地面から巨獣の頭部近くまでを、シャボン玉のような熱球殻が覆い、それから内側に向かって爆縮した。

　あらゆるものが融解した。巻き込まれた木々が燃え上がってからすぐ炭化し、さらに白い煙になった。大地すら沸騰する汚泥となって流れ、さらに蒸発した。

熱球殻の内側は焦熱地獄と化しているにもかかわらず、その外側は驚くほど静かだった。球殻のすぐ外の木々は涼しげにそよぎ、赫々とした光のほかには何も外に漏れてこない。

熱殻が縮小し、魔獣を焼き尽くしていく。魔獣が苦悶の咆哮をあげるが、その空気すら熱分解され、外に音ひとつ漏れることはない。

それは英国の異能技師が開発した特異点兵器だった。設定された焼却半径の中のものだけを焼き尽くす、通称〝消滅兵器〟。ある異能者の持つ時間旅行能力を基礎に、意図的な特異点を生成させる兵器。そのあまりに圧倒的な熱出力と、最大数十粁まで設定可能な半径の広さから、戦争が生み出した《三大厄災》のひとつに数えられ、公的には使用が禁止されている兵器だ。

中也は座り込み、ただ黙って眼前の光景を見つめていた。

中也を外まで運んだ耐時電纜も、高熱に耐えきれずに焼き切れた。それは元は熱球殻兵器を遠隔起動させるために使われる計画だった。時間と熱量の量子的不確定性を利用した熱球殻兵器は、周囲に時間の揺らぎを引き起こす。だから耐時電纜を使う必要があった。だがそれも、熱球殻が起動した際の超高熱には耐えられない。外部塗装が溶解し、内部の密閉性が破れて粒子が散逸、効果を失って蒸発した。

中也の前に残されたのはアダムの腕と、途中で焼き切れた電纜の切れ端だけ。

中也はただ黙って呼吸していた。

やがて凡てが終了した。熱球殻は燃やすものを凡て失って役目を終え、煙となって消えた。後に残ったのは、正確な円形に削られて溶けた大地と、燃焼範囲の外側にあったため燃えもせず残った木々、そして同じく範囲外にあったため焼け残った魔獣ギーヴルの黒い尻尾だけだった。

他には何もなかった。アダムだったものの欠片さえ。

「何だ、生きてたの中也」

憎々しげな声がして振り返ると、木々のあいまから太宰が歩いてくるところだった。

太宰が何かを投げつけた。ぶつかる前に、中也はそれを受け止めた。

ヴェルレエヌの黒帽子。

『門』を開放した直後に、ヴェルレエヌが吹き飛ばしてどこかへ消えた帽子だ。

「太宰」中也は静かで鋭い表情を太宰に向けた。「今はお前と云い合う気分じゃねえ」

「Nの死体が見つかったよ」太宰は相手の台詞を気にした風もなく云った。「踏みつぶされてた。これで中也が人間か否かを知る人物は、皆消えてしまった訳だ。……悔しいかい？」

「どうだろうな。俺は……」中也は爆心地の跡を見つめたまま、そう云った。続きを云おうと口を開き、それから何かに気づいたように、太宰を振り向いた。「待てよ。お前のことだ、どうせNがいなくても、俺が人間か否かを判別する方法を、もう見つけてあんだろ？」

「ばれたか」太宰は悪びれもせずに笑った。「研究所でNの部下をしていた人間を、何人か捕まえた。彼等は真相までは知らなくても、中也の中の指示式を読む方法くらいは知ってる。簡単な講義を受けたけど、まあ、何日か中也を解析すれば判別はできそうだったよ」

「お前みてえな奴に、俺の中身を覗き見なんかさせるかよ」

「ええ？　やだなあ見させてよ、面白そうじゃないか、他の誰にも見せないからさ！」太宰は真意の見えない暗い笑みを浮かべた。「判別方法も聞いたんだ。もし中也が人間なら、研究機関に引き取られるまでの記憶、つまり両親と暮らした幼少期の記憶を消去した痕跡が残ってる。それで判別できるんだ。ねえいいだろ？」

「まず〝お前だけに頭の中を見せてる〟って状況が、血反吐を吐くほど厭なんだよ！　第一――」

そこまで云った時、異変が起こった。

大地が身震いした。大きくひとつ、それから何かに怯えるように、小さく断続的に。

身構えようと中也が動くより早く、それが起こった。

頭の中で爆弾が炸裂したかのような頭痛だ。

「ぐあっ⁉」

中也は頭に手を当てた。怪我はしていない。この頭痛は物理的な外傷のせいではない。何かが流れ込んでいるのだ。目に見えない何か。

『憎い』

と誰かが云った。

それは音ではなかった。言葉ですらなかった。もっと原初的な、どす黒い感情そのもの。

『憎い、憎い、憎い、憎い、憎い、憎い、憎い、憎い、憎い、憎い、すべてが憎い』

その感情の波にあわせて、頭痛が周期的に膨らみ、頭蓋骨の中を駆け回る。

「どうしたんだい中也」

中也は太宰を見た。その表情で、この声が自分にしか聞こえていないと悟った。

これは、奴の声だ。

奴は死んでいない。

その直後、地面が傾いた。

中也と太宰は地面を摑んで耐えた。周囲を見渡すが、地面が動いたり、破壊されて傾いた様子はない。だが木々は傾いている。小石は転がっていく。ある一点に向かって。

その中心には、巨獣の残骸である、黒い尻尾があった。

黒い尻尾は泡立っている。暗黒の粒子がそこから生まれ、泥が煮立つような音とともに、周囲に重力子を撒き散らしている。鼓動するように収縮し、蠢き、形を変えていく。

中也は気がついた。これは地面が傾いているのではない。あの尻尾を中心に引力が発生しているのだ。通常の地球重力とあわさって、地面が斜めに感じてしまうほどに、重力の下方向がずれて感じられるほどに。

「嘘だろ」

巨獣はアダムが焼却し消滅させた。戦場の歴史を変えるほどの高熱兵器で。そのはずだ。

だが、眼前の尻尾は、蠢いて黒い塊となり、何かの形を取ろうとしている。

「そういうことか」

太宰が厳しい顔で黒塊を睨み、そう云った。

地面に亀裂が入った。黒塊の中から、何かが顔を出した。爬虫類の顔のような何か。

「危ねえ！」

中也が重力操作で横に跳び、太宰を掴んで林の向こうへと転がった。

その空間を、闇が凪いだ。

何かから輻射された黒い奔流。それは攻撃というより、地球上に突如出現した、一筋の宇宙空間だった。

大地が一瞬で両断された。

黒い光が一瞬で大地を貫通して、遥か先の建物群まで到達した。街明かりの幾つかが、痙攣したように瞬いてやがて消えた。

「な……」

中也と太宰が絶句していた。

市街地からは遠い方角だった。それが幸運としてはたらいたが、もしあれが横浜中心部に直撃していたら、今の一瞬で何千人もが死んでいただろう。

「今のは……重力子放射か？」太宰がひきつった顔をした。「有り得ない。到達距離がさっきよりさらに長い」

怪物が、姿を顕そうとしていた。

肩が出現し、胸部が発生した。頭部は先程の《魔獣ギーヴル》と似た獣の形だが、目の数が違う。爛々と輝く赤い瞳がふたつ、人間とほぼ同じ位置についている。

太い両腕、巨大な胴体。黒塊から徐々に姿を顕し、顕しながら脈動し、脈動しながら体軀が巨大化していく。

「奴を見るな、中也」太宰が囁くように云った。「奴は人の感情に反応する。奴を意識するな。別の場所を見るんだ」

中也は視線をゆっくり地面に移した。

地面を照らす月明かりが、巨体に遮られはじめる。最初は一部が、やがて見える範囲の大地凡てが。

「あの巨獣は炎では燃やせない」太宰は地面を見たまま云った。「どれほど巨大な異能兵器の炎であろうとね。そもそも、巨大な獣に見えるあれは、物質じゃないんだ。特異点が蓄えた無限のエネルギィが、ある空間に凝縮しているだけだ。奴には内臓もないし、急所もない。特異点の無限のエネルギィが消費され尽くすまで動き続ける」

「消費され尽くすまでって……いつまでだよ？」

「一週間か、一年か」太宰が強張った笑みを浮かべて中也を見た。「あるいは地球が終わるまで永遠に動き続けるかもね。なにしろ無限のエネルギィなんだから」

巨獣が移動をはじめた。

一歩を踏み出す震動が全身を揺らし、中也と太宰が顔を上げる。

先程よりもさらに巨大化したそれは、もはや生物としての範囲を完全に逸脱していた。

家屋すらひと呑みにできそうな口腔。輝く一対の眼。隆起した肩。巨大な恐竜型の胴体からは、動くだけでエネルギィの余波による励起落雷が発生している。巨大な足は爪が大地をえぐり、一歩踏み出すだけで木々をなぎ倒し、大地を沈降させていく。

人間の想像力すら超えたその異様な姿が、《魔獣ギーヴル》の真の形状だった。

「もしかすると、さっきの熱球の特異点エネルギィを吸収したのかもしれない」太宰は呆然とつぶやいた。「欧州のお歴々も、さすがに特異点兵器どうしをふたつぶつけたらどうなるか、なんて実験、したこともなかっただろうからね」

中也が魔獣の進行方向に目をやる。「くそったれ。奴はまた街に向かってるぞ」

「街からもそろそろあれが見える頃だろうからね。視線に反応して歩き出したんだ。奴を見る人間がいなくなるまで、破壊を止めることはない」

中也は太宰に掴みかかった。「だったら何故そう呆けてられる！　横浜が滅びりゃ、ポートマフィアも消えてなくなるんだぞ！」

「ならどうする？　こっちも巨大化してあいつと殴り合いするかい？」太宰は冷たい視線で中也を見返した。「不可能だ。見て判らないかい？　特異点っていうのはね、この世の抜け穴、『あっちゃいけないもの』が具現化した姿なんだ。人間ごときがどうこうできる相手じゃないんだよ」

「そいつは違うな」

中也はそう云って、数秒のあいだ強い瞳で太宰を見返した。それから摑んでいた手を離し、力強く云った。

「あいつをどうにかする方法はある。ある筈だ」

太宰は力を抜き、倒れるように地面に座りこんだ。「ははは、面白い。根拠は？」

「ヴェルレエヌだ。あいつの中にいる時、記憶を見た」

「記憶？」

「俺を施設から盗み出して脱走する時の記憶だ。あいつは俺をめぐってランボオと対立した。そして戦闘になった。あのすぐ後に奴は、荒覇吐と戦ったはずだ。そして生き残った」

太宰の目が細められる。「成程、そういうことか」

「ああ。荒覇吐を——特異点生命体を退ける方法は存在する。奴はそれを教えるために、俺にあの記憶を見せた」

「詳しく話して貰おうか」太宰がにやりと笑った。


夜は深まりつつあった。破滅の跫音は街に近づきつつあった。

郊外にある高速道路の出入口が、魔獣ギーヴルの足裏に踏み潰された。道路を支える橋梁と、行先を示す標識と、中央分離帯が一瞬で圧縮された。あまりに一瞬で、ほとんど音すらしなかった。

まばらな通行車輛がそれを目撃して、車線を無視して引き返し、逃げ出した。魔獣はそれに向かって重力線を吐いた。車輛は跡形もなく消滅した。周囲の地形ごと。

そのようにして接近してくる魔獣ギーヴルを、中也と太宰は見つめていた。

二人が立っているのは、大型の球形瓦斯貯蔵槽の上だった。

都市瓦斯を蓄えるために郊外に設置された球形の貯蔵槽だ。その頂部作業台は、そのへんの高層ビルよりも高い。遠く歩く魔獣の顔が、ほぼ水平同高度に見える。

「横浜中心部がぐしゃぐしゃにされるまで、あと三十分ってところかな」太宰がぼんやり魔獣を見つめながら云った。

「それを俺達が見ることはねえよ」中也が帽子を手に持ったまま云った。「その頃には奴が吹き飛んでるか、俺達が死んでる」

「うわ絶対やだ。中也と心中なんて最悪。今回だけは真面目にやろ」

「そりゃ結構。俺だって死ぬ気はねえよ。お前より先に幹部になって、お前をこき使わなきゃならねえからな」

「へえ、大した自信だ。例の宝石商売？　順調らしいじゃないか」

「お前じゃ追い着けねえよ。うちの宝石流通経路は、運び屋も故買屋も鑑定士も横浜イチだからな」

「ああ、知ってるよ。中也が引き継ぐ前は、あれ僕が担当だったからね」

「はあ⁉」中也は驚いた顔で太宰を見た。「じゃあの流通設計した初代担当ってのは、手前のことかよ！」

「そんなことより、そろそろ奴が作戦距離にまで来るよ」

太宰が顎で前方を指し示した。

魔獣ギーヴルの跫音が近づいてくる。赫い瞳が、中也達を見据える。

中也は魔獣をしばらく眺めたあと、上を向いて叫んだ。

「太宰のお下がりかよ！」

「いいから」

巨獣が街路樹を踏みつぶし、送電線を引きちぎる。看板や放置自転車が重力異常で浮き上がり、空中で潰されて極小の塵になっていく。

「作戦は頭に入ってるね？」

「ああ」

中也と太宰が並んで、巨獣と対峙する。

高所の風が、二人の衣服をはためかせる。

「気をつけなくちゃならないのは、確実な作戦じゃない、ってことだ。何が起こるか判らない。何しろ、魔獣ギーヴルに荒覇吐をぶつけるんだ。世界が吹っ飛んだって不思議じゃない」

「吹っ飛びやしねえよ」中也は嗤った。「九年前、ヴェルレエヌはその手で生き残ったんだ」

太宰の立てた作戦。

それは、中也の『門』を開き、荒覇吐の持つ無限のエネルギィを巨獣にぶつけることだった。

「中也の『門』を開く方法はもう判っている。Nが云っていた制御呪言——〝**汝、陰鬱なる汚濁の許容よ、更めて我を目覚ますことなかれ**〟。それで封印指示式が初期化される。それだけでは『門』は開けないけど、あとはその帽子が助けてくれる」

中也が手に持っているのは、ヴェルレエヌの着用していた黒帽子だ。それはランボオが贈ったもので、内部に異能金属が埋め込まれている。それがあれば、着用者、つまり中也の意志で、『門』を制御することができるようになる。

ヴェルレエヌが自在に『門』を開き、暗黒孔の力を行使できていたのも、その黒帽子があったからこそだ。

「もうすぐ時間だ。中也にはここから飛んで、怪物の前で『門』を開放、奴に力をぶつけてもらう」太宰が巨獣を見ながら、片手で無線機を持ち上げた。「だからそろそろ部下に作戦準備の指示を送るけど……いいかい？」

「いいに決まってんだろ」中也が太宰のほうを向く。「何でそんなことを訊く？」

太宰はすぐには答えなかった。

それは珍しい表情だった。何かを云おうとして、それをどういう順に話そうか、頭の中で言葉を転がしている表情。太宰がまずしない表情だ。

「ひとつ問題がある」それでも太宰は、ためらいがちに言葉を切り出した。「作戦の成功率とは関係ない問題だ。結局は乗り越えるしかない問題なんだけど……決断するのに少し時間が必要かもしれない」

「何だそりゃ？」中也が眉を上げて太宰を見た。「何勿体ぶってんだよ。さっさと云えよ」

「さっき云った、『門』を開くための制御呪言。あれは中也の中の指示式を初期化するためのものだって云ったよね？」太宰は奇妙に抑制された声で云った。「あれを使うと、過去に書き込まれた指示式の痕跡も消去される。つまり……中也に過去に記憶抹消の指示式が使われたとしても、その痕跡も一緒に消去されるんだ」

「は？」

「〝記憶抹消の指示式〟。前に云ったろ？　中也が人間か否かを判別するには、その記憶抹消の履歴があるかどうか確かめるしかない、って。……つまり」太宰はいつもなら中也に対して絶対にしない目をしていた。真剣な目。「制御呪言を使うと、中也が人工的に造られた文字列人格なのか、それとも普通の人間なのか、確かめる方法がなくなる。──永遠に」

時間が止まった。

中也は目を見開いて太宰のほうを向いていたが、その目は何も見ていなかった。

風が二人のあいだを流れた。それでも中也は、瞬きひとつしなかった。

「ヴェルレエヌがああなったのは、自分が人間ではないという呪いに苛まれたせいだ。それだけ重大な問題なんだ。自分が人間か否かってのは」太宰は懐中時計を取り出して、ちらりと見てから続けた。「作戦開始はあと二分程度なら遅らせられる。部下には待機命令を出しておく。……少し一人になって考えるといい。僕がいると考えが纏まらないだろうから」

そう云って、太宰は背を向け、昇降階段のほうへ向かって歩き出した。中也を残して。

太宰の目は、懐中時計に注がれていた。あと二分。

人生を決めるには、短すぎる時間だ。だがそれ以上を与える余裕はない。

太宰の脳裏には、もし中也が断った場合の代替作戦への移行手順が、凄まじい速度で組み立てられていた。

六歩歩いて、太宰は階段まで辿り着いた。階段に足を掛ける。そして下りていく。
階段を三段下りたところで、〃かん〃という、涼やかな金属音が背中側で響いた。
まるで金属板を、靴裏で蹴るような音。
それが何の音か理解した瞬間、太宰ははっとして振り返った。

頂部には、既に誰もいなかった。

太宰は一瞬呆気にとられてから、それからふっと唇をゆるめて笑った。
「格好つけちゃって」太宰は困ったような、安心したような笑みを浮かべた。それから無線機に向けて指示を出した。「中也が出撃した。全員、戦闘準備」

中原中也は空中へと飛翔していた。
重力を操り、夜の猛禽となって。
暴風が下から中也に叩きつける。その風に、中也は涼しげに目を細める。
——人間であること。人間ではないこと。
被った帽子を片手で押さえながら、中也は口を開く。

消滅した友人のことを思い出しながら。

──『貴方を守れるのです。当機はそれで満足ですよ』

〝汝、陰鬱なる汚濁の許容よ、更めて我を目覚ますことなかれ〟


人間には魂がある。機械には魂がない。

だとしたら、魂が何だというのか。友人の最後の言葉。あれが魂のない指示式から出た言葉に過ぎないのだとして、だから何だというのか。

中也の周囲に、黒い粒子が舞い始める。

黒い外衣が、翼のようにはためく。そこにエネルギィが凝集し、夜空がひび割れていく。

黒い炎が顕現し、膨大な熱量が、周囲の風景を歪めていく。

瓦斯貯蔵槽の屋上に立つ太宰が、飛翔する中也の姿を遠く見ながら、目を細めた。

「汝、陰鬱なる汚濁の許容よ」太宰は誰にも聞こえない声でそう云った。「《汚濁》──か」

その視線の先で、黒い光が爆裂した。

それはヴェルレエヌが門を完全に開いた時の姿──《獣性》の形態に酷似していた。

周囲に舞う黒い雪。全身に刻まれた、這う傷跡のような赤い刻印。物理法則を無視して空中に浮き、獣の目で地上を睥睨する。

周囲には、ガンマ線輻射による高熱が噴出していた。夜を焦がし、風景を歪める。

中也が飛翔した。

音速で夜を切り裂いて駆けた中也が、魔獣ギーヴルの顔面に着弾した。

巨大な咆哮が大地を震わせた。

たった一撃で、ギーヴルの頭部の三分の一近くが吹き飛んでいた。破損部の重力球が崩壊し、黒い炎が噴出する。

重力の化身となった中也は、貫通した勢いのまま飛翔して空中で折り返し、さらに突進。巨獣の胸板を貫通して抜けた。また苦悶の咆哮。巨獣の肉体が弾け飛び、黒い粒子となって空中に消える。

「凄い」貯蔵槽の頂で眺めていた太宰が、呆然と呟いた。「これ程のものなのか、荒覇吐」

倒れかけた巨獣が足を踏ん張り、下敷きになった給油所が踏み砕かれた。燃料貯蔵庫がギーヴルの熱量に引火し、爆発を起こした。

大地を紅の光が舐めあげる。

それがギーヴルの何かを刺激したようだった。全身から高熱が噴出した。憎悪の黒い炎が傷口から噴き上がり、瞬く間に破損部を埋め、再生させていく。

《荒覇吐中也(アラハバキ)》はその憎悪を涼しい顔で眺め、受け流した。

ギーヴルの口腔(こうこう)が開き、暗黒の重力球が生成された。これまでになく大きい。巨獣の顔面部を覆(おお)うほどの巨大さがある。ギーヴルの放つ憎悪に呼応して膨張(ぼうちょう)したそれは、巨大な咆哮とともに帯状になって射出された。

憎(にく)い、憎い、憎い、憎い、憎い。

射出暗黒波の先には、空中に浮(う)く中也がいる。

中也の両手に一対(つい)の暗黒孔(ブラックホール)が出現した。赤い光輪をまとった、万有(ばんゆう)の力の王たる、重力の凝(ぎょう)縮(しゅく)体。

だが、中也が掲(かか)げるそれは、ヴェルレエヌがかつて放ったものとは異なっていた。暗黒孔(ブラックホール)そのものが超高速(ちょうこうそく)で回転しているのだ。回転のために暗黒孔(ブラックホール)は扁平(へんぺい)につぶれ、光輪をまとい、楕(だ)円(えん)形の黒球となっている。

中也は回転暗黒球(ブラックホール)を掲げ、迫(せま)り来る暗黒帯に向けて撃(う)ち出した。

究極の力ふたつが、空中で激突(げきとつ)する。

重力とは、この世を構成する原初の力。この宇宙の誕生と同時に生まれた四つの《力の始祖》、そのひとつだ。その力の本質は時間や空間の歪みそのものであり、時間や空間の歪みとは質量と同義。すなわち重力とは、この世界そのものなのだ。

根源の力ふたつが激突する。

強烈な衝撃と波動が、空気を球状に破裂させる。衝撃を受けた大地の道路が、波打って剥がされて浮き上がり、破砕されていく。

遠い貯蔵槽の頂部にいる太宰は、手すりを摑んでその衝撃に耐えた。

顔を庇って掲げた腕のあいだから、おそるおそる戦場を見る。

「相殺し、た……？」

空中でふたつの力が激突して消滅し、紫電を散らして虚無へと還っていた。

「ははは、やった」太宰は震える笑みを浮かべた。「予測は正しかった。ヴェルレエヌの見せた夢は、本当だったんだ」

通常、ふたつの暗黒孔が激突すれば、合成されて巨大な暗黒孔ができあがる。それが通常宇宙での現象だ。だが中也が放った暗黒孔は、高速で回転し、回転方向に光の輪を生成していた。この光の輪は《エルゴ球》と呼ばれ、内部は暗黒孔に光速以上で引きずられて落ち込みながらも、同時に通常時空に対して静止している、という矛盾を持つ特異空間であるため、結果として光輪内部は負のエネルギィを持つことになる。

この負のエネルギィが、ギーヴルの放ったエネルギィと相殺され、空中で対消滅を起こしたのだ。

つまりそれこそが、無限生成される特異点生命体、魔獣ギーヴルを消滅させる唯一の方法。

同じ特異点生命体である荒覇吐だけが、魔獣を喰らい、かき消すことができるのだ。

魔獣が憎しみの咆哮をあげた。

《荒覇吐中也》が、それに応じて雷鳴のような咆哮をあげる。

巨大な魔獣と、小さな荒神——二匹の死闘が開始された。

中也の拳が、ギーヴルの顎を吹き飛ばす。応じて放たれた巨獣の前肢が、重力の波濤をまとって中也を直撃。巨大爆発のような轟音を響かせて中也が吹き飛ぶ。

重力制動をかけ空中で止まった中也が、流血しながらも凄絶に笑む。再び飛翔。回転する暗黒孔を両手に生成し、その負のエネルギィで魔獣を切り刻んでいく。

一撃一撃が、神話の世界の武具がぶつかるかのような威力だった。衝撃が巻き起こるたびに大地が裂け、空気は破裂し、夜の雲が吹き流される。

そして凡ての攻撃が、確実に双方の肉体を砕き、力を削ぎ落としていた。

《エルゴ球》の光輪が持つ負のエネルギィは、魔獣ギーヴルの肉体を切り裂き、確実に弱体化させていく。だが一方で魔獣ギーヴルの攻撃は、人間の肉体ではなく特異点そのものの無限力源から発せられているため、中也の肉体で受けきるには限界がある。

荒神の力に中也という器が耐えきれず、全身から出血。骨が悲鳴をあげ、右肩が脱臼し、全身に無数の傷が刻まれていく。

両者が傷つき、損なわれていた。だが。

「……中也の負傷のほうが深い」

太宰が死闘を見つめながら、奥歯を食いしばって云った。

空中で、血の尾を曳きながら、中也が咆える。中にいる荒覇吐が、屈辱に咆え猛っているのだ。

魔獣ギーヴルが口腔を開いた。その前方に、今度は二十個近い黒球が生み出される。黒球はギーヴルの吐息を得て急激に成長、これまでで最も大きい暗黒孔へと肥大化していく。

ひとつひとつが、中也の生み出す回転暗黒球よりずっと大きい。それが二十個。

「まずい」

太宰がそう呟くのと同時に、暗黒孔から帯状波が輻射された。

万物を滅ぼす、二十本の絶望の帯。

帯の群れは平行にではなく、開いた口のように放射状に射出された。帯の半分が大地をえぐり、もう半分が天空を貫いて飛翔する。

その円錐状の殺傷範囲の中央に、中也がいる。

円錐状の帯の群れが、閉じていく。中也を閉じ込める軌道だ。あらゆる物質を貫通する破滅の帯が、顎を閉じるように中也へと殺到する。逃げ場はない。かすっただけで即死する。

《荒覇吐中也》が、回転暗黒球を生みだし、盾のように前方に掲げた。

閉じていった二十本の黒砲が、同時に中也に着弾。《エルゴ球》の光輪と衝突し、激しい対消滅の光を放つ。

　対消滅から逸れたエネルギィの余波が、放物線を描いて後方へと流れ、大地を破壊していく。道路が、電柱が、乗り捨てられた車が融解し、蒸発する。既に郊外は真昼のように明るくなっている。

　《荒覇吐中也》は耐える。耐える。盾を掲げて耐える。だがギーヴルの暗黒砲には限りがない。放射が衰える気配もない。対消滅で生まれた熱そのものが、中也の肉体を焦がし、火傷を負わせていく。

　中也が吐血する。暗黒砲の輪がさらに閉じる。

　その時——攻撃の輪が乱れた。

　暗黒砲がばらばらに軌道を変え、地上へと降り注ぐ。

　同時にギーヴルの顔面に、紅蓮の炎華が咲いた。

「第二班、撃て！」無線から太宰の声が響く。「同時弾着は気にするな！　とにかく構えて狙った奴から撃っていい！」

　建物から、輸送車から、道路から。無数のマフィア員が、肩に担いだ筒状の兵器を構え、魔獣ギーヴルに向かって発射する。

　地対空・個人携行誘導噴進弾。航空機や戦車、敵施設を一撃で粉砕する、個人が持てる中では最強の火力を持つ兵器だ。狙いをつけて引き金を引けば、誘導固定された噴進弾が自動的に目標を粉砕する。その爆発力は、手榴弾や射出擲弾とは比較にならない。

マフィアが海外武器商人との裏流通を使って得た、個人が持つにはあまりに大きい力の群れ。戦闘系異能者であっても、この一撃に耐えられる者は多くない。

だが、爆煙が晴れると、その奥にあった魔獣ギーヴルには傷ひとつない。

「大丈夫だ、これでいい！」太宰が無線機越しに叫ぶ。「奴の注意を地上に向けさせ続けろ！」

反撃に放たれた魔獣ギーヴルの暗黒砲が、地上を薙ぎ払う。闇が大地を切り裂き、マフィア達を悲鳴すらあげさせずに塵に変えていく。

だがマフィア達は怯まない。生き残った者が次々に新たな噴進弾を構え、魔獣へと放っていく。

エネルギィの化身である魔獣ギーヴルは、人格を持たない。その活動は自動的であり、敵意に反応して攻撃を返す憎悪の塊に過ぎない。そのため、どの相手を最優先で攻撃すべきかという、危険度判断の意識が存在しない。

そのために、人数で勝る地上のマフィア員に攻撃が集中し、中也が自由になる。

中也は一人、全身から血を流しながら、孤独に空に浮かんでいた。

肉体は限界に近い。ギーヴルからの攻撃もさることながら、自らが発する強力な重力に、繊細な人体が耐えきれないのだ。打撲、脱臼、筋肉断裂、そして骨折。重力で肉体を支えて、どうにかまともな形を保っているに等しい。

その姿は、この世の誰よりも孤独だった。

その目が動き、もう一人の孤独な者の姿――魔獣ギーヴルへと向けられる。

中也が前のめりに倒れた。

その動作のまま前方へ加速。飛翔し、ギーヴルの胸部へと、吸い込まれるように突っ込んでいく。

胸部へと着弾。

外皮の重力防御を貫通し、内部の時間濁流へと到達。たちまち殺到した暗黒の荒波が、中也の体を攫い、引きちぎろうとする。

荒覇吐が咆哮した。

両手で抱き抱えるようにして、一個の暗黒孔を作り出す。

それは回転しながら濁流を呑み込んで巨大化し、巨大な光輪を作り出す。

巨大な力と力が次々に対消滅を起こしていく。中也の周囲に高熱と真空と時間の嵐が荒れ狂う。

中也はかすれて消えそうな意識の中で、それを見ていた。『門』を開いたことで、肉体の主導権は既に荒覇吐に引き渡している。己はただ戦いを見ていることしかできない。だがその意識も、人智を越えた神と魔の激突のなかでは、消えてしまいそうなほど微かな輝きに過ぎなかった。

黒い空間が叫喚する。

それは誰かの、泣き叫ぶ声に聞こえた。

この世で最も孤独な誰かの声に。

憎悪の黒い激流にまぎれて消えてしまいそうな声。だが荒覇吐の光輪にエネルギィが食い尽くされていく中で、ようやくその声が中也の耳まで届いた。

終わらせてくれ、とその声は云っていた。

この魔獣は俺の感情の代弁者だ。生まれてはならなかったのに、何故生み出したのか。答えのない問いを抱え、己の生存を憎悪し、暗殺という手段でしか自らの生の実感を得られなかった、哀れな魂。

終わらせてくれ、弟よ。お前のその手で。

お前のように世界を信じ、人間を信じられなかったこの寂しい魂を。

判っている。中也は吹き消されそうな意識の中で、そう答える。

お前は孤独に耐えられなかった。だから日本に来た。でもそれは悪いことじゃない。たまたま賽子の目が悪く出ただけだ。たまたまお前の賽子の目は孤独な「一」が出て、俺には違う目が出た。仲間に恵まれた目が。それだけだ。立場が逆でも全くおかしくなかった。

それにお前にあるのは憎悪だけじゃない。本当は憎みたくなかったんだ。だから俺に記憶を見せた。魔獣ギーヴルを消滅させる方法を教えた。そうだろう、ヴェルレエヌ？

暗黒の激流が渦巻く闇嵐の彼方に、星のように瞬く誰かの光が流れた気がした。

中也の『門』がさらに開く。

回転暗黒球がさらに巨大化する。光輪は今や空間を圧倒するほど巨大になっている。

中也の背中から、左右に一枚ずつ、黒い重力制御棍が浮き出した。

それは荒覇吐が備える獣の尻尾。黒く燃えさかる神獣の顕現体。

だがそれは、まるで中也の背中から生えた、一対の翼のように見えた。

「おおおおおおおおおおおおオオオォォッ!!」

翼持つ中也が叫び、両手を上に掲げる。それを合図に、回転暗黒球が一気に巨大化。光輪が超新星のように輝き、巨獣の胴体を内側から両断する。

巨獣よりも大きく広がった、扁平に潰れた回転暗黒球と、それを一周して輝く光輪。

それは夜の横浜を照らし出し、人々の目に深く焼きついた。

「あれが荒覇吐……中也の真の姿か」

地上で見上げる太宰が、熱に浮かされたような声で呟いた。

掲げた両腕。その上に、地上を照らす水平の光輪。

その背には燃えさかる黒い翼。目を閉じた中也の顔。

荒ぶる神の化身。黒き神獣。

その光輪に、魔獣が崩れ、吸い込まれていく。それは正の無限大に負の無限大が相殺されていくような過程だった。

巨体が崩壊し、その肉体は雪のような粒子となり、優しく舞う粉のように、光輪の中心へと流れ落ちていく。

高重力領域では時間の流れが遅くなるため、外から見たその崩落はひどくゆっくりと、優雅ささえ備えているかのように映った。

今は巨獣は吼えてはいなかった。

ただ口を開き、己の宿世を受けいれるかのように黙って、ただ立ち尽くしていた。

胴体で発生した光輪が胸と腰を呑み込み、腕と脚を呑み込み、そして最後に頭部を呑み込んだ。

そこには音さえなかった。

ただ静謐な消滅。どこか月光の似合う、ひどく静かな夜の絶命だった。

やがて光輪にも寿命が訪れた。

回転暗黒球が熱線を放ちながら崩壊していった。小さくなるほどに熱量は増えていき、やがて暗黒球自体が熱光線を宿した巨大な光球となった。蒸発過程における電磁波の放出だ。

それは第二の太陽となって夜を照らし出し、やがて静かに、たおやかに消えた。

空中の中也は、数秒力なく漂ったあと、背中の黒翼を失ってゆっくりと落下した。

その躰を、太宰が受け止める。

太宰が触れた地点から、異能無効化が発動。特異点のエネルギィを支えている自己矛盾型異能が後退していき、特異点の出力が低下。やがて収束し、『門』が閉鎖。中也の全身から、赤い刻印が引いていった。

やがて重力場も消滅し、完全に静寂が取り戻された。

「お疲れさま、中也」太宰は抱えた中也に向けて、うっすらと笑った。「インキペンを持ってくるのを忘れたから、顔に落書きは勘弁してあげるよ」

■エピローグ

そのようにして、事件は終息した。

多くの死者を出した大事件だったが、人々の記憶にはほとんど残らなかった。それはたまたま起こった颱風や停電のようなものだった。被害は大きいが、それが一体どうして起こったのか、本質を知ることのできた人間はほとんどいなかった。

勿論、欧州政府の思惑がはたらいたからだ。

横浜郊外における巨大な破壊は、非合法組織ポートマフィアと敵組織との、大規模な抗争によるものであると新聞で発表された。銃器と擲弾と、おそるべき量の爆弾が飛び交い、地形を変えた。それだけだ。

とはいえ、それほどの大規模な破壊となれば、当然の帰結として、異能犯罪の専門家が動いた。軍警の異能犯罪対策課。ポートマフィアのような非合法組織の天敵だ。

しかし、事件から半月ほど経った時、軍警による捜査はぱたりと止んだ。息を引き取ったように。ポートマフィアの徹底浄化すらありうると思われていた事件だけに、関係者は揃って首を捻った。ポートマフィアは強大だが、国内最強の凶悪犯罪捜査機関である軍警そのものを黙らせるほどの影響力はない。ポートマフィアは一体どんな魔法を使ったのだろう、と。

ポートマフィアはなんの魔法も使っていなかった。使うまでもなかった。英国と仏国の公安機関が、外務省経由で法務省の意思決定に介入したのだ。そして箒とちりとりで、事件そのものをさっさと掃き清めてしまった。何しろ世界最強の一角とされる国家ふたつの機密兵器どうしが激突し、共倒れに消えた事件だ。日本政府には、事件の一片であっても見られたくはない。

欧州列強の火消しの結果、ポートマフィアの構成員で罪に問われたものはごく一部しかいなかったし、その一部も罰金や執行猶予つきの微罪で終わった。

そのようにして、ポートマフィアを吹き荒れた暴嵐、《暗殺王事件》は終息した。

事件の二ヶ月後。

元《羊》の構成員、白瀬撫一郎は、船着き場でいらいらと時計を見つめていた。

横浜の客船港だ。旅行客が大きな荷物を手に、桟橋を行き交っている。白瀬は客船に入る舷梯の前に立ち、瑞西製の腕時計を睨んでは、また港の入口側に目をやっていた。

白瀬は人を待っていた。

やがて船着き場の向こうから、大型の二輪車がやってきた。

車輛通行帯を抜けてきたその洋朱色の二輪車は、通行客を避けながら近づき、桟橋の端で停車した。そして運転手が降りて、白瀬のほうに歩いてきた。

「よお、待たせたな」

中也だった。

「遅いぞ中也！」白瀬は怒鳴った。「命の恩人サマの船出の時だぞ？　一体どこで何やってたんだよ！」

「ちょっとな」

中也は二輪車の荷物置きから帽子を取り出し、指先で鍔を支えてくるくると縦に回しながら歩いてきた。

「その帽子、気に入ったのか？　奴のだろ」

「ああ」中也はしばらく帽子を回したあと、頭の上にすとんと載せた。「兄貴のお下がりは癪だが、便利な機能がついててな。出航は？」

「五分後だよ」白瀬はもう一度時計を見た。「中也お前、線香臭いよ。また墓参りに行ってたな？　それで遅れたのか。……全く、仲間想いだね。いろいろ背負い込みすぎだよ中也は。そういうの疲れるんじゃない？」

「お前はいろいろ背負い込まなすぎだぜ、白瀬」中也が白瀬の隣まで来て立ち止まった。

「仲間想いな訳じゃねえよ。あの二輪車の礼を云いに行ってただけだ」

中也は自分の乗ってきた二輪車を顎で示した。流線型の二輪車は、冷たく黙している。

「ふうん。まあいいけどさ」

白瀬は気のない返事をして、手を衣嚢に突っ込んだ。

短い沈黙。

中也は客船を見上げた。白く、大きく、古いが頑丈な船だ。

「お前が倫敦とはな」眩しそうに船を見上げたあと、中也はそう云った。

「悔しいかい？　やっぱり未来の王は、でかい場所に陣取らないとね！」白瀬は自慢げに笑った。「今回ので思い知ったよ。死んだ絡繰刑事さんも、暗殺王も、とんでもない奴だった。やっぱ世界は広い！　研究所で盗んだお宝を元手に、倫敦で一旗揚げるんだ！　いつかポートマフィアよりでかい組織の王様になって戻ってくるよ。そしたら雇ってやってもいいぞ、中也」

中也は呆れたようにため息をついて、首を振った。「期待してるよ」

ちょうどその時、出航の汽笛が鳴った。乗船を促す女性の声の案内放送も。

「時間だ」

白瀬は足下の荷物鞄を持ち、舷梯のほうに向き直った。

歩き出そうとする白瀬に、中也が声を掛ける。「気をつけろよ白瀬。倫敦で死にかけても、俺は助けに行ってやれねえんだからな」

「ははは、そっちこそ気をつけろよ中也。横浜で死にかけても、僕はもう助けに行ってやれないんだからね」

「はいはい」中也は困ったような顔で微笑(ほほえ)んだ。

「あれ？　真に受けてないだろ。でも僕は九年前に橋の下で、それからこの前地下研究所で、二度もお前の命を助けたんだぞ。忘れたのか？」

「その代わり一度、刺(さ)して殺そうとしたじゃねえか」

「なら差し引きでプラス一回だね」

中也は笑った。白瀬も笑った。

白瀬が舷梯(タラップ)の前まで進んだ。それから中也に向けて拳(こぶし)を握(にぎ)って差し出した。中也も握った拳を差し出し、拳の先を軽くぶつけた。それから拳を上下に振って重ねるように一回、もう一度逆側から重ねて一回。それから肘(ひじ)をぶつけて、最後に拳で自分の胸を叩(たた)く。

《羊》の仲間内でかつて交(か)わされた、仲間同士にのみ使う挨拶(あいさつ)の身振(ジェスチャア)だった。

「じゃあな」

白瀬と中也は、互(たが)いに背を向けて歩き出した。

二人とも、一度も振り返らなかった。

中也が桟橋に戻り、二輪車に乗ろうとした時、ゆっくりと黒い車が近づいてきた。後部席の窓がゆっくりと降りて、中の人影が「中也」と声をかけた。

太宰だった。

珍しい姿だ。黒い背広を着て、襟飾を締めている。賓客応対用の正装だ。

「あと五分で仕事だよ」


豪華客船の舷梯の下に、太宰と中也は立っていた。

それはとんでもなく金のかかった豪華客船だった。先刻白瀬が乗った旅客船とは、大きさも素材も比べものにならない。塗装は汚れひとつない白亜、五階建ての客室は最高級ホテル並みの装飾が施され、客がどこに行くにも熟練の添乗員が付き従う。航海能力も折り紙つきで、一般の倍の速度で航行しても、船内の揺れは普通の客船の十分の一にも満たない。

船の名は《ボズヴェリアン号》。

高位の政府要人のみが乗ることを許された、政府専用客船だ。

舷梯が降り、中也達の見ている前で、使節団が降りてきた。

まずは黒い背広の警護員。油断なく八方に注意を向けている。全員の腰部に、拳銃の所持を示す服のふくらみがある。

それから、いかにも役人然とした髭の男達が現れる。老練で、有能で、何を考えているのか判らない灰褐色の目をした男達。服は最高級品だ。

金に螺鈿模様が入った洋杖を持った男が、下船を手伝おうとした搭乗員を、洋杖の先で乱雑に押しのけた。まるで道の野良犬を追い払う時のように、ぞんざいな動きで。

「英国の高貴なる悪鬼羅刹さん達がお出ましだ」太宰が隣の中也にだけ聞こえる声でつぶやいた。

それは事件の事後調査に来た、英国政府の高官達だった。

国家機密が多層に重なり合って発生した《暗殺王事件》。単なる刑事事件にとどまらないこの重大事件を調査し、国に報告するための調査団が、日本へと派遣された。そしてポートマフィアが事件当事者として、調査団の迎賓と調査協力に名乗り出たのだ。

非合法組織であるポートマフィアが、英国政府の調査団を出迎える。

奇妙な事態だが、それなりの合理性と首領による打算が潜んでいた。

まず、今回の件の全体像を把握しているのは日本外務省でも軍警でもなく、ポートマフィアだ。何故なら最初から、欧州政府は日本政府にこの事件を徹底的に隠蔽してきたからだ。そしてポートマフィアからしても、大国たる英国政府の動向に目を光らせておかなければならない理由があった。

それは、国家機密が起こした事件である《暗殺王事件》を隠蔽するため、ポートマフィアの関係者を片っ端から消していくのではないかという疑惑があったからだ。

勿論、ポートマフィアには事件の真相や秘密を外に漏らす気などない。だが英国が犯罪組織の云うことをどれだけ信じるのか判らない。なので迎賓に太宰を派遣した。もし関係者を消すつもりなら、太宰が交渉して止めなくてはならない。もし交渉が失敗に終われば、相手がマフィアを消すまえにこちらが調査団を消さなくてはならない。そのために中也が随伴した。

相手の出方次第では、ポートマフィアをまるごと巻き込む巨大な国家間抗争になる。

「さて、楽しい騙しあいのはじまりだ」

太宰が楽しそうに云って、調査団へと近づいていった。

接近してくる人影に警護員がすぐさま反応し、拳銃のある腰へと手を伸ばす。

「遠路はるばる大変ご足労でございました、偉大なる大英帝国の皆様方」太宰はうってかわって流暢かつ慇懃な声で一礼した。「調査団の皆様とお見受け致します。早速ですが、代表者の方はどちらでしょう？」

「代表者？」太宰に声を掛けられた警護員の男は、どちらかというと戸惑ったような表情で首をかしげた。「こちらは調査団の技術顧問班ですので、代表者といえばウォルストンクラフト博士になるかと思いますが……」

ウォルストンクラフト博士？

中也は首をかしげた。どこかで聞いたことがある。

「ああ」太宰はすぐに思い当たったようだった。「聞いた名前だ。捜査(そうさ)官アダム・フランケンシュタインを設計した異能技師でしたね？　ふむ……貴方(あなた)がウォルストンクラフト博士？」

太宰は警護員(ガードマン)の視線を追って、調査団にいる最も威厳(いげん)があり、最も年かさの男に声をかけた。

もじゃもじゃの白い髭。後退した髪(かみ)の生え際(ぎわ)。胸には、軍事科学部門で功績を挙げた者に授(じゅ)与(よ)される勲章(オーダー)が、ふたつもピン留めされている。

その老人は太宰の声に気づき、ほっほっほ、と明るい笑い声をあげた。

「いいや、儂(わし)はウォルストンクラフト博士ではありませぬ。ただの付き添(そ)いじゃ。博士はほれ、今船から下りようとしておる」

老人の視線を追って、太宰と中也が船の舷梯(タラップ)を見上げる。

その頂上には、特大の旅行用荷物函(ケエス)が、誰(だれ)の支えもなく置かれていた――否(いな)。

「はーい、どうも、ウォルストンクラフト博士です。……おお、これが例の国ですか。地図で見るより大きいですね」

旅行函(ケエス)の陰(かげ)から現れた、その小さな躰(からだ)はどう見ても、

「……何歳だ、ありゃ？」

少女だった。

金髪(きんぱつ)に白衣。旅行函(ケエス)が大きいとはいえ、彼女の身長はそれにすっぽり隠(かく)れるほど小さい。顔

の半分を覆いそうなほど大きい丸眼鏡を掛けている。

そして胸には、科学で功績を挙げた者への勲章が、二十個以上もぶら下がっていた。

「おいおい……」中也の顔が引きつった。

「こりゃ面白くなってきた」太宰が嬉しそうに笑った。

少女は特大の荷物を抱えながら——というより、下へと引っ張る荷物にしがみつきながら、苦労して舷梯を下りてきた。

「よいしょ、私が、よいしょ、メアリー・ウォルストンクラフト・ゴドウィン・シェリー、よいしょ、博士、です、よいしょ」少女は一段下りるたびに、重い荷物にしがみつきながらかけ声をかけた。「天才の頭脳を持つ少女、なんて人は言いますが、よいしょ、そう言うのは本質を見る力のない人です、よいしょ。私の功績は、どんな設計も可能にする異能の力によるものです。よいしょ、あと私が天才だからです」

「おい、あの荷物運ぶの、手伝わなくていいのか？」中也は耐えきれず、隣にいた髭の老人に尋ねた。

「ほっほっほ、博士は自分の手荷物は人に触らせない人柄でしてな」老人はほがらかに笑った。

「たとえ女王陛下でも取り上げられぬ。取り上げると泣き叫ぶのでな。十歳も若返った子供さながらに」

「そんなに若返ったら、ママのお腹に戻っちまうんじゃねえの……？」中也がうんざりした顔で云った。

「それに、博士はああ見えて、今回の旅をとても楽しみにしておってな。あの鞄には旅行に必須のお気に入りが詰まっておる。誰も取り上げられやせんよ」

「じい！　あんまり私をただの女の子みたいに言いふらさないように。私は背が低いだけで、もうちゃんとしっかり大人に近いんですからね。……よいしょっと」シェリー博士は舷梯をようやく最後まで下りきり、汗を拭ってから、衣服を手で整えた。「ふう。改めましてご機嫌よう、日本の皆様。さて……貴方が中也君ですね？　アダムが世話になったとか」

アダム、の名前を聞いて、中也は苦いものを呑み込んだ顔になった。

それから「どうかな」と云った。「世話になったのは俺達のほうだ」

少女は大きな眼鏡を顔の中央にかけ直し、中也をじっと見た。

「あいつは俺を助けて死んだ。……博士、アダムはあんたの最高傑作なんだろ？　壊しちまって悪かったな」

「ふむ」

シェリー博士は中也を右に回り込んで観察し、左に回り込んで観察し、正面から間近でじっと見た。興味深い研究対象でも観察するかのように。

「貴方の言うとおり、アダムは私の最高傑作です」少女は腕を組んで云った。「ろくでもない島国への捜査なんかに派遣するくらいなら、ずっと研究所でバージョンアップの研究を続けたかったくらいです」

中也は黙って聞いていた。その表情は今目の前にいるものを見ていない。中也が見ているのは過去の光景だ。

シェリー博士は子供らしい声の咳払いをして続けた。「アダムの特に素晴らしいのは、自ら考え、判断のできる知能を搭載してあった点です。つまりアダムは、自ら考え、自らの判断で犠牲になったのです」

シェリー博士は微笑んだ。

「貴方にはその価値があったのでしょう。私はアダムを信じます。謝罪は感謝しますが、気にすることはありませんよ」

中也は何か云おうと口を開いたが、言葉にはできなかった。帰り道を忘れた子供のように、ただ呆けた顔でそこに立っていた。

太宰はそんな中也を見て、仕方なさそうに小さく笑った。

「第一、あんなろくでもない捜査にアダムを使うなんて、最初から気に入らなかったんです」シェリー博士は腕を組んでむくれた。「政府はいつもそうです。機械の捜査官を派遣して、用済みになったら機密情報ごとぶっ飛ばすなんて。単独作戦における異文化社会との相互交流なんて、最高の試験データが取れるのに！　人命のためなら科学をないがしろにしてもいいっていうのかしら！」

中也と太宰が目を白黒させていると、シェリー博士は「あれを」と部下に命じ、腕ほどの長さの黒い筒を持ってこさせた。

「そんな訳で、根性のわるーい私は、切り離し可能なサブプロセッサと不揮発性メモリを仕込んでおいたのです。政府に内緒で」そして受け取った黒い筒の中身を取り出した。「ここに」

腕ほどの長さの筒に入っていたのは、本当に腕だった。

魔獣ギーヴルの内部から脱出する際、中也が外に飛ばして地面に突き刺さった、アダムの右腕だ。

「そいつは……」中也は疑問符を顔に浮かべた。「事件の後、現場を捜したが、結局その腕は見つからなかった。何で此処にある？」

「ていうか、むしろこうするのが当然でしょ？」

シェリー博士は巨大な旅行用荷物函に指を当てた。生体信号が認証され、自動錠が解除される。

中から出てきた人影が、その腕を受け取った。そして装着しながら云った。

「アンドロイドジョークを聞きたいですか、中也様？」

中也は呆然と立ち尽くした。驚きに口を開いたまま。

やがてその口から、ゆっくり息を吸い込んだ。深く、どこまでも深く。

それから、弾けるように表情を変えて、

「……はは！」

と笑った。

シェリー博士をはじめとする技術顧問班が現地入りした三日後、本隊となる欧州合同調査団が日本入りした。そして本件に関する入念な調査を行った。

特に、郊外林地の戦場跡地は最も入念な調査が行われた。何しろ、特異点兵器が運用上想定していない魔獣ギーヴルの暴走、そしてその怪物との物理戦闘が行われたのだ。おまけにそこでは世界的に前例のない、特異点兵器どうしの激突と対消滅が起こっている。彼等は入念な調査を行い、聞き取りと録画映像調査も含めて、貴重な記録を手に入れた。

ポートマフィアは終始協力的だった。宿泊施設を手配し、移動に必要な車輛と運転手を提供した。調査に必要な機材があれば調達した。聞き取り調査では、部下全員に協力を厳命した。

Nがいた地下研究施設にも、調査団は手を伸ばそうとした。だがそれは流石に、日本政府側が拒絶した。何しろ異能研究の機密がそこらじゅうに詰まった場所だ。調査には政治が持ち込まれ、大使館のお歴々による密談の結果、事件詳細の報告書を日本側が提示するだけで手打ちとなった。

一ヶ月の大規模調査の末、合同調査団は結論を出した。

ヴェルレエヌは死んだ。特異点生命体となって破壊の限りを尽くした挙げ句、内部エネルギィをすべて消費し尽くして消滅した。後には爪の先ひとつ残らなかった。

特異点兵器〝殻〟が特異点生命体に通用しなかったことも、調査団を驚かせた。この記録は欧州の兵器研究をさらに推し進めるだろう、と調査団は結論づけた。彼等は予想以上の収穫に喜び、ポートマフィアの全面的な協力に感謝し、そして去って行った。

首領である森鷗外は、調査団を港で見送った後、ほっと息をついた。

「全く、今回は疲れたよ」小さくなっていく政府客船を見ながら、森は自分の肩を揉んだ。

「背広組の応対は軍時代で慣れたつもりだったけど……今はただ、熱い煎茶が飲みたいよ」

「おや、首領殿は軍におったのかえ？」

茜色の和装の女性が森の横に立った。紅葉だ。

「云ってなかったかな？」森は軽く笑って紅葉を見た。「それで？　深地下隔離室の様子は？」

「誰も入っておらぬし、誰も出ておらぬ」紅葉が目を細めて云った。「栄光高き調査団のお歴々が気づいた様子はない」

そう云って、紅葉は冷たい笑みを浮かべた。佩く長刀よりも冷たい、冷血動物の笑み。

「その中でヴェルレエヌが生きておることは露見しておらぬ」

時間を遡る。
林地で魔獣ギーヴルが顕現し、アダムが自爆し、中也が『門』を開いてギーヴルを破った。
その四分と三十秒後。
場所は、崩壊した高速道路高架の跡地。破砕された基礎材や混凝土、鉄線に鉄骨、円筒型枠などが飛び散り、死体のように積み上がっている。

その上で、ヴェルレエヌは消滅過程の途上にあった。

指先を曲げることができない。呼吸は浅く、視界は暗く霞んで星すら見えない。封印文字式に過ぎないヴェルレエヌは、本体である特異点生命体が消滅したことで、生命維持のエネルギィが枯渇して心臓が停止しつつあった。

ヴェルレエヌの思考も、呼吸と同じく浅く、ゆるやかだった。死の虚穴に呑み込まれつつある最中にあっても、彼の心は波立たず、何かを求めもしなかった。

これが死か、とヴェルレエヌは途切れがちの意識で考えた。思ったほど大それたものではない。痛みに呻くことも、後悔に叫くことも、恐怖に取り乱すこともない。平らかで、どこまでも虚しい。そもそも今更何かを惜しむような一生でもない。最初から生まれてこなかったはずの生命なのだ。何かを惜しむような生き方もしてこなかった。

ただ、色々な人間に迷惑をかけてしまった。仏国政府、暗殺の標的、ポートマフィア、弟。

それでいて結局何も得られなかった。それだけが生命の痕跡における汚点のようで、少しだけ残念だ。

まあいい。この通り、もうすぐ死ぬから許してくれ。

指先が冷たくなり、やがて冷たさも感じなくなった。

鼓動が弱まっていき、一度軽く痙攣したあと。

心臓が。

止まった。


——何十秒か経過した時。

ヴェルレエヌは、己がまだ呼吸をしていることに気がついた。

視界の端に、赤い何かが見えた。そちらに目を向ける。

深紅の立方体が胸を貫通し、心臓を取り囲むように発生していた。それが心臓を動かしている。

一体これは何だ？　ヴェルレエヌは混乱した。立方体が何か判らなかったからではない。混乱したのは、あまりに見知ったものだったからだ。

何故これがここにある？

「こんな酷い格好の君を見るのは初めてであるな」

懐かしい声がした。

ヴェルレエヌは己の耳を疑った。そして視界に彼が入ってきてからは、己の目を疑った。

「おいおい」ヴェルレエヌは囁くような声で云った。「それはないだろ。お前がここに現れるはずがない」

「確かに」その人物は頷いた。「しかし、有り得ない場所、有り得ない時に現れる、それが諜報員というものであろう？」

それはアルチュール・ランボオだった。

起毛の防寒外衣、首に厚手のマフラー。頭には兎毛の耳当て。長い黒髪と、陰鬱そうな目。

ヴェルレエヌを研究所から救った人物にして相棒。そしてヴェルレエヌが裏切った相手。

深紅の立方体がつくりだす亜空間は、ランボオの異能発動の徴だった。その内部の凡百物質は、ランボオの意のままに操れる。

「ポール。君は諜報の世界で、一体何を学んできたのだ？」ランボオが呆れたように云った。

「情を捨てねば任務を達成できぬと、あれ程教えたであろう。何が任務で、何が情なのか。人間への憎悪をぶちまけるのか、弟を手に入れるのか。どちらが任務なのか明確にできぬまま突っ走り、その結果がこれだ。ギーヴルの止め方を弟に教えなければ、憎い人類を皆殺しにできたのに」

「ああ……そうか、お前はランボオの幻覚か」ヴェルレエヌは自嘲気味に云った。「死の間際に見える幻、俺の罪悪感が見せる死神だ。でなきゃ一年前に死んだランボオが、ここに現れる筈がない」

「幻覚でも死神でもない。私は幽霊である」ランボオは首を振った。「この国で、君を待っていた」

ヴェルレエヌは黙って相手をじっと見た。そこに存在するものの正体を見極めようとするように。

「いいや、幽霊なんて有り得ない」やがてヴェルレエヌは首を振った。「非科学的だからじゃない。もしお前が幻ではなく幽霊なのだとしたら、俺をこうして助けたりしない。俺を呪い殺そうとするはずだ」

「何故？」

「俺はお前を裏切り、殺そうとした」冷え冷えとした声が夜に響き渡った。

ランボオはそれには答えず、静かな目で倒れるヴェルレエヌを見返した。

「何だその目は。もっと怒れ、もっと恨め、殴って蹴って、首を絞めてみせろランボオ！」ヴェルレエヌは倒れたまま叫んだ。「俺はお前を背中から撃ったんだぞ！　そのせいであの爆発が起き、お前は巻き込まれて記憶を失い、自分が誰かも判らないままこんな異国の果てで死んだ！　お前が幽霊だというなら、そうなった理由はひとつ、俺に対する怨念故だ、そうだろう、ランボオ！」

「逆だ」ランボオは首を振った。「私が君を待っていたのは……謝りたかったからだ」

「謝る？　一体何に？」ヴェルレエヌは、意味が判らないという顔で眉を寄せた。

「君を助けたいと思ってきた。そして助けられていると思ってきた」ランボオはかがみ込み、ヴェルレエヌの胸の上に手をかざした。「だが私が与えられたのは、判ったふりをする男の、お仕着せの同情に過ぎなかった……ただ謝るだけでは許されない。何を与えられるかとずっと考えてきた。そして死の間際、答えが出た。これだ」

　ランボオの掌の下で、空間立方体が大きくなっていく。

最初ヴェルレエヌの心臓にあったそれは、躰を呑み込むように拡大していき、ヴェルレエヌを、そしてランボオを呑み込むほどに巨大化した。それはランボオの異能の亜空間だ。そこではランボオはどのようなことも可能にする。死者を生き返らせること以外は。

　その例外が起こったようだった。

　ヴェルレエヌは、自分の指がぴくりと動いたことに気がついた。指が曲がる。錯覚ではない。目も動く。濁った視界が鮮やかになっていく。

「これは……」

　ヴェルレエヌは腕を動かした。躰をねじり、上半身を起こす。自分の掌を見て、手の甲を見て、手を握り、また開いた。血流が指を温めていく感触があった。

何が起こっている、と訊ねようとして、傍らのランボオを見た。

ランボオはそこにはいなかった。

倒れていた。

ヴェルレエヌの横に。

「何てことだ」ヴェルレエヌは呆然と云った。「そうか、お前……自分の異能を、自分自身に使ったな？」

「人生に一度しか使えない方法だ」ランボオは弱々しい笑みを浮かべて云った。「だが、うまくいった」

『人間を異能化する能力』。

それがアルチュール・ランボオの異能だった。

死んだ人間を異能生命体に変換し、深紅の亜空間内部でのみ自在に使役する。異能化された人間は、生前の身体性能と記憶を持ち、異能までも使用することができる。異端中の異端、欧州でも最精鋭とされる異能諜報員に相応しい能力だ。

それをランボオは、己自身に使った。

「気にすることはない。私はもう死んでいる」ランボオは弱々しく語る。「ここにあるのはただの情報だ。だがそれでも、晴れやかな気分だ。君にこれを残せるのだから」

ランボオの躰が赤く光りはじめる。その輝き方に、ヴェルレエヌは見覚えがある。

赤方偏移だ。

「待て」何が起こっているのか悟ったヴェルレエヌが、倒れているランボオに手を伸ばす。

「待てランボオ。消えるな」

「誕生日プレゼント、気に入って貰えなかったからな」ランボオは申し訳なさそうに笑った。

「こっちを代わりの誕生日プレゼントということにしてくれ。——誕生日おめでとう。君が生まれてきてくれて嬉しかった」

そして立方体亜空間が急激に収縮し、ヴェルレエヌの心臓へと吸い込まれて消えた。

後に残ったのは瓦礫と、ヴェルレエヌ。そして涼しい夜風だけ。

ヴェルレエヌは呆然とした顔で二、三歩歩き、周囲を見回してから、瓦礫の上に座り込んだ。

「は……ははは」

うつむいて乾いた笑いを漏らす。

「なあランボオ、こんなことをするために、俺を一年も待っていたのか？　こんなことのために……」

ヴェルレエヌは理解していた。ランボオが何をしたのか。

ランボオは自分を救うために、自分自身を自己矛盾型特異点に変えたのだ。

己を異能化したランボオは、その結果生まれた異能生命体である自分にまた己の異能を使用

した。そして生まれた自分に異能を適用。それを無限に繰り返すことで、自己矛盾型特異点を生成した。そしてその特異点を、魔獣ギーヴルの代わりにヴェルレエヌに与えたのだ。

　ヴェルレエヌは立ち上がろうとしたが、腕に力が入らず、瓦礫に膝をついた。

力が弱っている。おそらく通常の無限発散する自己矛盾型特異点のエネルギィと異なり、ランボオが造りだした特異点は無限の出力は持ち得ないのだろう。これまでのような無尽蔵な重力異能の行使は、もうできない。

　だがヴェルレエヌは、それを特に惜しいとは思わなかった。

　もっと惜しいものが、たった今失われてしまったのだから。

「何故だランボオ」ヴェルレエヌは天を仰いだ。「何故お前は、最期に笑った？　俺はお前を裏切った。そのせいでお前は死んだんだぞ」

　答えは判っていた。理解したくないだけだ。

　ランボオ。自分を牧神から助け出し、生きる自由をくれた男。

　ランボオ。自分を鍛え、諜報員として育て、共に危険な任務を潜り抜けた男。

　ランボオ。はにかみながら、自分に誕生日プレゼントの帽子を渡してきた男。

「お前は何故笑った？」ヴェルレエヌは震える声で云った。「自分を異能化すれば、お、前、は、人、間、で、は、な、く、な、る。記憶と人格を持った、表層情報に過ぎなくなる。お前はそのことを判っていたはずだ。なのに何故俺を待った？　来るか判らない俺のために、どうしてそこまで……」

ようやくヴェルレエヌは気がついた。

何故(なぜ)あの時、魔獣ギーヴルを斃(たお)す方法を中也に教えたのか。

人間が憎かった。皆(みんな)死んでしまうなら、それでもいいと思っていた。なのにギーヴルを消(しょう)滅(めつ)するための手掛(てが)かりを与えたのは、全員等しく死ねばいいとは思っていなかったからだ。

たった一人の例外。

人間を肯定(こうてい)するに足る人。

「すまない、ランボオ」ヴェルレエヌは食いしばった歯の奥で、囁(ささや)くように云った。「すまない、すまない、すまない、すまない、すまない、すまない。君の友情に応(こた)えられなくてすまない。誕生日プレゼントをくれた時、礼を言えなくてすまない。君がもういないことが……今ようやく悲しい」

天を仰ぎ、目を閉じ、震える声でそう云って、ヴェルレエヌは静止した。

ずっと、ずっと長いこと、そこに留(とど)まり、夜空を仰いでいた。


横浜。

ポートマフィア。

昼と同じ数だけ、夜はやってくる。そして夜の星と同じ数だけ、ポートマフィアの目は横浜に光っている。

《暗殺王事件》でポートマフィアが受けた傷は浅くはなかった。武器と構成員、貴重な攻撃系異能者を何人も失った。当局にも目をつけられた。だから当面は身を小さく硬くし、鳴りを潜め、力を蓄えなくてはならなかった。

だがその価値はあった。この少し後、あの《龍頭抗争》が巻き起こる。横浜裏社会史上、最悪の八十八日。あらゆる組織を巻き込んで吹き荒れた血嵐。表だった荒事を避け、活動規模を堅実なものに限っていたポートマフィアは、この龍頭抗争の初期における被害を最小限で乗り切った。そして抗争終結後、焼け野原となった裏社会の中で、急激に勢力を伸ばした。山火事の後で、日光を遮られずぐんぐんと生長していく若木のように。

そして龍頭抗争の終結を経て、マフィアは成長し、また変化していく。《双黒》の台頭、太宰の幹部昇進、《嗤う檸檬事件》、《ミミック事件》とそれに伴う太宰のマフィア脱退、その他あまたの事件を経て、そして六年後、横浜の異能者組織・武装探偵社との衝突へとなだれ込んでいく。


時はどんなものにも平等に降り注ぐ。

ヴェルレエヌは死ななかった。ランボオから命を得てその身を永らえ、ポートマフィアの深地下隔離室(シェルター)に幽閉(ゆうへい)された。それはヴェルレエヌの望みでもあった。もはや外の世界にヴェルレエヌの居場所はない。重力異能の大半を失っていたし、そうなると欧州の長く大きな手から逃(のが)れられる場所は、地下深くの隠(かく)れ家(が)しかない。

そして外に興味もない。殺したい人間もいなければ、会いたい人間もいない。ランボオを除いては。

そしてランボオはもういない。

最初のうち彼は、地下に座り、読書と詩作だけを友に時間を過ごしていた。それに飽(あ)きると、ランボオと同じことをはじめた。後進の育成だ。

彼は自らの暗殺技術と知識を、地下の訓練場でマフィアの精鋭に叩(たた)き込んだ。銀(ぎん)、泉鏡花(いずみきょうか)、他(ほか)にも何人も。彼の薫陶(くんとう)を受けたマフィアの殺し屋は、皆わずかな期間で一流の暗殺者になった。

ヴェルレエヌは誰(だれ)にも内心を明かさなかった。弟子(でし)にも、首領(ボス)にも、どうして彼が不自由な地下生活を望んで続けているのか、決してつまびらかに明かそうとはしなかった。

弟子の育成をしていないときは、彼はただ籐椅子(とういす)に座って何かを待っていた。何を待っているのかは誰にも云わなかった。何を待っているのか執拗(しつこ)く訊(たず)ねられた時は、「嵐を」とだけ答えた。その嵐が意味するものが何なのか、誰にも判らなかった。

六年後の今、ヴェルレエヌはマフィアに欠かせない中枢(ちゅうすう)人物、五大幹部の一人にまで上り詰(つ)

めている。

彼は今も、地下で静かに籐椅子に座り、じっと嵐を待っている。

白瀬は倫敦へと渡った。そこで何年か貧乏暮らしをした後、ひょんなことがきっかけで異能組織《迷える羊》を立ち上げ、そこの長となった。英国異能社会のあまりの苛烈さに「横浜に戻りたい」としょっちゅうこぼしているが、運命が彼を欧州の地から手放すことは、まだ当分なさそうだ。

ピアノマン、阿呆鳥、外科医、冷血、広報官の五人は、山手の清潔な墓地に埋葬された。今でも献花が欠かされることはない。

それでも彼等は、ポートマフィアという死と暴力に彩られた非合法機関に関わった、長い犠牲者のリストの一行にすぎない。やがて膨大な名前と歴史の埃に埋もれて、忘れ去られていく。

アダムはその後も難事件の捜査に精力的に乗り出し、いくつもの功績を打ち立てた。

機械だけの刑事機構の夢は六年経った今も叶えられてはいない——関係者の誰もが「それはやっちゃマズい気がする」と口を揃えたためだ——が、しかしその功績が評価されて、第二号である人型自律高速計算機、女性型人工知能のイーヴ・フランケンシュタインが製造された。イーヴは激烈な性格で、アダムは彼女の尻に敷かれながらも、二人で今日も事件を追っている。

そして、中也は——。

中也の二輪車が、背の低い建物のあいだを走り抜ける。

そこは西方、山陰地方の街路。背の低い木造の建物が並んでいる。ポートマフィアの血なまぐささとは、まるで縁遠い街並みだ。人々はゆっくりと街路を行き交っている。建物をはさんだどこか遠くで、温泉地を示す白い湯煙があがっている。

中也の二輪車は舗装道路を走り、黒い乗用車の隣まで来て、停車した。

黒い車の窓が降りて、中にいる人物が声をかけた。

「お疲れさまです、中也さん」中にいた二人連れのうち、運転席の女性が云った。蜂蜜色の髪をした女性のマフィア員だ。「今のところ、標的に動きはありません」

「そうか」

中也は車が監視していた方向を見た。それはひっそりと街に佇む、木造平家の洋館だった。決して目立つ家屋ではない。広いが静かで、〝診療所〟と書かれた古びた看板がかかっている。患者が出入りしている様子はない。

「中也さん」車の中にいた、もう一人のマフィア員が声をかけた。黒髪に黒外套の、目つきの鋭い男だ。「極秘の監視任務との由を首領より仰せつかりました。標的はそれ程に危険な相手なのでしょうか」

「つまり判ってるってことじゃねえか」中也は二輪車に跨がったまま云った。「極秘だ」

目つきの鋭い男は、目を閉じて一礼した。「出過ぎた質問をしました」

「ここは俺が引き継ぐ。戻っていいぞ」中也は云った。「遠方まで、ご苦労だったな」

「恐縮です」黒外套の男は無表情で頭を下げた。「行くぞ、樋口」

「は、はいっ」

命じられた女性マフィアは、緊張した様子で車を始動させ、街路の向こうに消えた。

中也は監視標的である家屋を黙って眺め続けた。

《暗殺王事件》の後、中也は組織内での評価を爆発的に上げた。何しろマフィアをまるごと滅ぼしかねなかった魔獣ギーヴルを、単身で打ち破ったのだ。組織で中也の名を知らぬものはいなくなり、大勢の部下がついた。

だがどの部下にも、あるいは気の置けない同僚にも、中也は自分の過去や正体について話そうとはしなかった。

太宰が云ったことは正しかった。中也の中に刻まれた指示式の記録が初期化された以上、中也が人間なのか否か、判別する方法は存在しなかった。人造異能生命体は、オリジナルの細胞を特異点生命体――中也の場合は荒覇吐――に移植することで製造される。だから肉体的には人間と変わらず、医学的検査で見分けることができない。日本中の一流の医者と生体技師が中也を検査しても、中也が人格式を積んだだけの人工物なのか否か、判別することができなかった。

だが中也は、別に惜しいとは思わなかった。

己の指示式を初期化する決断を下したのは自分だ。今もう一度あの時に戻れても、きっと自分は同じ決断をするだろう。中也はそう思う。この躰あっての自分だ。精神と肉体は切り離せない。爪も、髪も。躰にあるほんの小さな傷であっても。

中也は運転用の革手袋を取り、自分の手を眺める。

これが自分の手だ。指紋、薄く浮き出た青い血管。暗示めいた皺を刻んだ掌。手首の付け根にある、小さな傷のひとつに至るまで。

それは小さく黒ずんだ刺し傷。無数の戦いを切り抜けてきた以上、こういう傷は身体中にある。

中也はじっとその傷を見る。いつできた傷なのか覚えていない。だが重力でほとんどの攻撃を止められる中也にとって、こういう小さな傷はかえって珍しい。躰についているのは、高威力の異能で受けた傷や、不意打ちの殺傷目的でつけられた傷が多い。たとえば、白瀬に刺された背中の傷のような。

こういう小さな傷ほど、自分の正体を示す徽章のようなものに、中也には感じられる。

中也はふと気配を感じて視線をあげた。

監視対象の家屋に、動きがあった。中から人が出てくる。

庭木の向こうに、男が見える。壮年の男。眼鏡をかけ、背を丸めている。男は白衣を着ている。どうやら開業医らしい。

その後に和服の女性が現れた。開業医と同年代らしい女性は、家の前庭にある貝塚伊吹の樹の横まで来ると、そこに設えられていた木の長椅子に並んで座った。

組織が長年追っていた標的だ。相手に気づかれずに住居を特定するのに、長い年月を必要とした。

中也はここに来る前、首領から直々に標的についての説明を受けていた。

標的はこの地方に昔から住む開業医と、その妻。とはいえ、夫は見た目どおりの優しげなだけの医者ではない。彼は元軍人だ。そして町議会の議員も兼任している。つまり油断ならない人物ということだ。妻は士族の出で、上流階級の作法と礼節を修めている。

彼等には子供がいない。嘗てはいたが、死んでしまった。そう記録されている。戦争に巻き込まれたのだ。腕白な少年で、小学校の頃に同窓生と喧嘩になった時、自分より四歳も年上の少年を打ち倒した。両親を侮辱されたからというのが喧嘩の理由だ。少年は年上の相手、それも武器として鉛筆を持った相手に一歩も引かなかった。自分に鉛筆を突き立てられても、少年は怯んだ顔ひとつ見せず相手に殴りかかった。

森はその話をした時、こう続けた。鉛筆の芯、つまり炭素というのは反応性が低く、生体に突き刺さっても内部で変化しにくい。だから人体に鉛筆の芯が刺さり、中で先端が折れたりしたら、その炭素は変化せず、長く体内に残ることが多い。

その少年が鉛筆を刺された場所は、右手首の付け根だそうだ。

中也の手首の付け根にある、黒ずんだ刺し傷と同じ場所だ。

中也は夫妻を見る。夫のほうは、風呂敷に包んできた柿を取りだした。隣の妻に半分渡し、仲良く二人で食べ始める。妻は水筒を取り出し、中の茶を湯飲みに注ぎながら、夫に向けて何かを云った。夫は笑った。声は中也のところまで聞こえない。

中也は首領の説明を思い出す。人造異能生命体の肉体は、オリジナルの異能者の細胞から造られる。だから人間と人造異能生命体は外科的には区別できない。

だが当然、二者がそれまで歩んできた歴史は異なる。だから生体に刻まれた経験的差異はどうしても生まれる。たとえば傷。オリジナルの人間には幼少期、つまり異能を特異点化されるより前の傷が存在しうる。だが人造異能生命体はそれ以降に造られたものであるため、幼少期の傷はない。

中也は衣嚢に手を突っ込み、二輪車に背中をもたれかけさせた姿勢で、夫婦を眺めるともなく眺めた。遠く離れた路上で、往来する車の群れを挟んだ向こう側から。

何分間ほどそうしていただろうか。

やがて夫婦が柿を食べ終わり、医院に引っ込むと、中也もそれを合図に二人に背を向けた。二輪車に跨がりながら電話をかける。

「首領、確認が終わりました。これから戻ります」中也は耳に差し込んだ通話端子に向けて云った。

『本当に会っていかなくていいのかい？』電話口から、森の残念そうな声が聞こえた。『折角、見つけ出したのだよ。幹部就任のお祝いに』

中也は表情を変えずに云った。「俺の家族は、ポートマフィアですから」

そして二輪車の発動機を始動させた。

乾いた涼風が、中也の頰を撫で、遠い空へと吹き去っていった。

中也は風を目で追うように振り向き、そこにある空に目をやった。

その空を中也はじっと見つめた。その先にある何かを。この空の下にこれまであった何か、これから起こるであろう何かを。

中也はその空から何かを慥(たし)かに読み取り、悟(さと)ったような目をした。それから電話に向かって云った。「首領(ボス)。……感謝します」

電話の向こうで、森が微笑(ほほえ)む気配があった。

中也は電話を切り、ヘルメットを被(かぶ)って二輪車(バイク)を加速させ、街路の先へと走り出した。

前だけを向き、二度と振り返らなかった。

二輪車(バイク)は澄(す)んだ大空の向こうへと遠ざかり、小さくなり、やがて見えなくなった。

〈了〉

あとがき

ご無沙汰してます。朝霧カフカです。

お元気にされていましたか？

ビーンズ文庫のものとしては7冊目に書かれた小説、『文豪ストレイドッグス　ＳＴＯＲＭ　ＢＲＩＮＧＥＲ』、いかがだったでしょうか。

　この小説は、これまでの6冊とくらべてもっとも長く、もっとも難産で、もっとも数多くの場所で、ああでもないこうでもないと唸りながら書かれた小説です。

　これまでの小説をお持ちのかたは、本棚に並べて見てみてください。ぶ厚い。幅がすごい。これまでで最も長かった「55Ｍｉｎｕｔｅｓ」ですら、あとがきが始まっているのは３０８ページからです。どうした朝霧。

　加えて云うなら、この小説は一年半ほど前に出された「太宰、中也、十五歳」という小説の、続編のような位置づけになっています。あちらが前編で、こちらが後編です。「十五歳」編で語られた、荒覇吐やヴェルレエヌといった要素の謎、それが本作のなかで明かされます。ですので、まさか前編を読まずにこちらに突撃した人はいないよな、いないといいな、と思っています。もしいたらすいません。「そんなの分かりにくいだろ、間違うに決まってるだろ、タイトルは『太宰、中也、十六歳』にするのが人間らしい優しさってものだろ」と怒られるのであれば、はい、まったくその通りです。弁解の余地もありません（あとがきのいいところは、どんなに怒られようが謝ろうが、決して物理的に殴られないことです）。

何が言いたいかというと、前編とあわせると、この物語はものすごーく長いお話になっているぞ、ということです。

なのですが、本書がこんなに長い小説になった原因は、一言で説明がつきます。

覚えておいででしょうか。私は前編「太宰、中也、十五歳」のあとがきで、後編は「これにて双黒過去編は終了！」と言うに足るだけの情報は詰め込もうと思っている、と書いたことを。

はい。

そういうことです。

思った以上に多かったのです。

汲めども尽きぬ中也のキャラクター性。こんなに奥深いキャラクターを描き出すことができ、また皆さんに読んでもらえることに無上の幸せを感じつつ、しかしそれはそれとして「この分量、印刷できるんですかね……」と心配されながら、本書はこうして刊行のはこびとなりました。

しかしこれだけ書いてもなお、まだ語られていない物語は残っています。中也はこれからどのように戦い、どのように幹部となっていくのか。太宰がマフィアから消えた後に、中也はどのような感情を抱き、どのように成長していくのか。

しかしそんな中也の運命は、また当分の間、皆さんの頭にある「想像力の宮殿」の中に預けたいと思います。彼のたどる道がどのようなものかはまだ秘密ですが、ひとつだけ確かに言えることは、それは決して平穏で平坦な道ではない、ということです。

本書を刊行するにあたり、たくさんの方のご助力を賜りました。毎回圧倒的に美麗で完璧なイラストで小説を彩ってくださる、相棒・春河35先生。スケジュールやゲラ校正で毎回無茶を聞いていただいている編集の白浜様。印刷、販売の皆様。書店の皆様。その他お世話になった関係者の皆様方。ありがとうございました。

次巻でお会いしましょう。

朝霧カフカ

16才
中也

ポール
ヴェルレエヌ

アップ
バーコード
アダム・フランケンシュタイン

ピアノマン

リップマン
広報官

《旗会（フラッグス）》

ドク
外科医
アイスマン
冷血
アルバトロス
阿呆鳥

〈引用文献〉

岩波文庫『ランボオ詩集』第1刷　中原中也　訳（岩波書店）

「文豪ストレイドッグス STORM BRINGER」の感想をお寄せください。
おたよりのあて先
〒102-8177 東京都千代田区富士見2-13-3
株式会社KADOKAWA 角川ビーンズ文庫編集部気付
「朝霧カフカ」先生・「春河35」先生
また、編集部へのご意見ご希望は、同じ住所で「ビーンズ文庫編集部」
までお寄せください。

文豪(ぶんごう)ストレイドッグス STORM BRINGER(ストームブリンガー)
朝霧(あさぎり)カフカ

角川ビーンズ文庫 22582

令和3年3月1日 初版発行

発行者――青柳昌行
発 行――株式会社KADOKAWA
〒102-8177 東京都千代田区富士見2-13-3
電話 0570-002-301(ナビダイヤル)
印刷所――株式会社暁印刷
製本所――株式会社ビルディング・ブックセンター
装幀者――micro fish

ISBN978-4-04-108517-2C0193 定価はカバーに表示してあります。

◇◇◇